I0593756

Giuseppe L. Marconi

Kurzgefaßte Lebensgeschichte des Dieners Gottes Benedikt Joseph

Labre

Giuseppe L. Marconi

Kurzgefaßte Lebensgeschichte des Dieners Gottes Benedikt Joseph Labre

ISBN/EAN: 9783743678835

Hergestellt in Europa, USA, Kanada, Australien, Japan

Cover: Foto ©Raphael Reischuk / pixelio.de

Weitere Bücher finden Sie auf **www.hansebooks.com**

Benedikt Joseph Labre.

Kurzgefaßte

Lebensgeschichte

des
Dieners Gottes
Benedikt Joseph Labre
eines Franzosen.
Beschrieben
von
Don Joseph Marconi,
seinem Beichtvater.

Nach der neuesten römischen Ausgabe übersetzt.

Mit Erlaubniß der Obern.

Augsburg,
bey Matthäus Riegers sel. Söhnen. 1787.

Ein anderer ist hülflos, unkräftig und bettel-
arm : Aber Gott blicket ihn mit einem gnädigen
Auge an, richtet ihn aus seiner Niedrigkeit auf, und
erhebt seinen Kopf aus der Zerknirschung empor.
viele, die es sehen, verwundern sich darüber, und
ehren Gott darum. Eccli. 11, 12, 13.

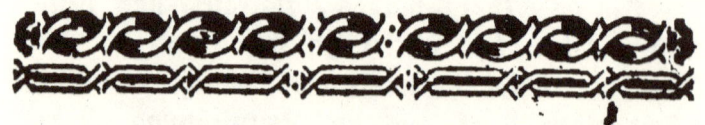

APPROVAZIONE.

Avendo io letto per ordine del Reverendiſſimo P. Maeſtro del S. P. A. il *Ragguaglio della vita del Servo di Dio BENEDETTO GIUSEPPE LABRE, Franceſe, ſcritto dal proprio Confeſſore*, ne avendovi ritrovata coſa alcuna ripugnante ai dogmi della noſtra Religione catolica romana, né alle leggi de' coſtumi ; anzi avendo, oſſervato, eſſere il medeſimo Ragguaglio molto utile per le perſone bramoſe, di acquiſtare ed accreſcere in ſe ſteſſe, ed in altre la ſoda criſtiana virtù; perciò ſtimo poterſene permettere la ſtampa. Dal Monaſtero di S. Gregorio in Monte Celio il dì 24 Octobre 1783.

D. CLEMENTE BIAGI,
Monaco Benedittino Camaldoleſe,
Lettore emerito di Sagra Teologia,
e Sagri Canoni.

APPRO-

APPROVAZIONE.

Per comando del Rmo P. Tommafo Maria Mamachi, Maeſtro del Sagro Palazzo Apoſtolico, avendo diligentemente letto, ed oſſervato *il Ragguaglio del Servo di Dio Benedetto Giuſeppe Labre Francefe* defcritto dal Signor D. Giuſeppe Loreto Marconi, non folo non vi ho trovato cofa alcuna contraria al buon coſtume, o ai dettami di noſtra Religione; ma inoltre vi ho ammirate le adorabili traccie della divina Providenza nel corrdune queſto fuò Servo per l'erto camino delle criſtiane Virtù, e particolarmente d'una profonda Umiltà, di Poverta evangelica, di un diſtacco totale da tutto il creato, e di perfetta annegazione di fe medefimo : quindi lo giudico degno
di

Approvazione.

di darſi alle Stampe, come proficuo per iſtruzione dei Fedeli. Queſto di 26 Agoſto 1783.

GIOVAN BATTISTA ALEGIANI,
Dottore di ſacra Teologia, e dell' una, e l' altra legge, ed Avvocato delle Cauſe dei Santi.

Imprimatur.

Si videbitur Reverendiſſimo Patri ſacri Palatii Apoſt. Magiſtro.

F. A. MARCUCCI,
ab immac. Concept. Epiſc. Montis alti Viceſg.

Imprimatur.

F. THOMAS MAMACHI,
Ord. Præd. ſacri Palat. Apoſt. Mag.

Vorrede.

Jener Gott, der allein Wunder wirket, (a) und dem Bedürftigen aus dem Staube hilft, und den Armen aus dem Kothe aufrichtet; daß er neben den Vornehmsten sitze, und einem glorwürdigen Thron erbe, (b) hat sich gewürdiget, bey unsern Zeiten einen armen Bettler Benedikt Joseph Labre, aus Frankreich gebürtig zu erwecken, und ihn, nach einem vor den Augen der Welt verborgenen Leben, in seinem Tode zu verherrlichen, und zum Besitze jenes Reiches zu rufen, das er den Armen im Geiste verheißen hat, und die er vor den

Men=

(a) Psal. 71, 18. (b) 1. Köng. 2, 8.

Vorrede.

Menschen zu erhöhen, seine Rechte erhebt, und seine Zeichen erneue= ret. (c)

Ganz Welschland erstaunt darüber, und schon mehrere wunderbare Fälle sind bekannt, die sich von Tag zu Tag auch ferne von Rom zutragen, und man redet itzt aller Orten von seinen sonderbaren Tugenden, die er gemäß seiner tiefesten Demuth stets mit einer ganz außerordentlichen Sorgfalt ver= borgen hielt. Bey einer Reihe so vieler und erstaunlicher Dinge, die sich nach seinem Tode zugetragen hatten, erregte sich bey allen ein billiges Verlangen, zu wissen, wer doch dieser Mensch gewesen wäre, zu dessen Gunsten Gott, der allgemei= nen Sage nach, so große Dinge wir= ke, und welche Tugenden wohl in ihm geleuchtet hätten. Bey diesen Wünschen des Publikums mangelte es an Leuten nicht, die, ich weis nicht aus welchen selbstsüchtigen Ur= sachen — Erzählungen, oder besser

a 4 zu

(c) Eccl. 56, 3. und 65.

zu reden, Mährchen durch den Druck
bekannt machen wollten, die sie theils
aus dem Munde des Pövels aufgeraft,
theils in ihrem Hirne ausgebrütet
hatten ; ja in einer Stadt des Aus-
landes hat es jemand gewagt, diesen
Entwurf zu Wirklichkeit zu bringen.

Es war daher weislich gethan,
daß hier in Rom die Bekanntmachung
dieser ungewissen und falschen Nachrichten verbothen, und die Verfügung
getroffen ward, eine neue wahre Lebensgeschichte herauszugeben, wodurch
die Mährchen, mit denen man sich trug
entschleyert, und das allgemeine Verlangen befriediget würde, sich mit
dem, was diesen Diener Gottes betrifft, aus zuverläßigen Quellen bekannt zu machen. Dieses Geschäft ward
mir aus der Ursache aufgetragen,
weil ich sein Beichtvater gewesen war,
und ich unterzog mich diesem Auftra-
ge mit Freuden, theils aus Gehorsa-
me, theils aus Liebe, und Hochachtung, die ich stets gegen diesen Armen
Jesu Christi getragen hatte, und über-
liefor

ließ diese Schrift dem Drucke womit
ich hier meinen Leser unterhalte.

Selbst die Aufschrift dieses Werk-
chens zeugt von seinem Entwurfe.
Ich wollte nämlich eine kurzgefaßte
Nachricht von dem Diener Gottes lie-
fern, daraus man sich zwar keinen
vollständigen, doch einen hinlänglichen
Begriff von ihm machen könnte. ⸺
Denn ich war nie gesinnt, eine voll-
ständige Lebensgeschichte zu verfassen,
weil hiezu ein Mehreres erfoderlich gewesen wäre. ⸺ In dieser Absicht habe ich es in zween Theile abgesonderet.

In dem ersten kommt sein Lebenslauf vor, nicht zwar nach einer ängstlichen chronologischen Ordnung, sondern
nach gewißen Epochen, die in ihre
Hauptstücke bis auf das letzte abgetheilet sind, worinn von seinem seligen
Hinscheiden gehandelt wird. In dem
zweyten werden die Tugenden und
herrlichen Vorzüge geschildert, womit
Gott diese schöne Seele geschmücket
hat, die er einen in jeder Rücksicht
wunderbaren Weg leitete. Auch die-

ser

ser Theil hat seine verschiedene Haupt=
stücke nach der Verschiedenheit des
Stoffes, so darinn abgehandelt wird.

Uebrigens glaubte ich meine Zeit
besser zu verwenden, wenn ich die
Wahrheit der Nachrichten gründlich
zu versichern suchte, als so ich eine
vollkommnere Abtheilung herauskün=
stelte, und ich sündigte hierin auf die
gütige Nachsicht des Publikums. Und
was das erste belangt, habe ich hierinn
weder Mühe noch Fleiß, weder Worte,
noch Schritte gesparet, mich um die
Wahrheit der Dinge zu erkundigen,
welche in diesem Werke erzählet wor=
den; und wenn es um Thatsachen zu
thun war, die außer Rom geschehen
waren, bediente ich mich meiner Freun=
de, um sichere Briefe, und Zeugnissen
zu erhalten, ob ich schon aus erheblicher
Rücksicht die Namen nicht immer an=
geführet habe.

Ueberdem habe ich mir alle die Ur=
kunden verschaffet, die von dem eifrigen
Herrn Bischofe von Boulogne mit aller
Genauigkeit gesammelt, und einge=
schickt

ſchickt worden ſind, worunter ſich auch
die im Vaterlande, und an den Orten,
wo ſich der Diener Gottes aufgehalten
eingezogenen Nachrichten, und die Auſ=
ſagen ſeiner Aeltern befinden.

Was die Vorfallenheiten hier in
Rom betrifft, habe ich hierüber mit
glaubwürdigen Augenzeugen geredet;
ja ich begnügte mich eben nicht, ſo ich
ſie einmal befragt hatte; ich that es wie=
derholtermalen, und zu verſchiedenen
Zeiten, um zu ſehen, ob ihr nachheri=
ges Zeugniß mit dem erſten überein=
ſtimme; ja einige mußten mir das was
ſie mündlich ausgeſagt hatten, noch
überdem zu Papier bringen.

Alle, bey denen ich Kundſchaft ein=
gezogen habe, waren bereit, ihre Auſſa=
gen bey dem Prozeſſe der Seligſpre=
chung, für den man wirklich die Urkun=
den ſammelt, zu beſchwören, und wo
ich nur immer konnte, erſparte ich mei=
ne Worte, und erzählte von Zeit zu Zeit
die Begebenheiten mit fremden Aus=
drücken, die ich aus verſchiedenen Zeug=
niſſen, die ich ſchriftlich bey mir aufbe=
wahre,

wahre, wie auch aus den autenthischen
Urkunden entlehnte, die ich bey dem
Diener Gottes nach seinem Tode fand,
wovon Abschriften am Ende dieses
Werkes zu lesen sind; so daß ich sicher
bin, nichts ohne guten Grund behaup=
tet zu haben.

Endlich muß ich dem gütigen Leser
berichten, daß ich viele Dinge, wo ich
kein fremdes Zeugniß anführe, selbst
verbürge, da ich das Glück gehabt habe,
unwürdiger Weise des Dieners Gottes
Führer im Geiste zu seyn, bey welchem
Anlasse ich eine Menge Unterredungen
mit ihm gepflogen habe, wo er sein gan=
zes Leben von den zärtesten Jahren an,
vor mir auf das umständlichste ent=
hüllte.   Um Wiederholungen zu erspa=
ren, werde ich in dieser Lebensgeschichte
die mit dem Diener Gottes gepflogenen
Unterredungen nicht immer anführen,
sondern nur zuweilen, wo ich es für nö=
thig erachten werde, um was Ruhm=
würdiges für ihn auf die Bahn zu brin=
gen, so dem Scheine nach keine Schwie=
rigkeiten leidet.   Bey alledem mag es
wohl

wohl ſeyn, daß ich mich irgend in einem
Stücke betrogen habe, ſo, leider! nur
gar zu ſehr das Loos menſchlicher Dinge
iſt, und deßwegen mache ich auf keinen
andern, als pur hiſtoriſchen Glauben
Anſpruch. Ich habe mich einer natürlichen, und ſchlechten Schreibart bedienet, weil ich für Alle ſchrieb. Gelehrte
werden, wie ich hoffe, mich mit Scho-
nung beurtheilen, und Unwiſſende verſtehen, da meine Abſicht alleine ware,
Allen durch die Schilderung der tugendhaften Beyſpiele Benedikt Joſephs zu
nützen, und in dieſer Abſicht erzählte ich
ſeine Tugenden, und nicht ſeine Wunder, und redete von dieſen nur ſo von der
Seite her, und mehr in allgemeinen, als
beſondern Ausdrücken, wie ich es meine
Pflicht zu ſeyn erachtete.

Endlich zur Beſtättigung deſſen,
was ich im Anfange dieſer Vorrede geſagt habe, will ich hier die Worte des
Herrn Don Vinzenz, Pfarrers zu Oeuf
von St. Pol anführen, der ſich in einem
ſeiner Briefe auf folgende Weiſe ausdrückt: Dieſes Leben, das bis itzt
eben

eben nichts sonderbares zu enthalten schien, und auf das man, so zu reden, vergaß, wird heut zu Tage voll der interessantesten Thatsachen, mit unzähligen Umständen versetzt, von einer Menge Zeugen verbürget, und nach allen seinen Theilen erbaulich befunden. Und so ist in der That sein Leben beschaffen, so er auf seinen Wallfahrtsreisen, und hier in Rom selbst geführet hat. Weßwegen ich mit dem heiligen Bernhard schließe, der von seinem Malachias schreibt: Habes in illo, quod mireris. habes, quod admireris. Hier findet man Stoffes genug zur Bewunderung sowohl, als zur Nachahmung, welches ich zum Besten des Lesers, zur größern Ehre Gottes, und zur Verherrlichung seines Dieners von Herzen wünsche.

Erster

Erster Theil.

Erstes Hauptstück.
Von der Geburt, Erziehung, und Kindheit unsers
Benedikt Joseph.

Frankreich, das sich der Ehre rühmen kann, der Kirche manchen Vater und Helden gegeben zu haben, hatte in unsern Tagen das seltene Glück, einen Jüngling hervorzubringen, der, ob er schon in der Welt auf eine dem Schein nach elende, und verächtliche Weise lebte, und beynahe in der Blüthe der Jahren von einem frühzeitigen Tod hingerafft wurde,

2

doch die Bewunderung nicht nur von Europa, sondern heut zu Tage schier von der ganzen katholischen Welt, theils durch die vielen, und ausgezeichneten Wunder, die Gott auf seine Fürbitt gewirket haben soll, theils durch eine ganz neue Art eines tugendhaften Lebens auf sich gezogen hat, dessen auch nur ganz oberflächige Kenntniß auf einen jeden einen starken und zärtlichen Eindruck machen muß. Ich rede von dem Diener Gottes Benedict Joseph Labre. Der Kirchensprengel von Oberpoulogne wird von seinem dermalen würdigen Bischofe glücklich genannt, weil ein so berühmter Büßer zuerst das Tageslicht darinn erblicket hatte. (a) Er ward in dem Kirchspiele des heiligen Sulpiz zu Amette den 26 des Lenzmonates 1748 gebohren, da Benedikt XIV. auf dem päpstlichen Stuhle saß. und Ludwig XV. glorwürdigsten Andenkens Frankreich beherrschte. Der Herr Johann Baptist Labre, und Anna-Barbara Grandsire, die noch beyde leben, und sich durch eine gesittete, und ganz vorzügliche christliche Lebensart auszeichnen, sind die beglückten Aeltern dieses Sohnes gewesen. So gesegnet sie an Glücksgütern, so gesegnet waren sie auch an Kindern, derer sie fünfzehn theils Knaben theils Mädchen zählten, unter denen unser Benedikt Joseph der Erstgebohrne war.

Es

(a) Hirtenbrief vom 3 des Heumonates 1783.

Es schien der Herr für dieses beglückte Kind eine ganz besondere Vorliebe zu tragen, da ihm seine Vorsicht den vortrefflichen Priester, Herrn Franz Joseph Labre seinen Oheim, der damals Altar war, und nachher Pfarrer in Erin ward, zum geistlichen Vater bestimmte. Dieser bildete, wie wir sehen werden, größtentheils unsern Benedikt Joseph in seinem Knabenalter. Er taufte mit Genehmigung des Pfarrers von Amette den 27 des Lenzmonates des besagten Jahres, als den Tag nach der Geburt seinen Neffen, und vertrat zugleich die Pathenstelle, wobey die Frau Anna Theodora Bazenberque Gevatterinn war. (b)

Seine gottselige Aeltern wendeten allen Fleiß auf seine Erziehung, und leiteten seine ersten Schritte auf einen Weg hin, der ihn glücklich zu jener erhabenen Tugend führte, welche gegenwärtig jedermann mit Erstaunen bewundert.

Mit dieser Erziehung war der Diener Gottes nachher sowohl zu frieden, daß er in einem von Montreuil aus den 2 Weinmonates 1769 geschriebenen Briefe ihnen da ür den wärmsten Dank abstattet, und sie bittet, mit seinen übrigen Geschwistern den nämlichen Weg einzuschlagen. Dieß ist das Mittel, schreibt er, sie,

A 2

.(b) Sieh den Taufschein im Anhange nach.

sie einst im Himmel glücklich zu machen.
Ohne Unterricht ist keine Hoffnung selig
zu werden. Seyd versichert, ich werde
euch ferner nicht mehr zur Last fallen. Ich
habe euch bisher genug gekostet, aber ich
werde mit der Gnade Gottes gewiß alles,
was ihr für mich gethan habt, zu benutzen suchen.

Es hatte Joseph Benedikt einen ziemlich
durchdringenden Verstand, eine richtige Beurtheilungskraft, ein glückliches Gedächtniß, und
überdem eine lebhafte, aber dabey sanfte, und
folgsame Gemüthsart; woraus sich leicht schließen läßt, wie seine ersten Fortschritte in der
Wissenschaft der Heiligen, und auf dem Wege
der Tugend werden beschaffen gewesen seyn.
Noch als ein zartes Kind bey den ersten Stralen der aufgehenden Vernunft, und auf die ersten Antriebe der Gnade überließ er sich ganz
der Andacht, suchte die Einsamkeit, um darinn auf die Stimme seines Geliebten zu horchen,
und auf den Knien blickte er zum Vater des
Lichtes auf, um seinen Beystand zu erflehen.
Nie betrug er sich kindisch in seinen Handlungen, nie muthwillig in seinen Geberden, und
wie von ihm der Herr Kanonikus Klement,
Sekretär des Bischofes von Boulogne in seinem Schreiben vom 24 May 1783 bezeuget,
äußerte Benedikt Joseph immer einen Eckel

ob

ob allen Kinderspielen. Wir können daher
von ihm sagen, was zum Lobe des großen Tobias, der heilige Geist gesprochen hat : Ob er
gleich im Stamme des Nephtali unter allen der jüngste war, so betrug er sich doch
nicht kindisch : (c) und was Bernhard von
dem heiligen Malachias schrieb : (d). Ob er
schon den Jahren nach ein Kind war, betrug er sich in seinen Sitten, wie ein Greis,
ohne allen jugendlichen Muthwillen, ruhig,
sanft, und folgsam. Er war über den Unterricht nicht ungehalten, floh die Zucht,
verabscheute das Lesen, und liebte Spiel
und Scherze nicht.

Das Kind hatte noch nicht volle fünf Jahre, und es zeigte schon eine große Begierde,
und eine ganz außerordentliche Sehnsucht, wider die Sitte dieses Alters, Lesen, und Schreiben zu lernen, und dieses aus keiner andern
Absicht, als um für sich selbst die ersten An-
fangsgründe unserer Religion, für die er ganz
eingenommen war, lesen, und mit eigener Hand
ausschreiben zu können. Er war dann voll
Freuden, als er die Sylben zu verbinden, und
das heilige Vater unser, den englischen Gruß,
das apostolische Glaubensbekenntniß herzulesen
wußte. Seine Aeltern schickten ihn daher schon
A 3   in

(c) Tob. x, 4.
(d) S. Bern. in Vit. Malach.

in diesem Alter in die öffentliche Schule, und
da, wie wir in der Folge sehen werden, zeigte
sich klärer, wohin diese so große Sehnsucht
abziele.

Zugleich betrug sich Benedikt Joseph sanft,
ruhig, und friedfertig gegen alle, die im Hause
waren. Von seinen ersten Jahren an bemerkte, und erkannte er, wohin uns die Ausbrüche
der Leidenschaften, wenn man sie nicht bezäh-
met, und die Antriebe der Gnad führen können, so man sie befolget. Schon damals betrachtete er das Leben des Menschen auf Erden
als einen immerwährenden Kampf, und faßte
daher die feste Entschließung, einerseits einen
steten Krieg wider seine Begierlichkeit zu unter-
halten, und andererseits jederzeit, und in allem
der göttlichen Erleuchtung, und den Eindrücken
der Gnade getreu zu folgen, um unter der Fah-
ne Jesu Christi tapfer zu streiten, und jene Krone
zu erwerben, die Gott denen versprochen hat,
die ihn aufrichtig lieben, und welche Niemanden zu Theil wird, er habe dann bis in den
Tod redlich gekämpfet. Es ist sich in der That
zu verwundern, wie bey ihm, da er von Natur hitzig, lebhaft, und unternehmend war,
wie ich aus dem mit ihm gepflogenen Umgange schließen konnte, und sichs, um einen andern Beweis anzuführen, aus der Strenge
seines Lebens abnehmen läßt, wie bey ihm, sa-

ge

ge ich, von seinen zärtesten Jahren an das Na-
tur-zu seyn schien, was nichts dann Tugend
war, woraus klar erhellet, mit welcher Strebsamkeit, und wie zeitig er sich angelegen seyn
ließ, selbe stets kurz zu halten, und wohl anzuwenden. Eben so bewunderungswürdig ist
jenes unbegreifliche Geheimniß, wodurch er bis
in seinen Tod mit einer erstaunlichen Demuth
alles das verborgen hielt, was andern einige
Schätzung von ihm beybringen konnte. Indem
so wohl die Priester, so ihn unterrichteten, und
die gelegentlich seines Umganges genossen, als
auch seine eigene Aeltern uns versichern, daß
sie bey ihm nie was anders, als eine äußerst
schüchterne, ganz ruhig- und friedfertige Gemüthsart vermuthet hatten. So sehr war er
seit seinen ersten Jahren ein Herr über die Leidenschaften, und so ungezwungen wußte er
seine Tugend zu verbergen.

Zweytes Hauptstück.

Von den ersten Absichten, und einigen sonderbaren Beschäfftigungen des Dieners Gottes, als er noch ein Kind war.

Jenes herrliche Tugendgebäude, das man in dem erwachsenen Benedikt Joseph bewunderte, ließ sich bey ihm schon in seinem Knabenalter, wie in einem ins Kleine gezogenen Umrisse entdecken. Der schöne Charakter eines Menschen, den Gott zu den großen Absichten, die er mit ihm hatte, vorbereitete, blinkte für ein Kennerauge schon unter dem Schleyer der Kindheit aus seiner Bildung hervor. Kaum hatte er das fünfte Jahr erreichet, so faßte er schon den unwandelbaren Entschluß, sich dem Heilande so ähnlich, als es nur immer möglich seyn würde, zu machen.

Er dachte, daß wir, um die Gleichförmigkeit mit Jesu Christo zu erhalten, unser Herz nach dem Vorbild des Seinigen gestalten müssen. Hiezu, pflog er zu sagen, müsse man drey Herzen in einem haben; erstlich ein ganz reines, ganz aufrichtiges, und ganz heiliges Herz, um Gott zu lieben, ihm zu dienen, und

und alle Trübseligkeiten mit Geduld zu ertragen, die er uns die ganze Zeit des Lebens über
etwa schicken möchte. Zweytens ein ganz
unverstelltes, liebvolles, und freygebiges
Herz gegen den Nächsten, und vorzüglich zur
Bekehrung der Sünder, und zur Erquickung
der im Reinigungsorte leidenden Seelen, zu welchem Ende man Gott, und die göttliche Mutter oft bitten müße. Drittens ein ganz uner-
birtliches, strenges, und starkmüthiges
Herz gegen uns selbst, so daß wir den Fode-
rungen unserer Leidenschaften nie willfahren,
das sinnliche Vergnügen aller Art verabscheuen,
und den eigenen Leib abtödten und kreuzigen:
denn je mehr wir in diesem Leben ihn verachten,
und streng halten, desto reichlicher werde uns
Gott in dem künftigen belohnen. Endlich
müße der Grund dieses Herzens ganz Sanftheit, Friedfertigkeit, und Demuth seyn, über
welcher Grundfeste das Gebäude der Heiligkeit
empor steige.

Diesem zu Folge machte er sich von seinen
zärtesten Jahren an, in Rücksicht auf den ersten Punkt zum Gesetze, das Gewissen jederzeit
auf das sorgfältigste rein zu bewahren, die
Sünde äußerst zu verabscheuen, den göttlichen
Einsprechungen immer zu folgen, der Gnade
stets getreu zu seyn, und nach dem Besitze aller
Tugenden im möglichst vollkommenen Grade

nach-

nachdrücklich zu streben. Was das zweyte bes
trift, beschloß er bey sich, stets zu reden, wie
ers im Herzen hätte, die vortheilhaftesten Ges
sinnungen für seinen Nächsten zu hägen, ihn
uneigennützig zu lieben, und ihm auf alle mög=
liche Weise, vornehmlich mit dem Gebethe bey=
zuspringen, worauf er ein ganz besonderes
Vertrauen setzte. Endlich in Ansehung des
dritten hatte er seinem Leibe einen ewigen Haß
geschworen; nie sollte ihm ein auch unschuldi=
ges Vergnügen werden, und der Entschluß war
gefaßt, ihn unaufhörlich abzutödten, und auf
alle mögliche Weise zu verachten.

Um dieses Unternehmen glücklich durchzu=
setzen, hielt er sich seit dieser Zeit an folgende
Grundsätze. Erstlich in nichts auf seine Kräf=
ten, sondern in allem auf die göttliche Gnade
allein zu vertrauen; zweytens durch ernstes
Nachdenken sich selbst und Gott kennen zu ler=
nen; drittens sich selbst zu sterben, und nur
dem Herrn zu leben; viertens sich als gewal=
tiger Waffen, und kräftiger Mittel zur Erzie=
lung dieses heiligen Unternehmens, des Gebe=
thes, der Abtödtung, der Flucht der Gefah=
ren und der innern Geistesversammlung zu
bedienen, um sich von jeder Unvollkommenheit
frey zu machen, und zur Höhe der evangelischen
Volkommenheit zu erschwingen.

Dieß

Dieß alles nahm er sich vor, und führte
es auch in der That aus. Von dieser Zeit an
erkannte er alle Fehler seines Alters, den Leicht-
sinn, den Unbestand, das Umschweifen, die
Ungeduld, die Näscherey, den Eckel ob der Arbeit, ob dem Guten, und endlich die Liebe zur
Freyheit; und diese bestritt er zuerst, und suchte
dieses Alter mit entgegengesetzten, seinen Jahren
angemessenen Tugenden zu schmücken. Aber
hauptsächlich befliß er sich, seiner lebhaften und
aufbrausenden Natur eine unüberwindliche Geduld, und seinem unternehmenden Geiste die
tiefste Demuth entgegen zu setzen, die auch immer seine Lieblingstugenden blieben; und zwar
mit bestem Grunde, indem sie das auszeichnende Merkmaal der wahren Jünger Jesu Christi,
nach seinem eigenen Ausspruche sind. Lernet
von mir, daß ich sanftmüthig und demüthig von Herzen sey. (a)

Wie glücklich ihm schon bey diesen Jahren
sein großes Unternehmen gelungen habe, läßt
sich aus dem Zeugnisse schliessen, das ihm
seine eigene Aeltern geben. (b) Nach dem
Maaß, sagen sie, wie der Sohn im Alter
zunahm, nahm er auch in der Weisheit
vor Gott und den Menschen zu. Er hatte
sich eine kleine Hauskapelle zugerichtet, worinn

(a) Matth. 11, 29.
(b) In der eidlichen Aussage seiner Aeltern.

er die Ceremonien der Messe, so gut er vermochte, nachahmte, bis er mit einer entzückenden Freude dem Priester beym Altare dienen durste, für welche Uebung er den größten Eifer bezeugte.

Hier schimmerte diese Lampe, die bisher ihr Licht zu Hause unter dem Metzen verborgen gehalten hatte, auf eine wunderbare Weise im Hause Gottes, und vor den Augen der Gemeinde. (c) Durchdrungen von der Majestät der heiligen Stätte, sind die Worte seines Oheims, und von der Heiligkeit der schrecklichen Geheimnisse, wohnte er ihnen stets mit einer wahrhaft erbaulichen Sittsamkeit bey. Seit der Zeit daß man ihm in die Kirche zu gehen erlaubt hatte, war dieser Ort nachher immer sein angenehmster Aufenthalt. Er war bey allen gottesdienstlichen Verrichtungen zugegen, und legte von dieser Zeit an klar an Tag, daß hier sein Mittelpunkt wäre, wo er Ruhe, und Stille für seine Seele fände, und daß er lieber im Hause Gottes der geringste seyn, als in den Hütten der Sünder wohnen wolle. (d) Man kann von ihm sagen, daß er darinn, so zu reden, sein ganzes Leben hingebracht habe, da er entweder im Heiligthum bethete, oder zu den Heiligthümern hin wallete.

Er

(c) Informationsbriefe.
(d) Psal. 84 v. 11.

Er wohnte dem Gottesdienſt, und den Unterweiſungen mit einer ganz ungewöhnlichen Genauigkeit bey, wie aus den ſchriftlichen Zeugniſſen, die ich nach ſeinem Tode bey ihm fand,
und aus der einförmig- und einſtimmigen Ausſage aller derer erhellet, die man über ſein Betragen in jüngern Jahren befragte. Und in
der That fand dieſes auserwählte Kind an
nichts weiter Geſchmack, als an gottesdienſt-
lichen Handlungen, und vorzüglich am göttlichen Worte, das er entweder anhörte oder las,
oder betrachtete; und da ſein Herz von allem
Zeitlichen abgeſchält war, und an Gott allein
hieng, empfand er auch ob allem andern, auch
unſchuldigen Vergnügen Eckel.

Es iſt in Frankreich, vornehmlich in den
ländlichen Kirchſpielen Sitte, daß man nach
dem nachmittägigen Gottesdienſte, dem auch
das Volk beyzuwohnen pflegt, ſich wechſelſei-
tig beſucht, und zuſammen etwa mit einem
Spiele unterhält. Ungerne fand ſich Benedikt
Joſeph dabey ein, wenn er von Leuten hinge-
führt wurde, denen er gehorchen mußte, und
man ſah es ihm an den Augen an, daß er keinen Geſchmack daran finde, und oft zog
er ſich in der Stille weg, und ſuchte den
Umgang erwachſener und ernſthafter Perſonen. (e) Und dieß war bey ihm nicht die
Wir-

(e) Eidliche Ausſage der Aeltern.

Wirkung einer unzufriedenen und ſtärriſchen Laune, die bey andern Kindern ein nur gar zu gewöhnlicher Fehler iſt, die itzt mit der ganzen Seele an einem Spiele hangen, deſſen ſie etliche Augenblicke nachher ſchon wieder überdrüßig ſind, und ſich nach einem neuen ſöhnen, noch kam es von einem finſtern, und ſchwerfälligen Geiſte her, der keine Sache für dieſes Alter iſt, und mit Benedikts ſtets heuterer und froher Gemüthsarte gar nicht zuſammen paßte, da man ihn, auch in dem verächtlichſten Stande, worein er ſich die letzte Zeit ſelbſt verſetzt hatte, nur in die Augen faſſen dorfte, um ſich zu ermuntern; ſondern es war die Wirkung einer männlichen Seele in dem Leibe eines Kindes, und die ſüße Stimme des himmliſchen Geiſtes, der ihn zu ſeinem wonnevollen Umgang rief. Und wirklich, wenn es die Umſtände foderten, beliebte er eine anſtändige Ergötzlichkeit, und äuſerte nie die geringſte Empfindlichkeit, oder Verwirrung, wie man ihn auch immer entweder im Scherze, oder aus Verachtung, und Bosheit neckte, und blieb im Umgange ſtets gefällig und zufrieden. (ſ)

Nachdem Joſeph Benedikt das Leſen begriffen hatte, hellte ſichs ganz deutlich auf, wohin es mit dieſer unerſättlichen Lehrbegierde angeſehen geweſen ſeye. Von dieſer Zeit an verſchwand er,

(ſ) Briefe ſeines Oheims.

er, so zu sagen, ganz aus der menschlichen Ge-
meinschaft: immer saß er über den Erbauungsbüchern, und jedes andere, obgleich unschuldige
Vergnügen, ward ihm stets eckelhafter und un-
erträglicher. Sobald er lesen konnte, sagen
von ihm seine Aeltern aus, sah man ihn bey
nahe nicht mehr, und anstatt der unschuldigen Kinderspiele, las er für sich allein
andächtige Bücher. Von dieser Zeit an
faßte er eine unbeschreibliche Neigung zur Einsamkeit, zur innerlichen Versammlung, und
zum Stillschweigen. Er schien seiner selbst zu
vergessen, und das Herz nicht zu haben, etwas zu fodern, so groß auch seine Bedürfniß
seyn mochte. Man mußte dann oft, wie der
Herr Kurat, sein Oheim bezeuget, ihm das
Nöthige von selbst reichen, ohne auf sein An-
suchen zu warten; ein seltsames Betragen, das
Benedikt Joseph bey seiner äußersten Armuth
bis in Tod standhaft beobachtete. Aber in seiner Kindheit nahm man wenig Bedacht darauf, und schrieb es auf die Rechnung einer natürlichen Schüchternheit.

Drit-

Drittes Hauptstück.

Von seinen ersten Studien.

So war die Lebensart des Knabens, in Ansehung seiner Religion, und Frömmigkeit beschaffen. Diesem allem setzte er die pünktlichste Sorgfalt bey, jede Pflicht seines Alters, vornehmlich was das Studieren, und den Gehorsam gegen seine Vorgesetzten betraf, zu erfüllen. Da seine Aeltern an ihm, schon mit fünf Jahren, eine unwiderstehliche Sehnsucht entdeckten, das Lesen zu erlernen, schickten sie ihn alsogleich in die Schule. Benedikt Josephs erster Schullehrer war der würdige Priester Herr d'Hanotel, damals Vikar zu Amette, und gegenwärtig Kurat zu Boyaval, unter dessen Aufsicht der Diener Gottes bis gegen sein achtes Jahr verblieb. Eine so gründlich und glänzende, in einem Kinde so seltsame Tugend mußte seinem Lehrer nothwendig auffallen; da sie so sehr gegen die Unvollkommenheiten der übrigen Schüler abstach, welche, da sie in diesem Alter, das gleichsam die Zeit der Herrschaft für die Einbildung ist, mehr von den sinnlichen Gegenständen hingerissen, als von der Vernunft geleitet werden, die Plage der Vorgesetzten und Lehrmeister, und der Probierstein ihrer Geduld sind. Dadurch gewann er das Herz aller, oder; unter denen er nach und nach zu stehen kam, für sich, und weder die Entfernung noch die Länge der Zeit konnte bey ihnen das Andenken an einen so liebenswürdigen Gegenstand auslöschen. Diese ganze Zeit über, bezeugt H. d'Hanotel, entdeckte ich an ihm eine wunderbare Güte, die beste Laune, eine stete Gleichmüthigkeit, eine recht auferbauliche Genauigkeit in Erfüllung der Pflichten seines Alters, und alle gute Eigenschaften, welches zusammen mir ihn so werth machte, und sein Andenken meiner Seele so tief einprägte, daß ich seit acht und zwanzig Jahren nie eine Gelegenheit unbenutzet ließ; mich um ihn zu erkundigen: denn ich wähnte stets, Gutes, und Großes zur Ehre Gottes von ihm zu hören.

Es ist in diesem obschon von Natur einfältig- und unerfahrnen Alter eben nichts seltenes, daß die Kinder ihre Lehrmeister zu berufen suchen; und oft muß man sich wundern, wie die Furcht der Vorwürfe, und Strafen ihren Witz schärfet, Auswege zu erfinden. Sie machen zuweilen den Heuchler, und vertheidigen sich, wie die Erfahrung zeigt, bey einem geschehenen Fehltritte mit dem Schild der Lüge. Aber bey einem immer gleichen, und standhaften Betragen hat keine solche Vermuthung Platz. Doch will ich dem Zeugnisse von Benedikt

Josephs erstem Lehrer die Aussage eines gewissen Franz Joseph Borgias, der bey besagtem Priester in Diensten war, beysetzen, vor dem sich das Kind eben nicht zu scheuen hatte, und doch betrug es sich stets vor ihm eben so, wie wenn es unter den Augen seines Lehrmeisters war. Ich habe beobachtet, spricht er, daß sich dieses Kind vor allen andern gleichen Alters durch seine Sittsamkeit, Andacht, Gelehrigkeit, Sanftmuth, und Strebsamkeit, das Lesen, und vornehmlich die ersten Grundsätze unserer Religion zu erlernen, auszeichnete.

Nachdem Benedikt Joseph beyläufig zwey und ein halbes Jahr unter der Anleitung des H. d'Honotel gestanden war, gieng er zur Schule des H. Franz Bartholomä de la Rue über, um sich im Lesen und Schreiben zu vervollkommnen, und die Rechenkunst zu erlernen. Dieser sein neuer Lehrer bewunderte nebst allen den andern schönen Vorzügen, welche die Aeltern, und die übrigen, denen er bekannt war, von ihm gerühmt hatten, als neben seiner Frömmig-Gelehrig- und Sittsamkeit, Gelassenheit und Fleiß im Lernen, und ähnlichen Eigenschaften, besonders eine, welche bey Schülern gegen ihre Lehrer nur gar zu selten ist, nämlich, das treflice Kind zeigte so viele Gutwilligkeit gegen seinen Lehrmeister, daß

er

er gar keine Furcht blicken ließ, welches, wie er sagt, eine Wirkung seines unbefleckten Gewissens war das ihm nie einen Vorwurf zu machen hatte, und setzet bey, er sey mit der Aufführung des Benedikt Joseph Labre immer so vollkommen zufrieden gewesen, daß er sich nicht entsinnen konnte, ihm jemals ein hartes Wort gegeben zu haben.

Aus alledem erhellet klar, wie unbescholten und rein in den gefährlichsten Jahren des Knabenalters die Sitten des Dieners Gottes gewesen sind, wo, vornehmlich vom siebenten bis zum zwölften, mehr die Einbildung und Sinnlichkeit dann die Vernunft herrschet, und wo die Bezauberung des lügenhaften Geschwätzes die guten Werke verdunkelt, und die unbeständige Begierde die unschuldigen Herzen verkehret, wie der heilige Geist spricht: (a) Aber von unserm Benedikt konnte man mit Wahrheit sagen: Dieß, und was dergleichen ist, hielt er nach dem Gesetze Gottes, da er noch ein Knabe war. (b)

(a) Weish. 4, 12.　　(b) Tob. 1, 8.

B 2　　　　Vier-

Viertes Hauptstück.

Von seiner Jugend, und seinem Betragen unter der Anleitung seines Oheims, und von seiner ersten Communion.

Der große Kirchenlehrer Hieronymus, nachdem er der Kindheit eines heiligen Mannes das Lob gesprochen, und im Vorbeygehen die Gaben des Himmels, und die Merkmaale der Heiligkeit schon in diesem noch so zarten Alter berühret hatte, setzet bey: Dieß sind freygebige Geschenke der Gnade, die den Menschen eben nicht viele Mühe kosten. Gott, der mit einem eben so sichern Blicke das Zukünftige, wie das Gegenwärtige durchschaut, heiliget den Jeremias schon im Schooße seiner Mutter, und läßt den Johannes in Elisabeths Leibe aufspringen. Jetzt schreite ich vor jenes zu erzählen, was er nach seinem zwölften Jahre durch eigene Arbeit und Anstrengung erwählt, unternommen, angefangen und vollendet hat. (a) Ein gleiches läßt sich auch von unserm Benedikt Joseph sagen: aber, ehe ich erzähle, was er nach seinem zwölften Jahre gethan hat, mache ich

(a) Hieron. 15. Brief.

ich die Anmerkung, daß jener Gott, der diesen
seinen Diener auf einem harten Wege, auf dem
er nachher immer wanderte, und den er so zärt-
lich liebte, auf dem Wege der Trübseligkeiten
führen wollte, ihn schon vor dieser Zeit im Leiden abhärtete und übte, da Benedikt Joseph
den ertheilten Gnaden so getreu mitwirkte. Man
setze noch bey, was die eigenen Aeltern von ihm
bezeugen: daß ihr Sohn nach dem Maaße, wie
er im Alter zunahm, auch in der Weisheit vor
Gott und den Menschen zugenommen habe,
welches Lob der heilige Bernhard ebenfalls seinem Malachias spricht, da er schreibt: So
war seine Kindheit beschaffen; aber auf
gleiche Weise brachte er auch seine Jugend
hin, da er seine liebenswürdige Unschuld
und Reinigkeit stets beybehielt, nur daß
bey ihm zugleich mit dem Alter auch die
Weisheit und Gnade bey Gott und den
Menschen zunahm. Er war der Lehrer,
und zugleich das Vorbild seiner Brüder geworden; sie lasen in seinem Leben, wie sie sich
zu betragen hätten, und er gieng ihnen in
der Gerechtigkeit und Heiligkeit vor. Aber
neben dem, was allen Brüdern gemein
war, that er noch vieles, worinn er auf
eine besondere Weise allen vorlief, ohne daß
ihm diese in so beschwerlich- und erhabenen
Dingen in der Nähe folgen konnten. (b)

B 3 Fast

(b) S. Bern. in Vit. Malach.

Fast eben so lautet das Zeugniß, welches
dem Diener Gottes seine Aeltern über sein Betragen bis in das zwölfte Jahr geben, wo er
von ihnen der Aufsicht seines Oheims, des Pfarrers in Erin übergeben wurde: sie sagen, daß
er ihnen standhaft, und die ganze Zeit
über, da er unter ihrer Aufsicht gestanden
sey, Beweise einer ungeheuchelten Frömmigkeit, da er allen gottesdienstlichen Verrichtungen, und Predigten mit einer wahrhaft erbaulichen Aufmerk- und Sittsamkeit
beywohnete, einer reifen Weis- und Klugheit, da er nie was Ungeziemend, oder
Ungezogenes, in Reden, oder Gebärden
blicken ließ, eines vollkommenen Gehor-
sames, da er jeden Befehl hurtig, und
punter vollzog, einer ruhigen Gleichmüthigkeit, so daß er sich mit seinen Aeltern,
Brüdern und Schwestern immer auf das
Beste betrug, und nie jemanden den mindesten Anlaß zur Unzufriedenheit gab, und
einer ganz seltenen Geduld gegeben habe,
womit er die Fehler und Unvollkommen-
heiten seiner Geschwistern, und anderer
Knaben ertrug, ohne seine Gesichtszüge
zu ändern, so empfindlich, und ungerecht
man ihm auch begegnete, daß er oft dadurch jene in Verlegenheit setzte, und zum
Schweigen brachte, die ihn mit Worten,
oder im Werke beleidiget hatten. — Aus

alle

alle dem, und vornehmlich aus dem letzten Zuge
erſieht man deutlich, auf welchem Wege der
Herr dieſen ſeinen Diener heiligen wollte, der
es in der Folge ſo weit brachte, daß er Schimpf,
Verachtung, und die härteſte Behandlung ſich
zum Gewihn anrechnete, ja ſie gefliſſentlich und
ſo begierig, als andere das Vergnügen ſuch-
ten. Dieſe ſo ſchöne Eigenſchaften machten
Benedikt Joſeph ſeinen Aeltern, wie auch
allen andern, die ihn kannten, ganz beſonders lieb und werth. (c) Doch, da ſie
ſeine ſeltene Fähigkeiten ſahen, von denen ſie
vieles hofften, berauben ſie ſich willig ſeiner
Gegenwart, in Erwegung, daß ihr Sohn eine
vollkommnere Ausbildung verdiente, als ihm
das väterliche Haus gewähren könne, wo er
nicht einmal Gelegenheit hatte, die Studien
fortzuſetzen. Sie ſchickten ihn daher nach Erin,
wo der H. Franz Joſeph Labre, ſeines Vaters
Bruder die Seelſorge vertrat, der zugleich ſein
Oheim, und wie wir oben geſagt haben, ſein
Pathe war, auf daß er ſeiner pflegen, und ihn
in der lateiniſchen Sprache unterrichten möchte. Dies geſchah um das Jahr 1760, da Bene ikt Joſeph im zwölften Jahre ſeines Alters
war. Dieſer Prieſter zeichnete ſich durch alle
Eigenſchaften aus, welche einen vollkommenen
Seelſorger bilden, wie ich aus den mit dem
Diener Gottes gehabten Unterredungen, und

B 4   aus

(c) Ausſage der Aeltern.

aus mehrern Briefen ſicher weiß, die mir von
daher zu Handen gekommen ſind, ſo daß er ſein
eigenes Leben, wie wir ſehen werden, für ſeine
Schafe gab.

Es wird ſich ein jeder leicht ſelbſt vorſtellen,
mit welcher Liebe, und wie eifrig ein Prieſter,
ein Seelſorger, ein Oheim von ſolchen Eigenſchaften, ſich beſtrebt haben werde, eine ſo edle
Pflanze zu ziehen, und welche Fortſchritte in
der Tugend unter einer ſolchen Pflege unſer
Diener Gottes werde gemacht haben, der mit
ſeiner ganzen Seele an himmliſchen Dingen
hieng. Da der eifrige Mann die englischen
Sitten ſeines Neffen ſah, dachte er vor allem
darauf, ihn zum erſten Genuſſe des Abendma-
les vorzubereiten, nach dem ſich Benedikt Joſeph heftig ſehnte.

Schwer läßt ſich die Freude, und das Froh-
locken ausdrücken, ſo das Herz dieſes andächtigen Jünglings ob dieſer erwünſchten Nachricht
fühlte, und welche Mühe er ſich gab, ſein Herz
zum erſten Empfange ſeines Gottes würdig vorzubereiten, von dem er ſich, mittelſt ſeiner
langen Betrachtungen ſchon einen erhabenen
Begriff geſtaltet hatte. Und da er vor allem
die Worte des heiligen Paulus reif bey ſich er-
wogen hatte: Der Menſch aber prüfe ſich
ſelbſt, und ſo eſſe er von dieſem Bro-
de;

de; (d) so gieng seine erste Absicht dahin,
durch eine genaue Generalbeicht sein Gewissen
von jeder noch so geringer Makel zu reinigen:
und diese war die Erste unter den Sechsen, die
er nachher, wie wir sehen werden, von Zeit zu
Zeit ablegte: und weil die Weise, wie er bey
dieser Art von Beichten zu Werke gieng, wahrhaft erbaulich ist, so glaube ich dem Leser einen
angenehmen Dienst zu erweisen, wenn ich sie
beyrücke, theils um das nämliche nicht anderswo wiederholen zu müssen, theils und vorzüglich, weil jene so Gebrauch davon machen
wollen, sie bey ähnlichen Umständen werden benutzen können.

Gänzlich überzeugt, daß wir ohne die göttliche Gnade gar nichts vermögen, will geschwei-
gen, daß wir ohne sie die Zahl, und Bosheit
der Sünden so, wie wir sollten, einsehen oder
sie tilgen könnten, bath er erstlich den Herrn
um seine Erleuchtung, und um die Gnade seine Fehler, und seinen Seelenstand zu erkennen.

Hierauf durchgieng er bey sich aufmerksam
einzeln der Ordnung nach die Gebothe, und die
in jedem vorgeschriebenen Tugenden.

Bey dieser Erforschung betrug er sich auf
keine Weise als Richter, sondern erzählte die

B 5   Ver-

(d) 1. Kor. 11, 28.

Verſuchungen und die Gnaden, und entdeckte mit aller Offenherzigkeit, wie er ſich beyderſeits dabey betragen habe.

1. Nach der Gewiſſenserforſchung flehte er zu dem Herrn um die Gnade der Reue, und um ſein Herz zu ſchmerzlicher Empfindung zu ſtimmen, überlegte er die Bewegsgründe, und beſtrebte ſich durch die Betrachtung der Güte des beleidigten Gottes eine vollkommene Reue zu erwecken.

2. Dann ſagte er alles ordentlich, beſtimmt, deutlich und mit der größten Einfalt her, und ſtellte die Entſcheidung dem Urtheile des Beichtvaters gänzlich anheim.

Dieſen hörte er an, und unterwarf ihm blind zu ſeinem Verſtand, und verehrte jedes ſeiner Worte, als einen Ausſpruch des Himmels.

Ehe er die ſakramentaliſche Losſprechung empfieng, bog er ſich mit geneigtem Haupte, in einem tiefen Stillſchweigen, ganz zur Erde nieder, und erneuerte den Reuſchmerz; dann richtete er das Haupt wieder in etwas empor, um dem Beichtvater das Zeichen zu geben, daß er izt in der gehörigen Verfaſſung wäre, die Losſprechung zu empfangen.

Er

Er glaubte ſicher, daß eine große Menge
Chriſten wegen übel verrichteter Beichten verdammt werden, wie er von der heiligen Thereſia vernommen, und in einer Vorſtellung geſehen zu haben ſagte, wo ſich ſeinem Gemüthe
drey Gattungen der Büßer zeigten; Die vollkommenen, die unvollkommenen, und die falſchen,
die ihm wie in dreyen Prozeßionen entworfen
wurden. Unter den erſten waren etliche wenige weiß gekleidete Perſonen, welche neben
dem, daß ſie alles erfüllet hatten, was zu einer
guten Beicht erfodert wird, noch über das kein
Mittel unverſucht gelaſſen hatten, die göttliche
Gerechtigkeit zu befriedigen, um ſich auf dieſe
Weiſe würdig zu machen, an den Abläßen der
Kirche Theil zu haben. Und dieſe Seelen giengen ſogleich nach ihrem Austritte von dieſem
Leben, in die Herrlichkeit des Himmels ein.
Der zweyte Hauſe war eben auch nicht zahlreich; doch zahlreicher als der erſte. Die
Perſonen, aus denen er beſtund, waren roth
gekleidet, und ſtellten diejenigen vor, welche
zwar gethan hatten, was zur Gültigkeit des
Bußſakramentes erfoderet wird; aber ſie ließen
ſichs eben nicht ſonders angelegen ſeyn, die
göttliche Gerechtigkeit durch Werke der Genug-
thuung auszulöſchen, und ſich die Schätze der
Abläße zu zuwenden; ſie wurden dann gegen
den Ort der Reinigung hingewieſen, um die
göttliche Gerechtigkeit durch Leiden gänzlich zu
befrie-

befriedigen, und vollkommen geläutert zu wer=
den. Die dritte, zahlreicheste schrecklich= und
entsetzliche Prozeßion bestund aus unseligen
Schlachtopfern des göttlichen Zornes, die alle
ganz in Schwarz gekleidet waren, und stellten
jene vor, welche entweder aus einer merklichen
Nachläßigkeit in der Erforschung, oder aus Ab=
gang der Reue, oder des Vorsatzes, oder aus
Mangel der Aufrichtigkeit, da sie aus Schaam,
oder Bosheit ihre Sünden verhehlten, das
Bußsakrament ohne einzige Frucht, und sacri=
legischer Weise empfangen hatten, und diese alle
stürzten in das ewige Feuer. Solche Betrach=
tungen machten, daß diese unschuldige Seele,
welche die Sünde stets unversöhnlich haßte, von
Seite seiner alles mögliche that, dieses Unge=
heuer ferne von sich zu halten, und die Reinig=
keit des Gewissens unversehrt zu bewahren.

Nachdem er seine Generalbeicht auf diese
Weise verrichtet hatte, bereitete er sich noch
überdim zu seiner ersten Kommunion durch ver=
schiedene Abtödtungen, Betrachtungen, und
ein stetes Gebeth vor. Ein jeder Gläubige weis,
welche Wirkungen diese Speise des ewigen Le=
bens in uns hervorbringe, wo Jesus, oder der
Sohn Gottes, und unser Heiland sich den
Menschen ganz schenket, um uns seiner göttli=
chen Natur theilhaft zu machen, und uns, wie
der englische Lehrer sagt, gleichsam in Gott um=
zustat=

zuhalten; — Deiformes. — und dieß nach
Maaß unserer Vorbereitung. Wie dieses zugehe, erkläret der heilige Thomas durch eine
schöne Gleichniß. (e) Wenn ein kleiner Zweig
von einem kostbarem Obstbaume auf einen wilden Stamm gepfropfet wird, so trägt dieser Blüthen, Blätter, und Früchte von einer ganz
andern Art: also, wenn wir Jesum Christum
in der heiligen Kommunion empfangen, geht
eine wunderbare Einimpfung vor, so, daß er
uns an seiner Güte Theil nehmen läßt, und
wir eben die Blüthen und Blätter treiben,
eben die Früchte hervor bringen, die er
treibt, und hervor bringt. (f) Und diese
göttliche Verwandlung gieng in unserm Benedikt Joseph vor. Von dieser Zeit an entwarf
er Jesum Christum in seinen bewundernswürdigen Sitten mit einer noch weit vollkommnern
Aehnlichkeit, und er konnte mit dem heiligen
Apostel Paulus sagen: Ich lebe, doch nicht
mehr ich, sondern Christus lebt in mir. (g)

Und um uns auf sonderheitliche Umstände
näher einzulassen, so schien es, als ob dieser
eifrige Jüngling, nachdem er das Himmelbrod
nun einmal verkostet hatte, den Geschmack für
alles andere, so gar für die irdische nöthige Speise

(e) Opusc. de Ven. Sacram. Alt.
(f) S. Thom. Opusc. cit.
(g) Gal. 2, 26.

se verlohren habe. Es pflog sein Oheim mit
Vergnügen zu sagen, daß sein Neffe eher die
köstlichsten Früchte seines Gartens, als
Kirschen, und Pfirsiche mit Füßen zer-
treten, als die Hand ohne seine Erlaubniß
darnach würde ausgestreckt haben; sollte
auch seine Eßlust noch so groß, und die
Versuchung noch so stark gewesen seyn.
Von dieser Zeit an entzog er sich auch inge-
heim die ihm bestimmte Speise, und reichte sie
in der Stille einer armen Person zum Fenster
hinaus, und beobachtete schon damal, wie
Paul Biroux bey der Verhör aussagte, auf
das strengste, und genaueste alle von der
Kirche verordnete Fasttäge.

Ueberdem war es eine Wirkung der heiligen Kommunion, daß der Diener Gottes von
nun an an nichts mehr einen Geschmack fand,
als an dem Umgange mit Gott in der Einsamkeit. Er war fast immer allein in einem
entlegenen Zimmerchen in dem Hause seines
Oheims, und las Erbauungsbücher; (h)
wie wir in der Folge noch ausführlicher sehen
werden. Endlich, um alles andere zu umgehen, daher kam, oder besser zu reden, dadurch
wuchs seine so zärtliche Andacht gegen das heiligste Altarssakrament. Von diesem Tage
konnte er sich gleichsam von dem Fuße des Al-
tars

(h) Paul Biroux.

ſich nicht mehr losreißen, beſonders wenn es öffentlich zur Anbethung der Glaubigen ausge-
ſetzt wär: er blieb gänze Täge, wohl auch gänze Nächte dort, und beſtättigte durch ſeine
Erfahrung die Wahrheit des Ausſpruches des weiſen Manns: In ſeiner Gemeinſchaft iſt
keine Beſchwerniß, noch Verdruß in ſeiner Beywohnung, ſondern Luſt und Freude. (i) Dieſe Andacht wurde von Gott auf eine recht auffallende Weiſe noch hier auf Erden nach ſeinem Tode belohnt, wie ganz Rom bekannt iſt.

Fünftes Hauptſtück.

Von der Fortſetzung ſeiner Studien, und von der Schätzung die er ſich bey ſeinem Oheim, und Lehrmeiſter, und bey ſeinen Mitſchülern erworben hatte.

Benedikt Joſeph ward von ſeinen Aeltern, wie wir in vorgehendem Hauptſtücke erzählt haben, zu ſeinem Oheim, dem Pfarrer von Erin geſchickt, um ſeine Studien fortzuſetzen. Dieſer gab ihn dann aus ſolcher Abſicht in die Schule, worinn er ſich gleich anfangs
unter

(i) Weish. 8, 16.

32

unter allen Schülern durch ein, weit über
sein Alter reichendes geseßtes Wesen auszeichnete. Wie von ihm Herr Klement in einem Briefe vom 24 May 1783 schreibt. Aber
seit dem der gute Jüngling das erstemal zum
Tische des Herrn gegangen war, schien er mehr
ein Engel, dann ein Mensch zu seyn. Sein un-
unterbrochener Eifer, seine Versammlung des
Geistes, die sich auch äußerlich verrieth, sein
immer sanfter Ernst, seine Sittsamkeit, und
seine Klugheit, die er in allen Vorfällen blicken
ließ, erwarben ihm die Schätzung seines
Oheims, und Lehrers in einem so hohen Grade, daß ihn dieser bestimmte, in seiner Abwe-
senheit, und so oft er aus andern Ursachen ver-
hindert war, seine Stelle zu vertreten. Und
es betrogen sich auch diese Priester in ihrem
Urtheile nicht; denn man bemerkte, daß die
Kinder so was Ehrwürdiges in unserm
Benedikt Joseph entdeckten, das sie besser im Zaume hielt, als die Gegenwart
der Lehrer selbst; wie der Herr Kanonikus
Klement, Sekretär des Bischofes von Ober-
boulogne, von einer Ursulinernonne, die sich
zugleich mit ihm in der nämlichen Schule befand, gehört zu haben schreibt. Eben dieses
bestätiget der jetzige Seelsorger zu Erin aus
den Nachrichten, die er von glaubwürdigen Augenzeugen eingeholet hat, und führet zum Beweggrunde dieser Achtung, so die Kinder gegen
Bene-

Benedikt Joseph äußerten, seine Sanftmuth,
und seine Frömmigkeit, an. (a)

Aber dieses Ansehen, so Benedikt hatte,
kam noch von zwo andern Eigenschaften her,
die ihn nicht nur bey den Kindern, sondern
auch bey allen andern ehrwürdig und beliebt
machten. Ich will hier von den authentischen
Zeugnissen seines auferbaulichsten Wandels
nichts melden, den er die ganze Zeit über
führte, da er sich bey seinem Oheim in Erin
aufhielt, der den Diener Gottes, aus besondern Anordnungen des Himmels, bis auf seinen Tod bey sich behielt, die man im Anhange lesen kann; und begnüge mich, die Aussage
derer allein herzusetzen, welche zum öftesten Gelegenheit hatten, zu dieser Zeit mit ihm umzugehen, als der Herren Joseph Prisset, Jakob
Legay, und Jakob Ludwig Truillier, welche,
da sie, jeder sonders, von dem Herrn Pfarrer
in Erin, auf Befehl des Bischofes, befragt
wurden, alle einhellig aussagten und uns
versicherten, daß sie ihn allezeit das einge-
zogenste, und auferbaulichste Leben führen
sahen; daß er es ihnen in allem Ernste verwies, wenn sie die Anständigkeiten verletz-
ten

(a) Die Kinder schätzten ihn wegen seiner Frömmigkeit so hoch, wo nicht höher, als selbst ihren Lehrer. Briefe des Herrn Entadon, Pfarrers in Erin.

Leben Labre.   C

ten, oder die Gebothe Gottes übertraten; daß er überaus fromm, sittsam, in der Kirche andächtig, und bey allen Gottesdiensten stets unbeweglich zugegen gewesen sey, und seine Augen auf sein Gebethbuch, in der ehrerbietigsten Stellung geheftet gehalten habe; daß er die Einsamkeit seines Zimmers ganz vorzüglich geliebt, und sich darinn mit Erbauungsbüchern beschäftiget habe; daß er statt sein Brod, das man ihm gab, zu essen, es einem Armen, oft zum Fenster hinaus, gereichet habe; daß, wenn er mit seinem Oheim spazieren gieng, er ein andächtiges Buch mit sich genommen, und unter dem Gehen darinn gelesen habe. Kurz, daß die ganze Zeit über, daß ich mich im Kirchspiele Erin aufhielt, habe ich nie das mindeste an ihm bemerkt, was wider die Anständigkeit, oder die guten Sitten gewesen wäre.

Unter den Büchern, die er in dem Bücherschranke seines Oheims fand, war der Pater Johann le Jeune, sonst der blinde Pater genannt, sein Lieblingsauktor. (b)   Er fand
an

an seinen Predigten vielen Geschmack, laß sie
immer, und ob er sie schon, seines glücklichen

gunden der französischen Bischöfe, und vor=
nehmisten Universitäten stehen. Dieser le Jeune
wurde der blinde Pater genannt, weil er in
einem Alter von 35 Jahren, da er eben zu
Rom die Fastenpredigten hielt, sein Gesicht
verlohren hatte. Er war ein berühmter Predi=
ger und Missionär, und einer jener apostolischen
Männer, welche die göttliche Fürsicht zum Heile
der Menschen zu senden pflegt. Er ward zu
Aligni in Oberburgund im Jahre 1590 ge=
bohren. Seine Mutter erzog ihn heilig, und
empfahl ihm dringend, die Schriften, des
P. Ludwig von Granata fleißig zu lesen, für
welche auch unser Diener Gottes, vielleicht
nach dem Beyspiele des blinden Paters eine
ausgezeichnete Schätzung trug. Er verließ ein
Kanonikat zu Arbois; und trat im Jahre 1614
in die Kongregation des Oratoriums. Ihr
Stifter Kardinal von Berulli bewunderte den
Eifer, und die Frömmigkeit dieses Jünglings,
und sagte von ihm vor, daß sich Gott seiner
zu großen Absichten in der Kirche bedienen wer=
de, welches sich auch erwahret hat. Der
blinde Pater arbeitete sechzig volle Jahre in
dem beschwerlichen Amte eines Missionärs, und
bewirkte in Frankreich mit seinem apostolischen
unermüdeten Eifer unzählige Bekehrungen.
Seine Geduld war bewundernswürdig: denn
nebst den schweresten Krankheiten, die er sich
durch seine Strengheiten zugezogen hatte, er=
trug er noch zu zweymalen den so schmerzlichen
Steinschnitt, ohne auch nur mit einem Worte

Gedächtnisses halben beynahe auswendig wußte,
konnte er sich doch nicht daran satt lesen. Die
Predigten von den Peinen der Hölle, und der
kleinen Anzahl der Auserwählten fielen ihm besonders auf. Da er diese Wahrheiten reiflich
durchdachte, wurde er so heftig bewogen, und
erschreckt, daß er sich entschloß, alles mögliche
zu thun, um mit den Wenigen selig zu werden,
der Hölle zu entgehen, und sich in seinem Vorhaben

zu klagen. Die Cardinäle, und die ansehnlichsten Bischöfe drangen aus Hochachtung seiner Tugend, und seinen seltenen Eigenschaften
an ihn sich in ihren Kirchensprengeln niederzu-
lassen. Sein Ruf war so groß, daß einige
auch auf hundert Meilen weit herbey reißten,
um sich seiner Anleitung im Geiste zu unterwerfen.
In seiner letzten, lang anhaltenden Krankheit be-
suchten ihn viele Bischöf, und endlich starb er
zu Limoges in einem Alter von achzig Jahren
den 19 des Aerntemonates, im Jahre 1672.
Der Zulauf derer, die ihn nach seinem Tode
noch sehen wollten, war so groß, daß man,
um der Gefahr des Einsturzes vorzubiegen, den
Saal, wo sein Leichnam lag, unterstützen mußte. Er hat verschiedene Schriften hinterlassen.
Sein Hauptwerk sind zehen ziemlich große Bän-
de vortreflicher Predigten, die ungemein lehr-
reich, und mit vieler Salbung geschrieben sind,
und schon manchen erhärteten Sünder gerührt,
und bekehrt haben. Sieh das Wörterbuch der
geistlichen Schriftsteller, worinn er der heilige
Franz von Sales seiner Zeiten genannt wird,
und das historische Wörterbuch des l'Advocat.

haben von keiner Schwierigkeit, so groß sie auch immer seyn möchte, irre machen zu lassen.

Von dieser Zeit an begann er ein noch eifrigeres, und strengeres Leben, und flehte Tag und Nacht zum Herrn, daß er ihm seinen Willen offenbaren, und ihn über seinen Standsberuf erleuchten möchte. Es hatte Benedikt Joseph ein unglaublich großes, edelmüthig = und empfindliches Herz, und daher achtete er einerseits keine Schwierigkeit, die ihm in Ausführung seiner heiligen Entwürfe aufstoßen konnte, und suchte in allen Stücken die größere Vollkommenheit; anderer seits that ihm nichts, was er immer aus Liebe Gottes litt, oder unternahm, ein Genügen, und er glaubte stets, so groß auch die Sache in sich seyn mochte, wenig, ja nichts gethan zu haben. Deßwegen dachte er immer darauf, wie er seinem Gott noch vollkommener dienen, ihm gefälliger leben, und sein ewiges Heil dadurch noch besser versichern könnte.

Damals war er ein Jüngling von fünfzehn Jahren, und glaubte, es wäre Zeit über das erhebliche Geschäft seines Berufes reiflich nachzudenken, und er überlegte die Sache ein ganzes Jahr lang mit aller Musse. Von seinen zärtesten Jahren an hatte er immer einen ausgezeichneten Abscheu gegen alles, was irdisch ist, geäußert, und eine ganz besondere Neigung

C 3 gegen

gegen die Einsamkeit an Tag gelegt. Aber
itzt führte er einen noch weit stärkern, und
unwiderstelichen Trieb, sich den Augen der
Welt auf immer zu entziehen, und irgend in
einer einsamen Freystätte eines geistlichen Or=
densstandes eine Tage hinzubringen, wo man
die Satzungen genau beobachtete, und die
strengste Buße übte. In dieser Absicht präf=
te er verschiedene Institute: aber keines war
vollkommen nach seinem Geschmacke; und alle
Strengigkeiten, so man darinn übte, so groß sie
auch waren, dünkten ihm in der Hitze seines
unausprechlichen Eifers sich abzutödten, Klei=
nigkeiten zu seyn. Endlich als er die stille Einsam=
keit die Strenge, und Regelmäßigkeit der
Mönche in der Abtey la Trappe betrachtete,
blieb er mit seinen Gedanken dabey stehen, und
beschloß, sich alle nur erdenkliche Mühe zu ge=
ben, theils die Einwilligung seiner Aeltern, wo=
mit er, wie er wohl vorsah, ziemlich hart las=
sen würde, theils die Aufnahm in die Kloster=
gemeinde zu bewirken. Nach diesem gefaßten
Entschlusse, entdeckte er seinem Oheim sein
Vorhaben, der ihm nach Hause zu reisen, und
um die Einwilligung seiner Aeltern anzusuchen
erlaubte, er war damals in seinem sechzehnten
Jahre.

Kaum war Benedikt Joseph dort angelangt,
so entdeckte er seinen Aeltern mit aller Demuth
und

und Unterwürfigkeit seine Begierde. Man kann
sich leicht vorstellen, welchen Eindruck auf ihr
zärtliches Herz der unerwartete Vortrag ihres
liebsten Sohnes werde gemacht haben, um so
mehr; da es darum zu thun war, bey so jungen Jahren einen Ordensstand anzutreten, der
in der Welt ohne Vergleich der strengste war.
Sie setzten sich also beyde, aus guter Absicht,
und besonders seine Mutter hitzig wider sein
Vorhaben. Aber wenigstens mußten sie bey
dieser Gelegenheit an ihrem geliebten Sohne
das Wachsthum des Bußgeistes, und sein allen irdischen Dingen abgestorbenes Gemüth bewundern, das auf das ehrliche Auskommen
nicht achtete, so er von seinen Aeltern, als
ihr erstgebohrner Sohn zu hoffen hatte.
Als dann der kluge Jüngling sah, all sein
dringendes Bitten sey vergebens, und nie werden sich die Aeltern zu seinen Wünschen bequemen, entschloß er sich, wieder zu seinem Ohei-
me zu kehren, und den so sehnlich verlangten
Augenblick abzuwarten, wo sich Gott ihn zu
trösten würdigen würde.

Sechstes Hauptstück.

Von seiner Rückkehre und dem fernern
Aufenthalte bey seinem Oheim bis zu
dessen Tode.

Mit aller Ergebenheit in die göttliche Anordnungen kehrte Benedikt Joseph zu seinem Oheim nach Erin zurück, aber er legte deßwegen den Gedanken nicht ab, sich eines Tages gänzlich von der Welt zu trennen, und nach dem Triebe seines Herzens seine Tage in der strengsten Buße hinzubringen. Während dieser Zeit, nämlich andere dritthalb Jahre lang, bis sein Oheim starb, wuchs der Eifer stets in ihm, den er durch das anhaltende Lesen geistreicher Bücher immer mehr und mehr anfeuerte. Der öftere Gebrauch der heiligen Sakramente — denn in selbiger Gegend war diese Andachtsübung ein seltener Anblick — erbaute die ganze Gemeinde. Er ließ auch durchgängig große Merkmaale seiner Gemüthsversammlung, seiner Gelehrig- und Sittsamkeit blicken; aber vornehmlich suchte er sich zum voraus an jenes strenge Leben zu gewöhnen, so er nach dem Institute der Trappermönche zu unternehmen dachte, und das ihm noch immer am Herzen lag; wie er dann alle von der Kirche verordneten Fasttäge

ꝛtige auf das strengste, und mit einer recht
ängstlichen Punktlichkeit beobachtete. So fuhr
er bis auf das Jahr 1766 fort, wo Gott seinen Diener auf einer neuen Laufbahne prüfte,
und der Liebe des Jünglings ein weites Feld
öffnete; und Benedikt Joseph, der sich bisher
weit von allem Umgang der Menschen in die
Einsamkeit begraben hatte, änderte mit einemmale seine einsiedlerische Lebensart, eilte aller
Orten hin, wo ihn die Liebe des Nächsten bey
der Gelegenheit rief, die ich itzt kurz erzählen
werde.

Es wüthete selbiges Jahr in dem Kirchspiele seines Oheims eine mörderische ansteckende
Seuche, welche eine große Anzahl der Einwohner dahin raffte. In jeder Hütte lagen mehrere krank danieder, so daß es oft in einer ganzen Haushaltung an einem einzigen Gesunden
mangelte, so der Presthaften pflegen, und den
nöthigen Lebensunterhalt herbeyschaffen konnte.
In dieser bedaurenswürdigen Lage des armen
Volkes beeiferte sich der Neffe und der Oheim
in die Wette, den Hilflosen beyzuspringen.
Tag und Nacht durchstrich der eine wie der
andere Häuser, und Hütten, liefen bald da,
bald dort hin, so wie fremdes Bedürfniß ihren
Beystand auffoderte, und ohne ihrer selbst zu
schonen, setzten sie sich der augenscheinlichen
Lebensgefahr aus, wurden allen Alles, und

scheu-

ſcheuten keine Unköſten, keine Mühe, und keine
Arbeit.

Benedikt Joſephs ſinnreiche, und demüthige Lieb gieng ſo weit, daß er ſich bis zu einem
Stallungen armer Leute herunter ließ. Da
dieſe krank in ihren Hütten lagen, und niemand
ihres Viehes pflegte, nahm er die Sorge für
ſelbes auf ſich, ſtrich in den Feldern und Gär-
ten herum, ſuchte Futter auf, und trug — gewiß ein erbaulich und rührender Anblick —
Futterkräuter und Heu auf ſeinem Haupte in
Bündeln nach Hauſe, um die dem armen
Landvolke ſo nöthigen Thiere zu retten.

Während beyde raſtlos mit allgemeiner Bewunderung in chriſtlichen Liebswerken beſchäfti-
get waren, gefiel es dem Herrn, Benedikts
Oheim zur ewigen Ruhe abzufodern; der endlich als ein rühmliches Schlachtopfer der Liebe der durch ſeinen unverrückt geleiſteten Beyſtand crevbten Seuche unterlag, wobey er un-
glaublichen Ungemach erduldet, und all das
Seine zur Hülfe ſeiner Schafe großmüthig
zugeſetzet hatte; wie man von Benedikt ſelbſt
erfuhr, der öfters ſagte, die Liebe habe
ſeinen Oheim völlig ausgeplündert, ſo
daß er nach ſeinem Tode nichts hinter-
laſſen hatte; und wurde der Diener Gottes durch den Tod ſeines Onkels, der Va-
                                          tersſtelle

tenstelle an ihm vertreten hatte: im neunzehnten Jahre seines Alters, ein Weyse. Dieser würdige Seelsorger starb im Geruche der Heiligkeit, und wurde von dem ganzen Volke bedaurt. Ein solcher Streich mußte dem empfindsamen Herzen des Jünglinges nothwendiger Weise höchst empfindlich fallen, um so mehr, da er ihm so große Verbündlichkeit schuldig war, und ihn stets, wie einen Vater geliebt hatte. Er nahm aus diesem Vorfalle Anlaß, der Vergänglichkeit des menschlichen Lebens noch eifriger nachzudenken, wodurch dann in ihm die Begierde nach himmlischen Dingen, und der hitzige Wunsch der Welt, und sich selbst, durch die Ausführung seines gefaßten Entschlußes abzusterben, immer heftiger aufloderte, den er, aus Ursache seines reifen Alters itzt leichter ausführen zu können glaubte.

Sie

Siebentes Hauptſtück.

Von ſeiner Rückkehre nach Amette in das väterliche Haus. Neue Verſuche, ſich unter die Trappermönche zu begeben.

Nach dem Tode ſeines Oheims, mußte er im Jahre 17 6 wieder zu ſeinen Aeltern nach Amette kehren. Das Bild des Todes, das er bey dem Sterbbette einer ſo innig gelieb- ten Perſon aufgenommen hatte, und mit ſich in ſein Vaterland zurück brachte, war für ihn ein neuer, noch ſtärker er Antrieb, ſich ſchleu- niger als jemals von allem Irrdiſchen los- zureißen, und in die Einſamkeit von la Trappe hinzueilen. Und weil ſeine Maxime war, ſein Gewiſſen, ſo rein als es möglich war, zu erhal- ten, und ſein Heil auf alle Wege beſtens zu verſichern, entſchloß er ſich vor allem, ſeine zweite Genera bericht in der Abſicht zu verrichten, um als ein durch die Gnade Jeſu Chriſti ganz erneuerter Menſch in das Kloſter einzutreten: und er führte auch dieſes ſein Vorhaben nach ſeiner Gewohnheit genau und eifrig aus; wie wir oben weitſchichtiger erwähnet haben. Um dieſe Zeit ermangelte er nicht ſein Gebeth, und ſeine Bußwerke zu verdoppeln, theils von dem Vater alles Troſtes die ſo erwünſchte Gnade zu erhalten, eines Tages Jeſu Chriſto in der

Ar-

Armuth, Demuth, und vollkommenen Ver-
läugnung seiner selbst ähnlich zu werden, theils
um sich an die Strengheiten zu gewöhnen, die
er in seinem künftigen Lebensstande würde üben
müssen.

Er kam bey seinen Aeltern auf ein neues
um die Erlaubniß bittlich ein, sich in die Abtey von Trappe begraben zu dürfen. Aber alle
Hausgenossen widersetzten sich mächtig seinem
Gesuche, und hauptsächlich die Mutter. Doch
welche Gründe sie ihm auch entgegen setzten,
blieb er bey seinem Vorhaben immer standhaft,
und antwortete allezeit, daß er dem göttlichen Rufe folgen müsse.

Endlich nach langem Streiten erhielt der
Diener Gottes von seinen Aeltern das so sehnlich verlangte Jawort, die nicht mehr zweifeln
konnten, daß ein so standhafter Eifer von Gott
kommen müsse. Voll Zufriedenheit eilte Benedikt Joseph mit ihrem Segen der Abtey zu.
Aber als er nach einer langen und mühsamen
Reise angelanget war, wurde er er nicht aufgenommen, weil sein Alter für ein solches Institut noch zu unreif schien, welches in Betracht
der Strengheiten, die dort geübet werden, eine
stärkere Leibesbeschaffenheit fodert. Ein jeder
wird leicht selbst erachten, wie empfindlich dem
eifervollen Jünglinge dieser unerwartete Streich
werde

werde gefallen seyn. Er mußte also zwar niedergeschlagen, aber ohne deßwegen die christliche Gottesergebenheit zu verlieren, nach Hause
kehren, und auf eine schicklichere Zeit sein Vorhaben auszuführen harren, das er noch nicht
aufgegeben hatte.

Nachdem dieser sein Versuch fehlgeschlagen
hatte, schickten ihn seine Aeltern nach Conteville, wo sein anderer Oheim Vikar war, und
Schule hielt, um sich unter seiner Anleitung
in der lateinischen Sprache zu vervollkommen.
Dieser sein zweyter Oheim, der gegenwärtig
Pfarrer zu le Pesse ist, kann es mit den ersten
Priestern in dem Seeleneifer, und allen andern guten Eigenschaften aufnehmen, wie sich
der Bischof von Boulogne in seinem Schreiben hierüber ausdrückt. Unter den Briefen,
spricht er, die ich ihm übermachet, ist auch
ein Schreiben von dem Herrn Vincenz,
einem Oheim des gottseligen Benedikt Joseph, dessen Zeugniß um so größern Eindruck machen muß, weil es von einem der
würdigsten Priester kömmt, so ich je gekannt habe. Seine ganz besondere Gottseligkeit, sein äußerst strenges Leben, seine
mitleidend- und großmuthvolle Liebe gegen
die Armen haben ihm die Schätzung, und
öffentliche Verehrung in einem solchen Grade erworben, daß ihn das Volk in den Gegenden

genden wo er bekannt ist, schon itzt heilig
spricht, indem ihn die Leute gemeiniglich,
nicht den Herrn Vincenz, sondern den heiligen Vincenz nennen.

Dieser würdige Priester, dem Benedikt
Josephs schöne Eigenschaften, theils aus dem
was er selbst an ihm, als noch einem Knabe
in seinem Hause bemerkt hatte, theils aus dem
vortheilhaften Zeugnisse des verstorbenen Oheims,
und der Aeltern bekannt waren, verwendete
sich mit der wärmsten Theilnehmung auf seine
weitere Bildung.

Die Zeit über, daß er unter seiner Aufsicht stund, bewunderte er an ihm seine Sittsamkeit, seine Frömmigkeit, und vorzüglich seine Sanftmuth, und den Geist der Gottseligkeit, und Buße. Er bezeugt, daß er sich seit
seinen ersten Jahren an durch seine große
Sanftheit bey allen lieb und werth gemacht habe, wovon er bey vielen Gelegenheiten zu Conteville die deutlichsten Beweise gab. Unter meinen Schülern war ein
boshafter Junge, der weil er Josephs
friedfertige Gemüthsart kannte, sichs her-
ausnahm, ihn, wo er konnte, zu necken.
Niemals äußerte Benedikt weder durch
Worte, noch in der That hierüber einige
Empfindlichkeit. Er trieb seine Begierde
3 ★

zu leiden so weit, daß er allen Ungemach
der Kälte im Winter duldete, ohne sich
dawider zu schützen oder zu klagen. Als er
nachher auf seine Gottseligkeit, und seinen Bußgeist zu reden kömmt, schreibt er unter andern:
Ich habe stets an ihn große Gottseligkeit,
und einen unersättlichen Eifer für die Le-
sung guter Bücher bemerket. Die Schriften des P. le Jeune waren diejenigen, die
ihn so sehr zur Buße aufgemuntert haben.
Er hatte sie öfter gelesen, und da er eine
gründliche Beurtheilungskraft, und ein
glückliches Gedächtsniß hatte, so hatte er
seiner Seele die darinn entwickelten Wahrheiten tief eingepräget.

Und in der That war das Lesen dieses Buches für unsern Benedikt ein steter Antrieb,
das Institut der Trappermönche zu ergreifen.
Aber da sich das Geschäft wegen des Alters,
das man von ihm foderte, so sehr in die Länge zog, nagte hierüber ein steter Kummer an
seinem Herzen. Diese lebhafte Begierde, die
er inner sich schon bey sechs Jahren nährte,
loderte bey Gelegenheit einer Mission wieder
heftiger als zuvor jemals auf, welche einige
Priester in Conteville hielten, die in dieser Absicht das Land bereißten. Schon seit der Zeit,
daß er die Schriften des berühmten Missionärs le Jeune las, hatte er eine besondere
Schä-

ſchätzung, und eine unbeſchreibliche Neigung
zu den Prieſtern gefaſſet, welche ſich auf
dieſe Weiſe zum Dienſte des göttlichen Wortes
widmeten; eine Schätzung, die er nachher
bis an ſeinen Tod immer beybehielt, ſo daß er
niemals Gelegenheit verſäumte, ihre Predigten
zu hören, und gewöhnlich die wichtigern Heimlichkeiten ſeines Gewiſſens nur Perſonen von
dieſem Stande anvertraute.

Aus dem Triebe dieſer Schätzung, und
Vorliebe folgte er, bey ſeiner Anweſenheit
in Chartville, um ſeine Seele ſtets mehr zu
heiligen, den Miſſionarien nach Bojapal,
Briar, Zoillecour, Rekemato nach, ohne
auf was anders, als auf ſein Heil zu denken. Bey dieſer Gelegenheit wuchs ſein Eifer
über alle Maßen; die Trappermönche zögerten
ihn mit der Aufnahme zu lang, und er wendete ſeine Gedanken nach dem Karthäuſerorden.
Er berieth ſich über dieſen ſeinen Entſchluß
mit dem Vorſteher eines gewiſſen Semina-
riums, an den ich mich eben nicht mehr be-
ſinne, der ebenfalls in den heiligen Miſſionen
gebildet, und wahrſcheinlicher Weiſe einer von
denen war, welchen er nach mehrern Gründen
nachgefolget iſt. Für dieſen würdigen
Prieſter trug Benedikt Joſeph eine große Schätzung, und das mit Recht, weil er ihn vom
Grunde aus kannte, und als ein vortrefflicher
Ehren Labre.

D   Leh-

Lehrmeister im Geiste die ganze Zeit über beite,
bis er zu Montreuil in den Orden der Karthäuser trat. Diesem legte er seine dritte Generalbeicht ab, und reiste hernach nach Amette zu
seinen Aeltern, um ihnen sein Vorhaben kund
zu machen, und sich ihren Segen zu diesem
Schritte zu erbitten.

Achtes Hauptstück.

Neue Schwierigkeiten, die dem Diener
Gottes, in Ansehung seines Berufes, so wohl
von Seite seiner Aeltern, als der Karthäusermönche von Longuenesse, und
Montreuil aufstießen.

Ob es schon unsern Benedikt Joseph dünkte, es werde nicht so schwer lassen, von
seinen Aeltern die Erlaubniß für den Karthäuserorden zu erhalten, die er für die Abtey la
Trappe schon erhalten hatte, fand er sie doch
nicht sonders geneigt, seinem Gesuche zu willfahren. Vorzüglich konnte sich die Mutter,
welche diesen ihren Sohn innig liebte, von
ihm nicht losreißen, und um seine Standhaftigkeit zu prüfen, ermangelte sie nicht ihm vorzustellen,

gestellet, nirgend werde er die Bequemlichkeiten des väterlichen Hauses finden; beynebens liege ihm, als dem Erstgebohrnen die Sache ob, die Aufsicht über seine andere Geschwistrige zu tragen; ja wenn er bleiben sollte, würde er wohl was mehreres, als seine übrigen Brüder von der Erbschaft zu hoffen haben. Aber diese Vorstellungen machten auf den Jüngling, wie sich wohl denken läßt, keinen Eindruck, der nun einmal den Entschluß gefaßt hatte, die Welt, so er dem Herzen nach schon lange verlassen hatte, auch dem Leibe nach zu verlassen. Endlich als man seine Entschlossenheit sah, erhielt er die verlangte Genehmigung, und den Segen seiner Aeltern. Nach seiner Ankunft in Montreuil stellte er sich bey dem Obern der Karthause, und erhielt auf sein Gesuch die Antwort, daß er wegen dem Abgange des erforderlichen Alters noch nicht aufgenommen werden könnte, überdem müßte er noch zuvor den Choralgesang erlernet, und die Logik studiert haben. Man wies ihn zur Geduld an, und versprach ihm, so er die nöthigen Jahre erreicht, und die erforderlichen Kenntnissen werde erworben haben, ihn bey seiner Rückkehr anzukleiden. Schmerzlich fiel unserm Benedikt diese Antwort auf; doch ergab er sich seiner Gewohnheit nach gänzlich den Anordnungen Gottes, verließ diesen Ort, und weil es ihn hierauf dünkte, er habe eine Weise gefunden, seine Wünsche schlei-

giges zu befriedigen, so eilte er nach dem
thause von Longuenes in St. Omer, mit der
Hoffnung, dort aufgenommen zu werden.

Und wirklich betrog er sich in seiner Hoffnung nicht; denn der Obere dieses Ortes erlaubte ihm, das Probierjahr zu beginnen. Anfangs glaubte Benedikt Joseph in das Land der
Verheißung eingegangen zu seyn. Aber eben
hier wartete Gott seiner, um ihn auf jene Probe zu stellen, so er nur mit seinen vorzüglich
lieben Seelen vorzunehmen pflegt, die er, wie
das Gold im Schmelzofen prüfet, und auser-
sehen hat, in diesem Zäherthale sich zu den
höchsten Stuffen der Vollkommenheit empor
zu arbeiten, wovon der Prophet sagt: Er hat
aus der Höhe ein Feuer in meine Gebeine
gesendet, und mich unterrichtet. (a). Dieß
ist jene Prüfung, wovon der heilige Johannes
vom Kreuze so unvergleichlich geschrieben hat,
und sie eine dunkle Nacht nennet; und der heilige David drückt sich hierüber mit folgenden
Worten aus: Sie haben mich in die tiefeste
Grube geleget, in die Finsterniß, und in
den Schatten des Todes. Dein Grimm
ruht schwer auf mir, und du hast alle
Fluthen deines Zornes über mich ergos-
sen. (b) Die Geisteslehrer nennen diese Prüfung, die leidende Reinigung.

Die

(a) Klag. 3, 13.   (b) Psalm. 87, 7.

diese düstere Umneblung des Geistes, wel=
che ihrerseits aus dem Gegensatze der mensch=
lichen Natur mit der göttlichen, und folglich
von einem lebhaften Lichte, das Gott der Seele
giebet, wodurch sie jedes Stäubchen der Un=
vollkommenheit erkennet, und daß ihr die un=
endliche Größe Gottes, und ihr eigenes Nichts
entdecket; und anderer seits aus der ihr einge=
gossenen göttlichen Liebe entspringt, wodurch sie
jede kleinste Beleidigung des höchsten Gutes
mehr, als den Tod hasset, erzeugt in der
Seele, wenn noch der Begriff dazu kömmt,
den sie sich selbst von der Strenge Gottes gestal=
tet hat, Angst, Mißtrost, Schrecken, Scru=
pel, und andere ähnliche Plagen, welche der
heilige Johannes von Kreuze in dem zweyten
Buche der dunkeln Nacht 6. Kap. als ein gro=
ßer Meister im Geiste herzählet. (c). Die
größ=

D 3

Da sich der heilige David in diesem Stande be=
fand, nahm er keinen Anstand, seine Plagen
Höllenpeinen, und Schlingen des Todes zu
nennen. Die Peinen der Höllen haben mich
umgeben, und die Schlingen des Todes
sind mir zuvorgekommen. Ps. 17, 6. Und
der geduldige Job wendet sich zu Gott, und
spricht: Mirabiliter me crucias; Und da er
die schreckliche Lage beschreibt, worinn er sich
befand, sagt er: Gehe ich gegen Aufgang,
so lässet sich nicht sehen, gehe ich gegen
Niedergang, so werde ich ihn nicht gewahr.
Seh ich zur Linken, was soll ich thun?
Ich

größten Seelen sind von Gott mit dieser Reinigung geprüfet worden, aber vornehmlich jene, welche Gott zu einer erhabenen Beschaulichkeit ruft, wie wir in der Schrift viele Beyspiele finden, als an dem David, an dem Jeremias, an dem Job. (d) Und mit wie vielen Heiligen des neuen Bundes schlug Gott die nämlichen Wege ein, wie mit einer heiligen Theresia, einem heiligen Ignaz von Lojola, einem heiligen Franz von Sales, der noch als ein

Ich werde ihn nicht ergreiffen: wende ich mich zur Rechten, so werde ich ihn nicht sehen. Er hat mich, wie das Gold das durch das Feuer geht, geprüfet. 20, 8. rc.

(d) Er hat mich mit seinen Lanzen umgeben, meine Lenden verwundet, meiner nicht geschonet, und mein Eingeweide auf die Erde ausgeschüttet. Er hat mir eine Wunde über die andere geschlagen, und mich wie ein Riese überfallen. Job 16, 4. Jeremias beklagt sich: Ich bin ein Mann, der sein Elend unter der Ruthe seines Grimmes sieht. Er hat mich getrieben, und in die Finsternuß, nicht in das Licht geführet. Er hat rings um mich Wälle aufgeworfen, und hat mir schwere Fessel angeleget, wenn ich auch rufe und bitte, vernichtet er mein Gebeth. Klag. 3, 1. rc. Auch David wendet sich zu seinem Gott, und spricht: Mein Herz ist betrübt, meine Stärke hat mich verlassen, und sogar das Licht meiner Augen ist nicht mit mir. Pf. 37, 11.

ein Jüngling durch diese Quaalen des Geistes Todesgefahr lief.

Dieses alles habe ich etwas weitschichtiger bemerken wollen, theils, weil dadurch ein gro-ßes Licht über einen oder den andern Zug aus dem Leben des Dieners Gottes verbreitet wird, theils damit man nicht etwa jenes für einen Feh-ler halten möchte, was die Wirkung der Tu-gend ist; welches schiefe Urtheil leicht einige fällen könnten, welche in den Wegen des Herrn nicht erfahren sind, und alles mit fleischlichen Augen, und nach ihren eigenen Unvollkommen-heiten betrachten, denn es bleibt immer wahr, der thierische Mensch versteht diejenigen Dinge nicht, die vom Geiste Gottes sind.(c)

So war der Zustand unsers Benedikt Jo-beschaffen, womit gewiß jenes Stillschwei-, und jene stete Einsamkeit, wozu sich die Karthäusermönche bekennen, nicht wohl zusam-men paßte. Und dennoch ließ der gute Jüng-ling in dieser qualvollen Lage den Muth nicht sinken. Ja diese Lebensart schien ihm noch viel zu lind, und nach seinen Absichten nicht streng genug zu seyn, weswegen er auch mit seinem Stande nicht gänzlich zufrieden war. Indeß fügte es Gott, der mit dieser Seele was anders vorhatte, so, daß er nach sechs Wochen

D 4   die-

(c) 1. Kor. 2, 14.

diesen Ort, obschon, wie er mir erzählte, sehr ungerne wieder verließ, da er nicht wußte, ob er in das Kloster, das er so sehr liebte, jemals wieder zurück kehren könnte: doch tröstete er sich noch immer mit der Hoffnung, eines Tages in die Trapperabtey aufgenommen zu werden, nach welchem Glücke er noch stets sehnlich verlangte.

Benedikt stellte sich nach seinem Austritte aus dem Karthäuser Probjahre von Longuenesse, bey seinem Gewissensrathe, von dem wir oben geredet, und bey dem er seine Generalbeicht abgelegt hatte. Dieser würdige Priester, der den Diener Gottes kannte, und sich von seinem Geiste einen richtigen Begriff gestallet hatte, beruhigte mit wenig Worten seine ängstlende Seele, und rieth ihm, für itzt in das väterliche Haus zu kehren.

Neun

Neuntes Hauptstück.

Leben, welches der Diener Gottes im
väterlichen Hause führte, neue zweyjährige
Schwierigkeiten aus Gelegenheit
seines Berufes.

... dieser Prüfung, die der Herr mit seinem getreuen Diener vorgenommen hat-
... ihn wieder in das väterliche Hause
... brachte, dieser den Geist der klösterlichen
... mit sich zurück, worinn er sich die
... Zeit seines Aufenthaltes, der zwey Jahre
... fleißig übte. Ob er schon einerseits die
... des Herrn wohl sah, die ihn aus dem
... wieder in die Welt verfetzet hatte, so
... er doch deutlich genug, daß er zu einem
... Leben berufen wäre, obwohl er die
... noch nicht errathen konnte, und deshal-
... machte er sich zu allem gefaßt.

... Indeffen ließ er von dem Gebethe nicht ab,
... hub seine Augen öfters zu den ewigen
... empor, von woaus er ein größeres Licht,
... alle die nöthige Hilfe erwartete, die göttli-
... Anordnungen gänzlich zu erfüllen. Zu dieser
... Alter von zwanzig Jahren, übte er sich
D 5 neben

neben dem Fasten zu der nämlichen Absicht noch
in andern Strengheiten. Die gute Mutter,
welche für das Leben ihres Sohnes besorgt war,
suchte alles auszuspüren, was dieser seinen Leib
zu peinigen vornahm. Und in der That über-
raschte sie ihn zuweilen, daß er statt in seinem
Bette zu ruhen auf der harten Erde lag: sie
rührt über die unbarmherzige Weise, womit ihr
Sohn seinen Leib behandelte, verwies sie es
ihm. Aber Benedikt antwortete stets mit Demuth und ganz gelassen, Gott habe ihn zu
einem strengen und bußfertigen Leben berufen, und er tange an, sich zeitlich in
dieser Laufbahne zu üben, um den göttlichen Absichten mitzuwirken.

Diese Widersprüche zwischen der mitleidigen
Mutter, und dem wider sich selbst zürnenden
Sohn hielten fast immer an. Jene wollte ihn
aus wohlgemeynten Absichten von dem Entschlusse abwendig machen, ein so strenges Leben zu führen, als er bey sich beschlossen hatte,
und sprach zu ihm: Sie werde ihre Einwilligung zu seiner Abreise nimmer geben;
dann außer dem väterlichen Hause würde
er seinen nöthigen Unterhalt nicht finden,
und er antwortete ihr: Liebste Mutter, laßt
mich immer gehen: ich werde von Wurzeln, wie die alten Einsiedler leben. Mit
der Gnade Gottes vermögen wir, was sie
vermochten. Der

Das Ruf eines so langen Zwistes verbreitete sich durch das ganze Land, und es war fast keine Verwandtinn, oder Freundinn, welche nicht gemeinschaftlich mit der Mutter den Entwurf des jungen Menschen bestritt. Es mangelte auch an Scheingründen nicht, welche zu adstelnen der Geist Benedikts nöthig war. Ja so gar das Ansehen verband sich mit den Gründen, und unterstützte sie nachdrücklich. Der würdige Priester H. Theret, itzt Seelsorger zu Barbüce, und damals Vikar von Amette bezeugt, daß er damals an ihm eine grosse Geduld in Uebertragung harter und empfindlicher Reden entdecket habe, womit ihm seine Befreundte, wie auch der Herr Theret, damals Vikar von Amette zusetzten, welche glaubten, sie thäten wohl daran, wenn sie seine Entwürfe durchkreuzten, als worüber die ganze Familie, und hauptsächlich die Mutter in Verlegenheit gerieth, und sich heftig betrübte. Er allein bey allen diesen Unannehmlichkeiten blieb allezeit heiter, gutlaunigt, und gegen seine Aeltern gehorsam, bis er von ihnen die Erlaubniß erhielt, in die Karthause von Montreuil zu gehen.

Aber eine solche Standhaftigkeit bey dem Diener Gottes, in Verbindung einer solchen Gelehrigkeit, Demuth, und Sittsamkeit, welche

che wider Fleisch und Blut unerschüttert enthielt,
verdiente endlich wohl, daß sich seine Vorgesetzte nach seinem Wünschen fügten; welche
dann auch, nach seiner so langen Erfahrung
und so vielen Beweisen, die sie nicht mehr zweifeln ließen, der Jüngling werde vom Geiste
Gottes geleitet, in sein Begehren williget:
worauf er alsogleich seine Vorkehrungen traf,
um in der neuen Karthause zu Montreuil aufgenommen zu werden, welche Gnade man ihm
unter der Bedingung versprochen hatte, wenn
er sich in dem Choralgesange, und in der Logik
würde vervollkommet haben; in welcher Absicht
er dann auch zu dem Herrn Du Four abreise-
te, der dazumahl Vikar in Ligni war, und
gegenwärtig Pfarrer zu Anchi im Walde ist,
um unter seiner Anleitung die nöthigen Kennt-
nisse zu erwerben.

Zehn-

Zehntes Hauptstück.

Er verlegt sich auf die Dialektik, und
auf den Choralgesang. Seine Lebensart in
Lyon bey dem Herrn Du Four.

Die Schrift nennt die Wege, worauf der
Herr seine Diener führet, wunderbar,
und an einer andern Stelle harte und beschwer-
liche Wege. Wer immer einen flüchtigen Blick
auf den Pfad zurück werfen will, den der Diener Gottes Benedikt Joseph Labre bisher zurück-
geleget hat; der wird ohne Schwierigkeit entdecken, daß er wirklich wunderbar und beschwerlich gewesen sey, um so mehr, da sein Ziel dem
Diener Gottes selbst noch immer verborgen war,
ob er schon die heftigsten Antriebe fühlte, darauf fortzuschreiten, und wirklich, wie jene ge-
heimnißreiche Thiere bey dem Propheten Eze-
chiel fortschriet. Und ein jedes gieng stracks
vor sich hin, wo sie die Gewalt des Geistes
hintrieb. Aber wunderbarer und härter ist
jene Strecke des Weges, die er noch hinterlegen muß.

Er verlegte sich dann auf die Dialektik, und
den Choralgesang. Man sollte glauben, er
werde beydes mit gleichem Eifer getrieben haben, weil man ihn nur unter dieser Bedingniß
in

in die Karthause zu Montreuil aufzunehmen ver
sprochen hatte. Aber so groß keine Neigung zu
dem Gesange, zu den Erbauungsbüchern, und
zum Meßedienen war, solchen Eckel hatte er
ob der Logik, den er alles Gewalts, den er
sich anthat, ungeachtet nie besiegen konnte,
und die Fortschritte, die er in diesem Fache
machte, waren mehr eine Wirkung seines ge
nen Kopfes, als seiner Emsigkeit. (a)

Benedikt Joseph verweilte in diesem Orte
drey Monate lang, die er über den Erbauungs
büchern, und vornehmlich über den Schriften
des blinden Vaters, an denen er nicht satt lesen
konnte, in einem steten Gebethe, und in andern
christlichen Andachtsübungen zubrachte: aber
hauptsächlich fuhr er fort, sein Fleisch stets zu
kreuzigen, und den Tod Jesu Christi an seinem
Leibe herumzutragen, um sich zu noch größern
Strengheiten abzuhärten, an die er immer
dachte, und nach denen er sich sehnte, um sei
nem gekreuzigten Heilande gleich zu werden,
der ihm stets vor Augen schwebte, und den er
im Herzen trug.

Der Abscheu, den er schon in der Kindheit
gegen alles, auch unschuldige Vergnügen ge
äußert hatte, wurde bey ihm in dem Alter, wo
er über sich selbsten Herr war, gleichsam zur an
dern Natur. Nie konnte man ihn bereden, mit
zu

(a) Seine eigene Aussage.

zu den gewöhnlichen Unterhaltungen zu gehen, welche man, nach der Sitte dieser Orte, an Sonn- und Feyertägen, nach dem pfärrlichen Gottesdienste auf dem Lande, anzustellen pflegt. Einer seiner Mitschüler machte sich anheischig, ihn wenigstens einmal mit sich in die Gesellschaft zu bringen. Er that dann sein möglichstes, setzte auf die nachdrücklichste Weise an ihn. Aber seine Bemühung war fruchtlos, und er hatte das Vergnügen nicht zu sehen, daß sich der gute Jüngling seine gewöhnliche Strenge einmal ein wenig abspannte.

Ich merke hier noch an: So sehr Benedikt äußerlich sein Fleisch, und seine Sinne durch Einsamkeit, durch Stillschweigen, durch Fasten, und andere Strengheiten züchtigte, so schmerzlich ward er auch in seinem Geiste gekreuziget, worinn noch immer seine Reinigungsnacht anhielt, wovon ich oben geredet habe, und von der in der Folge noch manche empfindliche Wirkungen vorkommen werden; indem diese Finsterniß gerad in jenen Orten dichter wurde, wo man die Rückkehr der Heiterkeit, und der ruhigen Zufriedenheit verhofft hätte. Und in der That sehnte sich der Diener Gottes nach dem glücklichen Zeitpunkt, wo er mit dem königlichen Propheten sagen könnte: (a) Sieh, ich bin weit hinweg geflogen, und habe mich

(a) Pf. 54, 8.

urich in der Wüste aufgehalten. Ich war
tete auf den, welcher mich von der Blöd
müthigkeit, und dem Sturm des Geist
errettet hat. Dieser ruhige Port schien
neue Karthause in Montreuil zu seyn, die
seine ganze Seele an sich zog. Kaum daß
also sich in dem Gesange und der Vigil
genug zu sein glaubte, flog er stracks
Orte zu, um gemäß des erhaltenen
chens eingekleidet zu werden.

Eilftes Haupt

Er wird in die Karthause zu M
aufgenommen. Sein Aufenthalt i
Kloster, und sein nachmaliger Aus

Er trat die Reise nach Montreuil
Erntemonate des Jahres 1769,
stellte an den Obern des Klosters
in den Karthäuserorden aufgenomm
den, der auch keine Schwierigkeit mach
seine Wünsche zu gewähren. W
sein Prüfungsjahr am Feste der
Mariä, oder an einem Tage unter
begann. Man kann sich leicht vor
welcher Herzenswonne er sich in diese Einsa

keit werde begraben haben. Der eifrige No-
viz glaubte selbst, endlich einmal in den ruhigen Port seiner Wünsche eingelaufen zu seyn,
und mit unglaublicher Freude schickte er sich an,
die strengen Sazungen dieses Ordens mit einer
ängstlichen Pünklichkeit zu beobachten, und
alle die Selbstkreuzigungen vorzunehmen, so
darinn üblich sind. Aber dieß war nur eine
flüchtige, augenblickliche Freude. Denn, nachdem er alles geprüfet hatte, so schien ihm dieses
Institut, dessen Strengheiten auch entschlosse-
ne, und bußfertige Seelen schrecken könnten,
bey seiner unersättlichen Begierde für Jesum
Christum zu leiden, viel zu gelind zu seyn.

Obwohl dieses, um die Wahrheit zu gestehen, nicht das einzige war, was sein Herz
nicht befriedigte. Jenes lebhafte Licht und
Feuer, das wir oben beschrieben haben, womit Gott seine liebsten Seelen läuteret, und prüft,
um sie, nach ihrem sittlichen Tode, wodurch
sie sich selbst absterben, auf das engste mit sich
zu vereinigen; wie es ihm die unendliche Lie-
benswürdigkeit Gottes aufdeckte, und ihn zur
Liebe des höchsten Gutes hinriß, so enthüllte
es ihm auch seine eigene Niedrigkeit, welche
nichts dann die äußerste Verachtung, und alle
Strengheiten der Buße zu erfahren verdiente.
Wie dann einer, so mit unverwandtem Auge
in die Sonne blicket, von ihrem Glanze geblen-

det, sie selbst nur mehr verstörten und bestiel
sieht; so sah auch er bey diesem in seine schöne
Seele so reichlich einströmenden Lichte, oder
glaubte doch seinen Gott nicht mehr zu sehen,
und seufzte mit Job: Warum verbirgst du
dein Angesicht, und hältst mich für deinen
Feind? (b) und es dünkte ihm, als ob ihn die
Hand Gottes wieder aus jenem Aufenthalte
riß, wohin er ihn mit seiner Stimme zuvor
gerufen hatte.

Diese seine innerliche Angst, diese Qual
seines Geistes war zu groß, als daß er sie und
bemerkt inner sich hätte verschließen können: sie
fiel bald auch andern auf, und seine Seelen-
leiden erregten das Mitleid dieser guten Geistlichen, welche nach reiflich überlegter Sache
urtheilten, seine betrübte Lage wäre ein klares
Zeichen, daß ihn Gott nicht in diesem Orden
wolle, und von ihm weiter nichts, als das
Opfer seines Willens verlangt hätte: sie beschlossen dann, ihn zu verabschieden, welches
auch den 2 des Weinmonates erfolgte; nachdem
er sechs Wochen in ihrer Gemeinde zugebracht
hatte.

Nach seinem Austritte schrieb er noch denselbigen Tag an seine Aeltern, berichtete ihnen,
was vorgegangen wäre, und erklärte sich wegen

(b) Job. 13, 24.

gen seines gegenwärtigen Vorhabens. Dieses
Schreiben lautet wahrhaft erbaulich, und die=
net vollkommen gut, sich einen richtigen Be=
griff von seiner rechtschaffenen Denkensart,
von seinen Absichten, und der Heldenmäßigkeit
seiner Tugend zu machen. Ich rücke es hier
zur Erbauung der Leser ein.

Liebste Aeltern!

Ich mache ihnen zu wissen, daß ich, weil
mich die Kartheusermönche für ihren Orden
nicht tauglich fanden, das Kloster den zwey=
ten des Weinmonates wieder verlassen habe.
Ich sehe diesen Vorfall, als eine Verord=
nung der göttlichen Fürsehung an, die mich
zu einem vollkommnern Stande ruft. Die
Ordensgeistlichen selbst sagten mir, daß es die
Hand Gottes wäre, die mich von ihnen
wegführte. Itzt wende ich mich nach der
Abtey la Trappe. Dieß ist jener Ort, nach
dem schon seit langer Zeit alle meine Wün=
sche stehen. Sie bitte ich wegen allem Un=
gehorsam, und gemachtem Verdrusse um
Vergebung, und ersuche Sie um ihren Se=
gen, auf daß mich der Herr geleite. Ich
werde Gott für Sie alle Tage meines Le=
bens bitten. Vornehmlich sind Sie mei=
netwegen unbekümmert: wenn ich auch hier

E 2   „hät=

„ hätte bleiben wollen, würde man mich nicht
„ behalten haben. Dieß ist mein Trost, daß
„ der Allmächtige mein Führer ist.   Sorgen
„ Sie für den Unterricht meiner Brüder,
„ und Schwestern, und vorzüglich meines
„ kleinen Taufpathen. Mit der Gnade Got-
„ tes werde ich Sie weiter nichts mehr bitten,
„ und ihnen keine Ungelegenheit mehr verursa-
„ chen.   Ich empfehle mich in ihr heiliges
„ Gebethe. Ich bin gesund, und habe den Haus-
„ dienern kein Geld gegeben.   Sind Sie für
„ ihr Heil besorgt; lesen, und üben Sie, was
„ der blinde Pater lehret.   Dieß ist ein Buch,
„ das den Weg zum Himmel zeigt; aber zu
„ thun was es sagt, läßt sich die Geilheit
„ nicht hoffen. Betrachten sie die schrecklichen
„ Peinen der Hölle, welche man sich durch
„ eine einzige Todsünde, die man doch so
„ leicht begeht, für eine ganze Ewigkeit zuzie-
„ hen kann.   Bestreben Sie sich, aus der
„ geringen Anzahl der Auserwählten zu seyn.
„ Ich danke Ihnen für alle die Güte, so Sie
„ gegen mich gehabt, und für alle die Dien-
„ ste, die sie mir erwiesen haben: Gott wird
„ es Ihnen vergelten.   Geben Sie meinen
„ Brüdern und Schwestern die nämliche Auf-
„ erziehung, die ich genossen habe.   Dieß ist
„ das Mittel, sie in dem Himmel glücklich zu
„ machen: denn ohne Unterricht kann man
„ nicht selig werden. Meiner sind Sie los;

es

„ es ist wahr, ich habe Sie viel gekostet;
„ aber mit der Gnade Gottes werde ich alles,
„ was Sie für mich gethan haben, zu benu-
„ tzen suchen. Beruhigen Sie sich wegen mei-
„ nes Austrittes aus dem Kloster. Sie dür-
„ fen sich dem Willen Gottes nicht wiederse-
„ tzen, der es zu meinem Besten, und zu mei-
„ nem Seelenheile so gefüget hat. Grüßen Sie
„ mir meine Brüder und Schwestern, und er-
„ bitten Sie mir noch einmal ihren Segen.
„ Ich werde ihnen nicht weiter beschwerlich fal-
„ len. Der gute Gott, den ich noch vor mei-
„ nem Austritte empfangen habe, wird mich
„ in dem Unternehmen leiten, das er mir ein-
„ gegeben hat. Ich werde die Furcht Gottes
„ immer vor Augen, und seine Liebe in mei-
„ nem Herzen haben. Ich hoffe sicher in der
„ Abtey la Trappe aufgenommen zu werden.
„ In diesem Falle hat man mich versichert, daß
„ weil der Orden der sieben Brünnen nicht so
„ streng ist, man dort auch junge Leute auf-
„ nehme. — Aber ich werde ja doch in mei-
„ ner lieben Abtey aufgenommen.

Montreuil den 2 des Weinmonates
1769.

Ihr demüthigster Diener
Benedikt Joseph Labre.

E 3   Zwölf-

Zwölftes Hauptstück.

Seine Reise in die Abtey la Trappe, und nachher in das Kloster der heiligen Maria von den sieben Brünnen, wo er aufgenommen wird. Sein Aufenthalt in diesem Orte, und seine Abreise.

Aus dem angeführten Schreiben ersieht man wohl, daß der Diener Gottes noch bey seinem ersten Entschluße blieb jenen Ordensstand anzutreten, den er für den strengsten hielt, und sich in der Abtey la Trappe einkleiden zu laßen, wo er das erstemal wegen seinem jugendlichen Alter eine abschlägige Antwort bekommen hatte. Er unternahm dann das zweytemal diese lange, und mühsame Reise zu einer sehr unfreundlichen Jahrszeit. Aber auch diesesmal schlug seine Hoffnung fehl, der Herr fügte es so, ohne daß es Benedikt Joseph vermuthete, seine Begierde, in den strengsten Orden zu treten befriedigen wollte. In der Hoffnung also die er in seinem Schreiben berührt hatte, trat er seine Reise nach der Abtey an, welche das heilige Ort Maria von den sieben Brünnen genannt wird.

Es liegt dieses Kloster in dem Sprengel von Autun in dem Kirchspiele Dyon. Es ist

von

von Rickard, und Wilhelm von Burbon aus
dem Cisterzerorden im Jahre 1132 gestiftet, und
anfänglich das heilige Ort genannt worden;
... Benennung, die ihm gegenwärtig wegen
... ...gkeit der reformirten Cisterzermönche,
... ihn wohnen, vollkommen anpasset. Eu-
...us von Beaufort, ein Pariser nahm mit
diesem Kloster im Jahre 1663 in der Zucht
eine Verbesserung vor, und starb 1709 in einem
... ...n 73 Jahren, nachdem er besagtem
...loster in allem drey und funfzig, und nach ein-
... ...r Reforme sechs und vierzig Jahre vor-
... ...ben war. Man beobachtet in diesem Klo-
... Regel des heiligen Benedikt nach dem
... ...leben. Der Ort hat mit der Abtey
...rappe nichts, als den Cisterzerorden ge-
... und die Lebensart, welche man zu St.
...nä von den sieben Brünnen führet, ist
... ... strenger. Hier werden die priester-
... Tagzeiten stets ganz gesungen. Die
...che stehen allezeit um Mitternacht auf, die
... und andere gebothene Festtäge ausge-
... ...en, wo sie sich etwas später in Chor be-
... ...en. An den Fasttägen essen sie erst um
... oder drey Uhr nachmittag, und ihre
...Abendkollation besteht in einem einzigen Gläs-
...en Wein ohne Brod. Aber in der vierzigtägi-
... Fasten kömmt man nur einmal, und dieß
... ein Viertel über vier Uhr nachmittag in den
Speisesaal. Ueberdem sind jedem Mönche zum

E 4   Trin-

trinken nicht mehr, dann zehen Unzen [...]
angewiesen, nebst mehr andern Strengheiten,
wodurch sich die Lebensart der sieben Brüder
von jener in der Abtey la Trappe unter[scheidet]
Dieß mag einstweilen erkecken, um den Irrthum von vielen zu berichtigen, welche diese zwey
Klöster mit einander vermengen.

Nun in dieses Kloster ist Joseph Bened[ikt]
als ein Chorbruder, unter dem Namen [...]
aufgenommen und den 28 des Weinmonats
1769, in dem Alter von 21 Jahren ein[...]
worden.   Aber, während er glaubte, [...]
er endlich an der ihm von Gott leben[...]
zugewiesenen Ruhestätte angelangt, muß er [...]
wie anderswo, und zwar mehr denn an[der]
mal die barmherzige Hand seines Geliebten [...]
fahren, der ihn durch harte Wege immer [...]
an sich schloß, und vor Liebe schmachten li[eß]
Jene Nacht, von der wir oben geredet ha[ben]
wurde finsterer, dann jemals, und die [...]
Seele suchte ihren Bräutigam immer auf, u[nd]
glaubte immer die Worte zu hören: Wo [...]
dein Gott? Es dunkte sie, er sey weit v[on]
ihr, indeßen er ganz nahe bey ihr war, und i[hre]
Liebe fast eben auf diese Weise prüfte, wie e[ine]
zärtliche Mutter die Anhänglichkeit ihres Kind[es]
prüfet, da sie sich vor ihm verbirgt, und [...]
von ihm suchen läßt.

In diesem so qualvollen Zustande ermangelte er doch im geringsten nicht, alle Satzungen
und Gewohnheiten dieses heiligen Ortes zu beobachten, betrachtete in dem Gesetze Gottes,
und vollzog alle seine Gebothe, und doch dünkte
ihn, er sündige immer, und in allen Stücken;
welches, wie der heilige Pabst Gregor anmerket, die Wirkung einer reinen Seele ist, welche auch dort eine Sünde fürchtet, wo doch
keine Sünde ist. Bonæ mentis est, ibi peccatum metuere, ubi peccatum non est. Diese ... Pein ist so hart, wie der Tod, und
... ängstliche Sorgfalt, sich in der Liebe immer mehr zu reinigen weicht der Hölle nicht.
... Liebe ist stark wie der Tod, und die
... acht ist unbiegsam, wie die Hölle. (c)

Aber jener Gott, der seinen Diener zu einer
neuen Art von Einsamkeit mitten in der Welt,
und zu einem noch strengern Leben berief, fügte
es durch einen verborgenen, und wunderbaren
... seiner Fürsehung so, daß man ihn, weil
man um sein Leben besorgt war, aus dem Kloster entließ; welches den 12 des Heumonates
1770 geschah, wie man deutlich aus dem Zeug-
... sieht, das ich nach seinem Tode bey ihm
... funden, und am Ende dieses Buches nebst
... dern Urkunden eingerückt habe, worinn mit
einer klösterlichen Einfalt, ohne schmäuchleri-
sche Ausdrücke gesagt wird, daß er in dieser

E 5

Ein-

(c) Cant. 8, 6.

Einsamkeit ganz erbaulich gelebt habe. Welches
noch deutlicher aus einem Schreiben des...
würdigen Abtes von den sieben Brünnen...
15 des Brachmonates 1783, an den...
Kasamara erhellet, worinn er bezeuget...
Tagbuche des Noviziats, wo von...
Austritte Meldung geschieht, werde...
das Lob gesprochen, daß er fromm...
sam, und arbeitsam gewesen sey, und...
Kloster ungern verlassen habe.

Wie schmerzlich ihm dieser Absch[ied]...
gefallen seyn, läßt sich aus diesem Brief...
ßen, und erhellt noch deutlicher, wenn...
denkt, welche Reisen er unternommen...
Versuche er gemacht, welche Mühe...
geben habe, in das strengste und regelm[äßige]...
Kloster aufgenommen zu werden...
wohl, daß ihm itzt aller weitere Zugang...
schlossen wäre, und erkannte deutlich...
Herr von ihm, wie von dem Abrah[am]...
nichts, als das Opfer seines Willens...
aber das wirkliche Klosterleben geford[ert]...
Aber unschlüßig war er, wohin er sich...
sollte; dann bey reiferm Nachdenken...
Worte des Heilandes: Keiner der seine...
an den Pflug legt, und zurück sieht...
Reiche Gottes tauglich, dünkte es ih[m]...
lich zu seyn, zum Besitze dessen wieder...
was er nun einmal aus Liebe Jesu Chr[isti]...

lassen

lassen hatte. Es war ihm dann einerseits der Eintritt in den heiligen Orden versagt, und andererseits verschloß er sich selbst die Rückkehre in das väterliche Haus. Was sollte er in dieser Lage thun? Er ließ deßhalben den Muth nicht sinken, und voll des Vertrauens wendete er sich durch eifriges Gebeth an seinen Gott, auf daß er sein Führer seyn möchte. Und seine Zuversicht betrog ihn nicht: denn ein Licht von oben hellte seinen Geist auf, und wies ihm jenen Weg, auf dem er zu Ausführung jenes Unternehmens gelangen könnte, wozu der Vater des Lichtes ihn aufzufordern schien.

Dreyzehntes Hauptstück.

Seine Wallfahrtsreisen.

Wenn die Wege wunderbar sind, auf denen Gott seinen Diener Joseph bisher geführt hab, so sind jene gewiß noch wunderbarer, die wir ihn izt werden betreten sehen. Frey von den Banden des Klosters, und von der Welt entfesselt, schickte er sich an, nach dem Triebe seines großen Geistes, der sich im Dienste des Herrn von keiner Schwierigkeit schrecken ließ, und

und jedem Unternehmen gewachſen war, gleich
dem Abraham, der auf den Befehl Gottes in
ſein Vaterland, und ſeine Verwandtſchaft verlaſſen hatte, dem Wink des Höchſten zu folgen, wo er ihn auch immer hinführen würde.
Und weil er wußte, das Rom der Mittelpunkt
der katholiſchen Religion, das von Gott zu ſeiner Wohnung auserleſene beglückte Sron, der
Schauplatz des Siegs, und die Ruhſtätte der
glorreichen Apoſtelfürſten, und ſo vieler chriſtlichen Helden wäre, welche mit ihrem Blut,
und ihren Tugenden die Kirche Jeſu Chriſti
verherrlichet haben, und vornehmlich weil hier,
wie der heilige Johannes Cantius zu ſagen pflog,
die Schätze der Abläſſe zur Vergebung der Sünden ſtets offen ſtehen, ſühlte er einen ſtarken
Trieb, der ihn nach dieſer heiligen Stadt hin-
zog, wo Gott aus ſeinen geheimen anbethungswürdigen Abſichten, von dem zu reden ich weder für ſchicklich, noch für nöthig halte, ſeiner
warrete, und richtete ohne Verzug ſeinen erſten
Wallfahrtsgang nach Rom.

Bey ſeiner Ankunft zu Guiers in Piemont
ſchrieb er den 21 des Erntemonats 1770, noch
einmal ſeinen Aeltern, theils um ihnen von
ſeinem Austritte aus dem Kloſter der ſieben
Brünnen Nachricht zu geben, theils um ihnen
das letzte Lebewohl zu ſagen, indem ſie von dieſer Zeit an bis nach ſeinem Tode von ihm nichts
weiter

wetter hörten. Die Urschrift dieses Briefes be-
Vincenz Pfarrer zu Deuf, der mir
eine Abschrift davon versprach, die mir aber
noch nicht zu Handen gekommen ist. Auf dieser seiner Wallfahrtsreise ermangelte er nicht,
jedes Heiligthum zu besuchen, so in den Ländern, durch die er reisen mußte, in einigem Rufe war, wovon er vollkommen gut unterrichtet
schien. Von Piemont aus setzte er seine Reise
nach Loreto fort, (a) wo er nicht eher dann
beym Eingange des Wintermonates in selbigem
Jahre ankam; und dieß nicht allein, weil er
zu Fuß reisete, sondern auch weil er an allen
Wallfahrtsorten, die er unterwegs antraf, oder
die seitwerts lagen, verweilte. Loreto ward
daher immer sein Lieblingsort, gegen den er
eine unaussprechliche Andacht trug, und wo er
häufige Gnaden empfieng.

Nachdem er in Loreto seine Andacht befriediget hatte, wallete er nach Assisi, um die Grabstätte des heiligen seraphischen Vaters zu verehren, dem er mit einer vorzüglichen Neigung
zugethan war, und kam dort den 20 des Wintermonates im nämlichen Jahre an. An dem
Tage seiner Ankunft ließ er sich aus dem Triebe der Andacht, und Schätzung in die Gürtel-
bruderschaft, so vom heiligen Franzen den Namen

(a) Schriftliches Zeugniß vom 6 des Wintermonates
1770.

men hat, einschreiben, (*b*) zu welcher Hand
lung er sich durch die Empfangung der heiligen
Geheimnisse vorbereitete. Vielleicht trug er
von dieser Zeit an auf bloßem Leibe ein Strich
chen, oder Gürtel, um seine Lenden, wie man
nach seinem Tode bey Aenderung der Kleider
entdeckte, und er gab von diesem Tage an deut
lichere Zeichen seiner Andacht gegen diesen Hei
ligen, und äußerte immer eine besondere Vor
liebe für jene Kirche, worinn dieser Heilige ver
ehret wird.

Von Assisi aus setzte er seine Reise nach
Rom fort, und kam dort Anfangs des Christ
monates an, wo man ihm das französische Spi
tal des heiligen Ludwig zum Aufenthalte an
wies. Man findet seinen Namen in der Liste
der Pilgrimme auf den 3, 4, und 5 des Christ
monates. Aber wir müssen deßhalben nicht
glauben, als ob er sich nur drey Tage in Rom
aufgehalten habe; er reiste nicht eher ab, bis er
nicht seine Andacht vollkommen befriediget, und
und jedes Heiligthum der Stadt, der Reihe
nach, besucht, und ganze Tage dabey zuge
bracht hatte. Es ist nicht so leicht, seine zärt
liche Empfindungen vornehmlich beym Besu
che der kostbaren Denkmäler des gekreuzigten
Heilandes, welche in dieser heiligen Stadt ver
ehret

(b) Schriftliches Brüderschaftzeugniß vom 20. des
Wintermonates 1770.

ehret werden, zu beschreiben, vor welchen er ganz in die zärtlichsten Gefühle des Mitleides und der Reue zerfloß. Die vorzüglichste An dacht äußerte er gegen die göttliche Mutter; verehrte ihre berühmtesten Bildnisse, und es schien, als ob er sich von ihrem Anblicke nicht mehr trennen könnte. Nach der Andacht gegen Maria behaupteten in seinem Herzen unter den Heiligen die Apostelfürsten Petrus und Paulus die erste Stelle, deren Asche ihn wie ein Magnet zu sich zog. Er verweilte dann die letzten Tage des Jahrs 1770, und einen guten Theil des folgenden in Rom, bis er eine neue andächtige Wallfahrtsreise nach seinem lieben Loreto vornahm.

Dort kam er den 16 des Herbstmonates 1771, wie aus einem schriftlichen Zeugnisse erhellet, an. Aber zuvor verfügte er sich bey dieser Gelegenheit im Heumonate nach Fabriano, wo er die Asche des heiligen Romuald, des Stifters der Kamaldulensermönche verehrte, der wegen seinen vortrefflichen Tugenden, und vornehmlich wegen seiner ganz sonderbaren Buße in großem Rufe steht. Er verweilte im Spitale des heiligen Jakob des größern mehrere Tage. Bey diesem seinem Aufenthalte wurde man seine Tugend gewahr, und das Volk fieng an, ihn für einen Heiligen auszurufen. Aber, da er sich stets verborgen hielt, und nach seiner tiefen Demuth nicht dulden konnte, daß man einige Schätzung gegen ihn äußerte, reiste er unverzüglich ab. Dieses wissen wir aus einem Briefe des Herrn Pfarrers Pagetti, der die ganze Zeit seines Aufenthaltes in Fabriano sein Führer im Geiste war. Er merket an, daß ihm Benedikt Joseph bey seiner Abreise gesagt habe, er werde dem Spithale die bezeugte Liebe schon vergelten, welche Worte der besagte Herr Pfarrer für eine Art von Vorsagung nahm, weil bald darauf dieser milden Stiftung ein frommes Vermächtniß von 100 Studi durch eine Frau in Loreto zukam.

Während seines fünfzehntägigen Aufenthalts, legte er bey dem Herrn Pfarrer Pagetti auf ein neues eine Generalbeicht ab, der über selbe, und sein ganzes übriges Betragen folgendes Zeugniß von sich stellet.

Ich kehrte den folgenden Tag zurück, die heilige Messe in besagter Kirche zu lesen. Ich fand auch ihn in der Kirche, und er folgte mir in die Sakristey, wo er sich näherte, und mir sagte, daß er sehnlich verlange, nach meiner Bequemlichkeit eine Generalbeicht abzulegen. Ich versprach ihm meine Dienste, wie ich denn auch, als ich nach zween oder dreyen Tagen wieder in besagte Kirche kam, und ihn

der abermal, seiner Gewohnheit nach,
darin fand, ihn fragte, ob er wohl zu
dem bewußten Geschäffte bereitet wäre,
und da er es bejahte, ließ ich ihn in die
Sakristey kommen, und hörte seine Generalbeicht von den ersten Jahren der Vernunft bis auf denselbigen Tag an.   Ich
hatte Ursache genug, die Züge der göttlichen Gnaden zu bewundern, die er stets
mit einer pünktlichen Folgsamkeit benutzet
hatte, aller Nachstellungen, und Versuchungen des Teufels ungeachtet, besonders
in einer gewissen gefaßten Entschließung,
Gott mit einer großen Vollkommenheit
zu dienen, — die er mir aber nicht entdecket hat — wenn es der Herr zugelassen hätte, der es aber aus seinen gerechtesten Absichten nicht zuließ, ausgenommen eine gewisse Zeitlang, während einer Unpäßlichkeit, worinn er ihm zu erkennen geben
habe, er wolle ihn auf dem Wege haben,
den er wirklich eingeschlagen hatte; und
daß ihm dieses erst die letzte Zeit her begegnet seye. Die Gnaden so er vom Himmel
empfieng, nannte er Träume.   Er sagte
mir, er habe einen Entwurf, und fühle einen Trieb nach Kompostell zu dem Grabe
des heiligen Jakobs zu wallen, dem er
besonders zugethan war. Er trug eine große
Andacht zu der heiligen Menschheit unsers

Leben Labre.   F   Herrn

Herrn, und zur seligsten Jungfrau, und
ein großes Mitleid gegen die Seelen im Fegfeuer; er zeigte eine große Verachtung seiner selbst, und nennte seinen Leib den
Wannst, eine große Liebe gegen den Nächsten sowohl im Geistlich als Leiblichen; Im
Geistlichen durch eifriges Gebethe zu Gott
für alle Geschöpfe der Welt, im Zeitlichen
durch Almosen, das er, so wie er es empfieng, an die Armen wieder austheilte,
und für sich nur etwas ganz Weniges zum
nöthigen sparsamen Unterhalte desselbigen
Tages beybehielt. Und dieß ist das Leben,
so er in Fabriano führte, und das er sei-
der Zeit an stets geführet hat, wo ihn Gott
zu dieser Lebensart berufen hatte.

Im nämlichen Jahre 1771 nahm er eine
Wallfahrtsreise durch das Königreich Neapel
vor, um die berufensten Heiligthümer zu besuchen. Unter welchen die Wallfahrt nach Bari
zu dem heiligen Nikolaus Bischof von Mira,
zu dem heiligen Januar in Neapel, nach dem
Berge Gargano wegen des heiligen Michaels,
und andere nicht wenige sonders berühmt sind.
Zu Bari langte der Diener Gottes den 31 des
Weinmonates 1771 an, wo er drey Tage über
in dem Spithale bewirthet wurde, wie der Gebrauch dieses Ortes ist, und sein Namen steht
in

in der Hütte der Pilgrimme auf den 31 des Wein=
monates und 2 des Wintermonates. (c)

Nachdem der Diener Gottes, gemäß seines
gewöhnlichen Eifers, die Andacht gegen den
heiligen Nikolaus befriediget hatte, setzte er sei=
ne Reise nach der Stadt Neapel fort, wo er
sich den 13 Hornung 1772 befunden hat. (d)
Vielleicht war er in der Zwischenzeit zwischen
seiner Abreise von Bari, und seiner Ankunft in
Neapel auf dem Berge Gargano, oder irgend
an einem andern Wallfahrtsorte gewesen; aber
hievon läßt sich nichts gewisses sagen. In Nea=
pel, um seine Andacht gegen den heiligen Bi=
schof und Blutzeugen Januar, wie auch gegen
andere Heilige, so in dieser Stadt verehrt wer=
den, zu befriedigen, hielt er sich, allem Schei=
ne nach, zum wenigsten einen Monat auf; weil
er seine Rückreise von Neapel nach Rom vor
dem 17 des Lenzmonates 1772 nicht angetreten
hat, wie aus seinem in Caserta nach Rom aus=
gefertigten Paßport erhellet.

F 2 Nach

(c) Brief des Herrn Bischofs von Capua an den
Herrn Volpi, Erzbischof von Neucäsarea vom
28 Heumonates 83.

(d) Zeugniß des Herrn Calcagnini, damaligen Nun=
tius des päpstlichen Stuhles in Neapel, jetzt
Cardinal der H. R. Kirche; vom 13 Hornung
1772.

Nach seiner Rückkehr hielt er sich einige Zeit in dieser heiligen Stadt auf, bis er seine Andacht gewöhnlicher Weise befriediget hatte: aber bald wurde er wieder nach seinem lieben Loreto hingezogen, wie er dann auch dort im Heumonat 1772 anlangte, und sich in diesem Orte einige Zeit über aufhielt.

Die Andacht, so der Diener Gottes zu dem seraphischen Vater, dem heiligen Franzen trug, führte ihn das nächste Jahr in das Toskanische, um die berufene Wallfahrt auf den Bergen Alverniens zu besuchen. Hievon haben wir keine Urkunde ausfindig machen können, weil ein Paßport von einer diebischen Hand, wie man gewiß weis, beyseite geräumet worden, der uns vielleicht in diesem Stücke einiges Licht würde gegeben haben. (e) Uebrigens weis ich mich ganz lebhaft zu erinnern, daß der Diener Gottes mir erzählet hat, er sey in Florenz gewesen, und habe dort eine abermalige Generalbeicht abgeleget, welche seine vorletzte war. Ob er schon nicht genau bestimmet hat

(e) Es läßt sich vermuthen, daß er aus Gelegenheit seiner Wallfahrt nach Loreto im Florentischen öfters werde gewesen seyn. Denn, als ihn eine Person von seiner Bekanntschaft fragte, wohin er jährlich von Rom weg gehe, antwortete er, er besuche das heilige Haus in Loreto, und mache eine Wallfahrt nach dem heiligen Franz in dem alvernischen Gebürge.

hat; wie lang er sich dort aufgehalten habe, so können wir doch, in Betracht seines Gebrauches, mit vielem Grunde schließen, daß er auch andere Wallfahrtsörter dieses Herzogthums würde besucht, und folglich eine geraume Zeit sich in diesem Lande aufgehalten haben.

Im Jahre 1774 kam er wieder nach den heiligen Stätten Roms beym Anfange des Lenzmonates zurück. Man beherbergte ihn abermal in dem französischen Spithal des heiligen Ludwig. Sein Name kömmt in der Liste der Pilgrimme den 7, 8, 9 des Lenzmonates 1774 vor. — Aber diesesmal muß er sich nur eine ganz kurze Zeit in dieser Stadt aufgehalten haben, weil er in Frankreich, nicht aber in seinen Geburtsort zurück kehrte, den er, seit seiner Abreise nach Montreuil, und den sieben Brünnen in seinem Leben nicht mehr betreten hat. Diese seine Reise in Frankreich läßt sich aus einem autenthischen Passeport von Meche in Oberburgund erheben, der den 20 des Christmonates 1774 unterzeichnet ist.

Von Frankreich wendete er sich nach der Schweiz, ohne sich weder von der rauhen Jahrszeit, von Winden, Schnee und Eis, noch von der weiten Reise abschrecken zu lassen, und unternahm voll des Eifers die Wallfahrt nach dem berühmten Gnadenort in Einsiedeln.

F 3 Die

Dieses Ort ist fünf Stunden von Schwiz, dem Hauptflecken einer Kanton gleichen Namens entlegen. Hier ist ein Kloster der Benediktinermönche mit einer fürstlichen Abtey. Bey dem Kloster steht eine herrliche Kirche. Gleich beym Eingange mitten in der Kirche sieht man das Heiligthum, welches einestages die Wohnung eines armen Einsiedlers, des heiligen Eremiten, und Martyrers Meinrad gewesen ist, und in einer Kapelle besteht, welche zur Ehre Gottes, und zum Andenken seiner heiligsten Mutter eingeweihet ist. Auf dem Altare sieht man ihre Statue mit der Krone auf dem Haupte, mit Wolken und Stralen umgeben. Es gleicht dieses kleine Bild jenem, daß man im heiligen Hause zu Loreto verehret; aber es ist etwas bräuner, aus Gelegenheit der Feuersbrünsten, welche zu verschiedenen Zeiten entstanden sind. (f)

In der Geschichte findet man verschiedene Wunder aufgezeichnet, welche Gott an diesem Orte gewirket hat. Die Päbste Nikolaus IV, Urban VI, Johann XXIII, Martin V, Eugen

(f) Es entstund eine Brunst unter dem Abte Emberich 1226, unter Conrad 1465. Unter dem Abte Gerold wurde das Kloster ganz eingeäschert, und doch blieb die heilige Kapelle unbeschädiget, ob sie schon damals mit Holz bekleidet war.

gen IV, Nikolaus V, Pius II, Julius II,
Leo X, Pius IV, Gregor XIII, Klemens VIII,
Urban VIII haben diese Wallfahrt mit großen
Abläßen bereicheret, und mit herrlichen Vor-
zügen geschmücket.

Dieser Ort steht in großem Rufe, und
aus allen katholischen Ländern wallen andächtige Pilgrime dahin, weßwegen auch dieses Heiligthum unserm Benedikt Joseph eines der liebsten gewesen ist, wie wir in der Folge dieser
Erzehlung sehen werden. Er kam dort aus Frankreich das erstemal im Hornung des allgemeinen
Jubeljahres 1775 an. Den 13 befand er sich
in Konstanz. Bey dieser Gelegenheit besuchte
er noch andere Orte Deutschlandes, und war
den 22 des Ostermonates in Waldshut, in Heg-
geschweil den 13 des Wonnemonates, in Walt-
weil den 22 des besagten Monates. Dann
kam er den 28 Heumonates nach Lucern, von
wannen er wieder nach Frankreich zu gehen gesinnet war, um die dortigen Wallfahrtsstätte
noch einmal zu besuchen.

Aber er änderte sein Vorhaben, und kehrte
aus einer besondern Andacht wieder nach Einsiedeln. Von dort aus trat er den 1 des Brachmonates seinen Weg nach Rom an, um das
heilige Jubiläum zu gewinnen. (g)

F 4   In

(g) Paßport vom 1 des Brachmonates. 1775.

In dieser Hauptstadt kam er die ersten Tage des Herbstmonates an, und hielt sich darinn bis zum Ende des heiligen Jahres auf, von woaus er wieder nach Loreto, und von da in die Schweiz nach seinem lieben Einsiedeln wallete.

Den 1^t Hornung 1776 war er schon in Loreto, und wie aus einem autentischen Zeugnisse dieses Ortes erhellet, war es nun das fünftemal, daß er in dem heiligen Hause den Trieb seiner Andacht befriediget hatte.

Von Loreto setzte er seine Reise durch die Schweiz nach Einsiedeln fort, wie ich erst oben gemeldet habe; und diese seine zweyte Reise war nicht weniger mühsam, dann die erste, nicht allein des weiten Weges halber, sondern auch wegen des Winters, der in diesen Gegenden aus Ursache des häufigen Schnees sehr rauh zu seyn pflegt. Erst den neunten des Brachmonates 1776, nachdem er seine Andacht vollkommen begnügt hatte, verließ er Einsiedeln nach diesem dritten und letzten Besuche wieder. Wenn er in der Schweiz durch die Länder der Irrgläubigen reisen mußte, fühlte er sich das Herz beklommen, und er eilte, so gut er konnte, durch selbe hin.

Nachdem er diesesmal in Rom zurück gekommen war, das doch immer aus Ursache der

der Andacht, sein vorgeliebter Ort gewesen ist, verließ er diese Stadt, so viel man weis, nicht mehr, ausgenommen alle Jahre einmal, um das heilige Haus in Loreto zu besuchen, wie er von 1776 bis 1783 sechsmal that, so daß man eilf Andachtsreisen zählet, die er nach diesem Orte angestellet hat. Ich will bey dieser Gelegenheit einige merkwürdige Vorfälle erzählen, die ich von glaubwürdigen Personen erhoben habe.

Als man ihm einst Geld zu dieser Reise antrug, dankte er dem Gutthäter sehr verbindlich, und sagte, ihm erklecke ein einziges Zwölfkreuzerstück, womit er schon versehen wäre. Franz Zaccarelli wollte ihm ein paar Schuhe kaufen: anfänglich weigerte er sich: Endlich als man drey Paar sehen ließ, die schon im Hause waren, wählte er die abgenutztesten für sich, und nahm sie an. Hierauf setzte er auch an ihn, einen alten Hut anzunehmen, weil der seine nur von Stroh, und ganz durchlöchert war. Der Diener Gottes wollte lange nicht daran, ob er ihm schon vorstellte, wie viel er bey einfallendem Regenwetter werde zu dulden haben. Endlich bequemte er sich, nahm ihn an, bedeckte sich das Haupt, und sagte scherzhaft. Sehen Sie einmal, ob ich izt nicht einem rechten Stutzer gleiche.

Mit

Mit welch innerlicher Verfassung, und in welchem Geiste der Diener Gottes zu den heiligen Stätten hin wallete, läßt sich aus einem Umstande schließen, den Herr Paul Mancini Verwalter des evangelischen Geschäffts, der an mich geschrieben hat, und den ich hier mit seinen eigenen Worten beyrücken will. Da der Diener Gottes alle Jahre nach Loreto zu wallfahrten pflog, gieng er immer zuvor zu dem Verwalter des evangelischen Geschäfftes, wie man es nennet, der ihn beherbergte, und kam bey ihm um die Erlaubniß zur Reise ein. Dieser glaubte ihm einen Gefallen zu erweisen, wenn er ihm zum Reisgefährten einen andern Armen, einen rechtschaffenen unbescholtenen Menschen vorschlüge, der den nämlichen Weg zu machen hatte. Aber der Diener Gottes verbath sich seine Gesellschaft, weil er dadurch an dem Gebethe würde gehindert werden. Daraus erhellet, daß keine Beschwerniß, keine noch so zerstreuende Gelegenheit, wie die Reisen sind, in ihm den Geist des Gebethes schwächen konnte.

Ehe ich dieses Hauptstück schließe, will ich eine Bemerkung über seine stete und lange Wallfahrtreisen, die wir bisher der Reihe nach erzählet haben, beysetzen. Er hat sie alle stets zu Fuße gemacht, ohne sich auch nur mit dem
Noth-

Nothdürftigsten zu versehen, in einer elenden Kleidung, ohne allen Schutz wider den Ungemach der Witterung, immer unermüdet, immer aus dem Triebe der Liebe Gottes, und seiner großen Mutter. Nun wenn man auch von diesem Menschen anderes nichts wußte, als die Spuren von so vielen tausend Meilen, die er auf diese Weise, und in dieser Absicht hinterlegen hat, so erkleckte ja dieses schon, alle in Erstaunung zu setzen, und sie für die Heiligkeit Benedikt Josephs einzunehmen. Indessen ist sehr verborgenes in Rom geführtes Leben, das ich itzt beschreiben werde nicht weniger wunderbar, und mit allen Tugenden geschmückt, worin er sich so zu betragen wußte, daß er in der Einsamkeit sein Vergnügen suchte, und in dem Gewühle dieser Stadt eine mönchische Einsiedeley fand. Ita se semper moderate habuit, ut solitudinem putaret esse delicias, & in urbe turbida inveniret eremum monachorum. *Hieron. Epist.*

Vierzehntes Hauptstück.

Von seinem in Rom geführten Leben.

Von dem Jahre 1777 an, wo er sich in dieser Stadt niedergelassen hatte, verließ er selbe, außer seiner jährlichen Wallfahrt nach Loreto, so viel man weis, nicht mehr. Er nahm seine Wohnung in einer Nische, oder Wandhöhle zwischen jenen eingefallenen Mauren, welche nahe bey den Stationen des Kreuzweges in dem flavischen Amphitheater liegen, das von dem Blute so vieler Martyrer eingeweiht worden ist. Dorthin verkroch er sich zu Nachts, um seinen matten Gliedern einige Ruhe zu verschaffen, nachdem er den ganzen Tag entweder auf den Knien, oder aufrecht, doch allezeit unbeweglich in den Kirchen hingebracht hatte, und täglich bey dem sogenannten evangelischen Geschäfte der Armen in eben diesem Amphiteater zugegen gewesen war. Doch zog er sich bald durch ein so hartes Leben, und das stete Knien, eine starke Geschwulst am Unterleibe zu.

In diesem Zustand, wobey er Todesgefahr lief, ward er 1780 versetzt: aber der Herr fügte es, daß ein anderer Armer, der auch in dem
Rufe

Rufe einer großen Tugend gestanden ist, mit
Namen Theodos, ihn zu besagtem Herrn Paul
Mancini, dem Verwalter der obgemeldten
milden Stiftung führte, wie mir dieser selbst
erzählet hat.

Dieser nahm sich seiner mit jener Liebe an,
die ganz Rom bekannt ist, und beherbergte ihn
in seinem Spithale, nahe bey den Philippi-
nerinnen, das zur Wohnung für zwölf Arme
bestimmet ist. Er suchte ihn durch ein kräf-
tiges Mittel zu heilen, wie es ihm dann auch
gelungen, und gab ihm in dem Hause des heiligen Pantaleon auf dem Berge zu essen, wo
der Herr Abt Mancini alle Tage einige Armen
speiste. Als unser Benedikt Joseph vollkommen wieder hergestellet war, stellte er sich eines
Tages vor seinem Gutthäter, und sagte ihm:
Sie sehen daß ich vollkommen genesen bin.
Itzt können sie die Gutthat, so sie mir
bisher erwiesen haben, einem andern Armen angedeihen lassen. Ich finde mich
sattsam bey Kräften, der Bettelsuppe irgend eines Konvents nachzugehen. Aber
wie werde ich Ihnen genug danken können?
Denn ohne ihre Hülfe wäre ich sicher nicht
mehr; durch Sie lebe ich noch. Worauf
Herr Mancini antwortete: Danket nicht mir,
sondern dem Herrn der euch geheilet hat.
Wollet ihr mir die Liebe erweisen, und

mich

mich in euerm Gebethe Gott empfehlen,
so werde ich es mit Danke annehmen. —
Dieß werd ich allezeit thun, erwiederte Joseph Benedikt. Herr Mancini ward durch
dieses offene, und uneigennützige Betragen sehr
erbauet, und ob schon der Diener Gottes nicht
aus der Anzahl jener Armen war, derer besagter Gutthäter pfleget, so fuhr er doch, wider
seine Gewohnheit, fort, ihn auch fernerhin
bis auf den 13 des Ostermonates 1783, und
also bis auf den Vorabend seines seligen Hin-
scheidens, immer die Nacht über mit den andern Armen zu beherbergen; und dieß wegen
der großen Schätzung, die er von dem Diener
Gottes hatte, und die er von dieser Zeit an, wie
er mir selbst sagte, bey allen Gelegenheiten an
Tag legte. Er pflog zu allen, wenn er ihm
aufstieß, zu sagen: Sehr einen Heiligen.
Ja aus Gelegenheit seiner Andachtsreisen nach
Loreto hat er mir zwo merkwürdige Vorfallenheiten erzählet, welche sowohl die Schätzung,
die man von ihm hatte, als auch den Geist,
und die Tugend Benedikt Josephs verrathen.

Der Herr Mancini unterhielt einen Brief-
wechsel mit einer gottseligen Nonne aus dem
Kloster der heiligen Klara von Berge Lupone
in dem Sprengel von Loreto. Als Joseph
seine gewöhnliche Wallfahrt nach dem heiligen
Hause verrichtete, gab ihm Herr Mancini ein
Schrei-

Schreiben an selbe mit, dessen Innhalt war:
Ich schicke Ihnen einen Heiligen, der sein
ganzes Leben im Gebethe hinbringt. Er
bestellte seinen Auftrag richtig, unterhielt
sich einige Zeit mit der Klosterfrau, und sie
versprachen sich wechselseitig. Eines wolle des
Andern in ihrem Gebethe gedenken. Aber
weil sie den Innhalt des Schreibens auch andern mitgetheilt hatte, so liefen alle in die Wette
herbey, und empfahlen sich dem Diener Gottes in sein heiliges Andenken. Beschämt machte sich Benedikt Joseph, ohne sich um eine
Rückantwort zu bekümmern, von diesem Orte
fort, und sagte bey seiner Ankunft in Rom dem
Herrn Mancini: Ich habe den Brief der
Klosterfrau richtig überliefert: aber ich
ließ es wohl bleiben eine Rückantwort ab-
zuholen. — Und warum dieß, erwiederte
der Herr Abt? — Diese guten Leute, sprach
Benedikt, hielten mich für etwas, das ich
nicht bin, und ich schämte mich, ihnen
weiter unter die Augen zu kommen. Der
Herr Mancini bewunderte eine so behutsame,
beynahe ängstelnde Demuth.

Folgendes Jahr gab ihm der nämliche ein
anders Schreiben an eine Klarisserinn in dem
Kloster von Montecesio zu bestellen mit; aber
er warnete sie, und andere Nonnen darinn,
die mindeste Schätzung gegen den Diener Gottes

tes zu äußern. Er überlieferte auch diesen
Brief wirklich, und alle Klosterfrauen wollten sich mit ihm, doch eine nach der andern
unterreden: und damit sie es bequemlicher
thun könnten, behielten sie ihn beym Essen,
alle nahmen sich wohl in Acht, einige Schätzung zu verrathen, und auch er antwortete
allen auf das freundlichste; und so gieng die
Sache gut von statten. Aber als sie ihm Eß-
waaren mit auf den Weg geben wollten, dankte er ihnen auf das verbündlichste, und sagte,
er wäre itzt satt, und bedürfe nichts weiter.
Ein kleines Paquet an Herrn Abt Mancini
nahm er mit sich, und überlieferte es ihm bey
seiner Rückkehre pünktlich.

Dieser ehrwürdige Mann wurde nachher
von den Klosterfrauen durch Briefe öfters an-
gegangen, er möchte doch den Diener Gottes
ersuchen, eine Kommunion für sie zu verrichten. Ungerne verstund er sich zu diesem Auf-
trage. Aber als der Diener Gottes sah, daß
auch diese Klosterfrauen, wie die andern eine
Hochschätzung für ihn äußerten, antwortete er:
Ich mag mich nicht gerne mit Nonnen
abgeben; meine Kommunionen werden sie
nichts nützen. So wenig Staat machte er
auf sich, und sein Gebeth. Und doch in welch
hohem Grade er den Geist des Gebethes be-
sessen habe, erhellet klar aus seiner Lebensart.

so er die ganze Zeit seines Aufenthaltes in der
Armenherberge des Herrn Mancini beobach=
tete, der sie mir selbst geschrieben gab, und
die ich hier wörtlich beyrücken will. Pünkt=
lich traf der Diener Gottes, insgemein vor
Sonnen Untergang in der Herberge, die man
ihm vergönnte ein; und da der Hausmeister
die Thüre oft später öfnete, unterhielt er sich
indessen nicht mit den andern Armen, die un=
ter sich schwätzten, sondern fiel hinter einer
Saule, die bey der Pforte des Herrn Santa=
relli steht, auf die Knie nieder, und bethete,
bis er die Thüre öffnen hörte: dann gieng er
in das erste Zimmer, wo das für ihn bestimm=
te Bett stund, und während die andern Ar=
men, bis zur Ankunft der Uebrigen in der
großen Stube, wo zehn Bette stehen, sich
mit einander besprachen, blieb er einsam, und
unterhielt sich mit Gott, bis der Hausmeister
alle zum gemeinschaftlichen Gebethe rief, das
eine halbe Stunde dauert, welches er zu vie=
ler Erbauung der andern, stets mit der größten
Andacht und Versammlung des Geistes ver=
richtete, worauf er zu seiner Bettstelle kehrte,
und sein Gebeth abermal fortsetzte; auch nach
ausgelöschten Lichte, blieb er noch in dieser
Stellung, und man sah ihn seine Kleider, um
zu Bette zu gehen, nie ablegen.

Wenn er zu Nachts erwachte, bethete er,
und brach öfters in Stoßseufzer, und Uebun=

gen der Reue gegen seinen Schöpfer aus; wie ihn dann die andern Armen, und vornehmlich der gute Theodos, der Hausmeister der Herberge, jede Nacht wiederholter Malen rufen hörten: Herr! erbarme dich meiner, erbarme dich meiner. Mit vielem Vergnügen wohnte Benedikt Joseph in dieser Herberg, weil den Armen die darinn bewirthet werden alle sündliche Gespräche, und Verleumdungen, alles Zanken und Hadern unter der Strafe, auf der Stelle fortgejagt zu werden, verbothen sind. Morgens bethete er auf das gegebene Zeichen mit den Uebrigen kniend wieder eine Viertelstunde; dann verließ er die Herberg, und gieng bethend in ein Kirche worinn er gemeiniglich vor dem heiligsten Altarsgeheimniße auf den Knien bis zur Mittagszeit verblieb; andermale theilte er diese ganze Zeit zwischen zwoen Kirchen ab. Hierauf sah er sich irgend um eine Suppe um, und kehrte sogleich wieder zu seinem, unter den Brodsgestalten verborgenen Gott in jener Kirche, wo das vierzigstündige Gebeth gehalten wurde, zurück, und verweilte bis auf den Abend.

Auch wenn er aß, schien er ganz in Gott versenkt zu seyn. Während daß er in der milden Stiftung des heiligen Pantaleon auf den Bergen Suppe und Brod genoß, bemerkte der Verwalter des evangelischen Geschäftes, daß

daß Benedikt, ehe er zu essen anfieng, sein
Schüsselchen mit beyden Händen in die Höhe
hub, als wollte er die Speise dem Herrn
opfern, und in dieser Stellung fünf bis sechs
Minuten wie im Geiste entzückt, bethete, während die andern Armen schon gierig über ihren
Antheil hergefallen waren.   Man kann dann
mit aller Wahrheit sagen, daß sein ganzes Leben ein stetes, ununterbrochenes Gebeth gewesen sey, das in den priesterlichen Tagzeiten,
und besonders in der Betrachtung der Leidens-
geschichte unseres Heilandes, und in noch andern mündlichen Gebethern, und Stoßseufzern
bestund.

Wir werden von dieser seiner unersättlichen Begierde zu bethen noch ausführlicher
an seinem Orte reden.   Itzt will ich erzählen,
was zwischen mir und ihm seit dem ersten Augenblicke vorgegangen ist, da mir Gott aus
seiner unendlichen Güte diese gebenedeyte Seele zur Anleitung gesendet hat, welches im letzten Jahre seines sterblichen Lebens geschah.

Fünf-

Fünfzehntes Hauptstück.

Von dem letzten Jahre seines sterblichen Lebens.

Das in Gott mit Jesu Christo verborgene
Leben des Dieners Gottes, Benedikts
Josephs Labre, war bisher durch eine wunderbare Anordnung des Himmels unbekannt,
ob er sich schon mitten in der Hauptstadt der
christlichen Welt aufgehalten hatte. Sein
stetes unverbrüchliches Stillschweigen, wodurch er sichs zum Gesetze gemacht hatte, nichts
als was nothwendig war, zu reden, seine immerwährende Einsamkeit in den verborgensten
Winkeln des Heiligthumes, und die er sich mitten unter dem Gewühle der Menschen in seinem Herzen errichtet hatte, wo sich diese schöne Seele mit ihrem göttlichen Bräutigam unterhielt, jene beständige Abneigung von dem
Umgange der Menschen, und um weiter sonst
nichts zu berühren, sein geflissentliches Bestreben, sich verborgen zu halten, verlacht, ver-
abscheut, mishandelt, beschimpft zu werden,
da er für Jesum Christum zum Thoren, und
zum Unflat der Menschen, besonders durch
seine eckelhafte Lumpen ward, mit denen sein
Leib behangen war. — Um des willen die
Leute

Leute nicht nur keines vertraulichen Umganges
mit ihm pflogen, sondern sich ihm nicht einmal ohne Eckel nähern konnten — alles dieses
sage ich, trug vieles bey, daß er nach seinem
Wunsche, und nach den geheimen Absichten
Gottes verborgen blieb, der, wie wir sehen
werden, es so fügte, daß er bis auf seinen
letzten Hauch vor der Welt unbekannt lebte
damit jener laute und allgemeine Ruf, der
sich, kaum daß er gestorben war, nicht nur
in Rom, sondern heut zu Tage durch ganz
Europen verbreitet hat, desto bedenklicher und
auffallender wurde.   Bey allen dem ordnete
es jener Gott, der ihn erhöhen wollte, und
zu seiner Ehre, und aus seinen anbethungs-
würdigsten Absichten seine tugendhaften Handlungen nach dem Tode um so heller an den
Tag brachte, je sorgfältiger er sie in den
Schleyer eines undurchdringlichen Geheim-
nisses eingehüllt hatte, so, daß er sich, ohne
darauf zu merken, mit seinem eigenen Munde
entdeckte, und da er gerne für einen veräcit-
lichen, und tugendlosen Menschen gehalten
werden wollte, sich das zu seyn verrieth, was
er in den Augen Gottes war.   Da dann der
Herr die Hoffart der Welt durch diesen seinen
demüthigen Diener beschämen wollte, führte
er ihn zu diesem Ende eben zu einem Menschen, so der Demuth so sehr bedarf.   Ich
erzähle den ganzen Hergang der Sache.

G 3   Das

Das verflossene Jahr 1782 in dem Heumonate eines Morgens, als ich meine Danksagung nach der Messe, so ich in der Kirche
des heiligen Ignatius im römischen Kollegium
gelesen, verrichtet hatte, sah ich einen Menschen
mit ungekämmten Haaren, in einem zerrissenen und schmutzigen Kaputrocke, oder vielmehr
in einem Umschlage von Lumpen, einen Strick
um die Lenden, mit blossen Füßen, kurz in
der Gestalt des elendesten Bettlers, den man
sich vorstellen kann. Nachdem er meiner zwischen den Säulen, welche dem Mutter Gottes
Altare gegen über stehen gewartet hatte, näherte
er sich, und sagte mir mit allem Anstande,
daß er mir gerne die ganze Geschichte seines
Lebens entdecken möchte, und er habe sich in
dieser Absicht schon zu einer Generalbeicht vorbereitet, und bitte sich zu diesem Geschäfte
meinen Beystand aus; ich möchte nur die
Güte haben, und ihm hizzu einen mir bequem-
lichen Tag bestimmen. Ich trug ihm herzlich
alle meine Dienste an, und setzte ihm die
Stund und den Tag an, wo ich ihn anhören
wollte. Er fügte noch etliche andere Worte
bey mit denen er mich versicherte, daß er nicht
gekommen wäre, mich zu betrügen; so unge-
künstelte, so nachdrückliche Worte, daß sie
bey mir alle Furcht zerstreuten; ja von diesem
Augenblicke an kam mir die ganze Zeit über, daß
ich das Glück hatte, in- oder außer dem Beichtstuhle

ſtuhle mit ihm umzugehen, nie der geringſte
Zweifel wegen ſeiner Aufrichtigkeit und reinen
Meynung, und ich war überzeugt, daß er
nichts dann die Heiligung ſeiner Seele ſuche.

Wirklich erſchien der Diener Gottes an
dem abgeredten Tage, und offenbarte mir umſtändlich ſeinen ganzen Lebenslauf von den erſten Jahren ſeiner Kindheit an, bis auf die
damalige Stunde; er deckte mir den gegenwärtigen Zuſtand ſeine Seele auf, und endlich
beſchrieb er mir die Ehre und Herrlichkeit, die
Gott für ihn nach ſeinem Tode vorbereitet habe, wie auch in verſchiedenen Unterredungen
noch andere zukünftige Vorfallenheiten. Ich
weis wohl, daß uns Gott in der Schrift ſagt:
Lobe keinen Menſchen vor ſeinem Tode (a).
Aber tugendhafte Perſonen nach ihrem Hinſcheiden loben, iſt nicht verbothen, wo die
geprieſene Perſon keine Gefahr der eiteln Ehre
weiter läuft, und das ertheilte Lob durch ta-
delwürdige Handlungen nicht mehr Lüge ſtra-
fen kann: ja diejenige Gnade, welche, ſo lang
der Menſch lebt, heimlich in dem Herzen ar-
beitet, und ſich gerne bey den ſtillen Wirkungen
des heiligen Geiſtes verborgen hält, will zur
rechten Zeit geoffenbaret werden, wie uns Gott
ſelbſt verſicheret. Es iſt zwar gut des Kö-
nigs Geheimniß verſchweigen; aber die

G 4 Werk-

(a) Eccli II, 30.

Werke Gottes offenbaren, und bekennen,
das ist löblich (*b*).

In Betracht dieser Worte, die ein Engel,
den Gott den jungen Tobias zu leiten bestellt
hatte, nach seiner erfüllten Bestimmung sprach,
will auch ich von dem Diener Gottes, Joseph Benedikt Labre das sagen, was zur Erbauung der Glaubigen zu seiner Verherrlichung, und zur Ehre Gottes dienlich seyn
wird. Und erstlich zwar entdeckte ich an dieser
Seele ganz außerordentliche Einsichten, und
Erleuchtungen von Oben, so, daß ich gleich
im Anfange darüber erstaunte. Denn als er
mich mit seinem innerlichen Zustande bekannt
machte, wo er sich auf die geringsten Ver-
einzlungen einließ, ließ er eine vollkommene
Kenntniß des göttlichen Gesetzes blicken, sah jeden seiner Theile, seine verschiedene Gesichtspunk-
te, jede Verhältniß gegen die Tugenden ein,
und betrachtete jede Tugend in ihrer Ordnung,
und mit allen ihren Unterabtheilungen. Ich
konnte mich nicht enthalten, unterbrach ihn,
und fragte, ob er diese in die Gottesgelehrtheit einschlagende Materien studiert hätte, indem es mir ganz besonders auffiel, einen un-
studierten Menschen gleich einem ausgemach-
ten Lehrer so richtig, und ohne alle Verlegenheit reden zu hören. Worauf er mir ant-
wor-

b) Tob. 12, 7.

wortete, er sey ein armer, unwissender Mensch;
und ich wußte damals noch nicht gewiß, ob
er diese Wissenschaft durch seinen Fleiß, oder
unmittelbar von Gott erhalten hätte.

Was mir noch wunderbarer auffiel, so
drückte er sich mit einer ganz sonderbaren Genauigkeit über alle seine innerliche Bewegungen
aus, daß ich sie wie vor Augen sah, woraus
ich dann, in Erinnerung der harten Wege,
die ihn der Herr geführt hatte, und des Bey-
standes seiner Gnade, und der Bestrebung
Benedikts ihrer Stimme zu folgen, auf eine
erstaunliche Reinigkeit, auf die tiefeste Demuth, auf die Einfalt eines Kindes bey einer
seltenen Klugheit, und andere schöne Eigenschaften schloß, und das Urtheil fällte, daß
dieß eine jener auserwählten Seelen sey, denen
der göttliche Gesetzgeber mit seinem Segen zuvor gekommen ist, und von denen geschrieben
steht : Sie werden von einer Tugend zur
andern vorschreiten; sie werden den Gott
der Götter in Sion sehen (c) ; und
daß der Herr was Großes mit ihm vorhabe.
Da ich dann von seinem Leben, seit dem Gebrauche seiner Vernunft vollkommen unterrichtet war, und diese so schöne Seele betrachtete,
fühlte ich einen innerlichen Antrieb, ihre Leitung auf mich zu nehmen, wie ich dann auch

G 5   mit

(c) Psal. 83, 8.

mit aller der Theilnehmung, und dem Eifer
that, derer ich nur immer fähig war.

Indeſſen, während er fortfuhr, ſein Herz
vor mir zu enthüllen, ſah ich ſeinen edeln, er-
erhabenen Geiſt ſtets beſſer ein, und alles
ſteifte mich in der vortheilhaften Meynung,
die ich von ihm gefaſſet hatte, und nebſt dem,
daß ich ſein heiliges Leben aus ſeinem eigenen
Mund wußte, fieng Gott ſelbſt an, mir die
Schätze der Gnaden zu entdecken, womit er
dieſen ſeinen Diener bereichert hatte, indem
er ihm die Heimlichkeiten meines Herzens offenbarte, wie ich aus den Aeußerungen, und
dem eigenen Geſtändniße Benedikts ganz anſchaulich abnehmen konnte. Wunderbar ſind
die Wege Gottes, der auf dieſe Weiſe, und
mittelſt verſchiedener Vorſagungen, die Benedikt Joſeph mir nach und nach bis zu ſeinem Tode gethan hat, ſeinem Diener bey
mir Anſehen und Glaubwürdigkeit verſchaffen
wollte; indem ich mit aller Wahrheit ſagen
kann, daß er, ſo oft er mich beſuchte, ſich
mit mir von einem göttlichen, auf ſeinen Geiſt
gemachten Eindrucke unterhielt, die meiſt alle
darauf abzielten, ihn nach ſeinem Tode auch
auf Erden zu verherrlichen. Aber von den
Gaben und Gnaden, welche in den Schulen
gratis datæ genannt werden, werde ich an
einem ſchicklichern Orte zu reden Gelegenheit
finden.

Indeß

Indeſſen, ehe ich das gegenwärtige Hauptſtück ſchließe, kann ich nicht umhin, noch ein-
und das andere beyzuſetzen: Erſtlich habe ich
bemerkt, daß ſo dieſe Seele ſeit ihrer Kindheit alle Jahre vor ihrem Tode auf dem Wege der göttlichen Gebothe geloffen iſt, ſie zu-
letzt gleich einem Seraphin geflogen ſey, da-
ſein Eifer ſo anwuchs, daß er wie ein Wachs
zerfloß, und zu einem Beingerippe einſchrumpf-
te, das nur mehr die Haut bedeckte; indem
er an nichts mehr dachte, als Gott zu lieben,
und ſeinen Leib, nach der Lehre, und dem
Beyſpiele des heiligen Apoſtel Paulus zu ka-
ſteyen, und ihn in die Dienſtbarkeit zu bringen. Das zweyte betrifft die letzte Unterredung, die ich an dem Feſt der Schmerzen
Mariä, den Freytag nach dem Paſſionſonn-
tage, fünf Tage vor ſeinem koſtbaren Tode
mit ihm gehabt habe, die ich hier etwas um-
ſtändlicher erzählen werde.

Ich fand Joſeph Benedickt an beſagtem
Tage in der gewöhnlichen Stellung zwiſchen
den Säulen des Pfeilers dem Mutter Gottes
Altare gegenüber. Ich betrachtete ihn während unſerer Unterredung von Fuße auf: und
als ich ſah, wie er ſich wider ſeine Gewohn-
auf einen Stab lehnte, und gleich einem Tod-
tengerippe abgezehret war, ſagte ich bey mir
ſelbſt: Er wird bald als ein Martyrer
der

der Buße sterben; in diesen Zustand hat
ihn sein strenges Leben verseßet. Aber es
fiel mir nicht möglich, ihn zu fragen, wie er
sich befinde; noch weniger kam mir zu Sinn,
seine Strengheit zu mäßigen, oder wenigstens
ihn zu ermahnen, einige Sorge für sich zu
tragen, ob ich ihm schon ganz besonders ge-
wogen war, und ihm selbst die Beweise meiner Neigung wohl bekannt waren.

Ich seßte mit ihm die Unterredung fort,
und heftete mein Auge auf seine Lumpen, auf
sein erstorbenes Fleisch an den Händen, und
am rechten Arme, und dachte bey mir ob es
wohl je möglich seyn werde, diese schmußige
Lumpen Lieb zu gewinnen, und wie Reliquien
zu verehren, und mich dunkte hiezu wäre keine
gemeine, sondern eine große, und zärtliche
Andacht vonnöthen, kurz, eine solche, wie
die nach seinem Tode war, wo ich selbst Au-
genzeuge gewesen bin, daß diese seine Lumpen
nicht nur von dem Pöbel, sondern von den
ansehnlichsten, im Range stehenden Personen in
die Wette gesucht wurden. Und hier will ich
gelegentlich erinnert haben, daß mir, weder bey
diesem Anlaße, noch sonst jemals, zu Sinne
gekommen sey ihn zu ermahnen, daß er sich
reinlicher halten möchte, ob ich schon vollkommen gut wußte, wie viel er von diesem Unge-

mach

mach zu dulden hätte, und wie leicht er der Sache abhelfen könnte.

Ueber dem äußerte er dieses letztemal eine
große Begierde zu beichten, und ich fühlte bey
mir eine bisher ganz ungewöhnliche Widersetzlichkeit, mich zu diesem Ende in Beichtstuhl
zu begeben; — denn außer demselben hörte ich
ihn wegen seines Ungeziefers nie an. — Ich
dachte dann bey mir nach, wo ich ihm wohl
willfahren könnte, und entschloß mich, ihn in
das Pförterstübchen des römischen Kollegiums
zu führen; welches ich dann auch mit der gehörigen Behutsamkeit that, und es gelung
mir ihn, ohne daß es jemand bemerkt hätte,
dort einzuführen. Er warf sich auf seine Knie
nieder, und häufige Thränen rollten ohne
Seufzen, und Schluchzen in ruhiger Stille
über seine Wangen herunter. Er sagte mir
einige Worte, die meine Person betrafen, und
die er mir schon anders male gesagt hatte.
Ich fand bey ihm, wie gewöhnlich, nicht den
mindesten Stoff zur Lossprechung; ja sein Inneres war ganz außerordentlich ruhig und heiter, ohne daß es, seit seiner letztern Beicht,
von der mindesten Versuchung wäre belästiget
worden, daß ich dann für ein Merkmal hielt,
daß der Mittag des schönen Lichtes gekommen
sey, wie der heilige Geist von den gerechten
Seelen spricht: Der Gerechten Weg ist
wie

wie ein glanzendes Licht, welches fort=
geht, und zunimmt, bis es dem hellen
Mittag gleicht (d). Aber Gott, der ihn
bis auf seinen letzten Hauch die stillen, vor
den Augen der Menschen verborgenen Wege
führen wollte, offenbarte mir nicht, daß diese
Seele im Begriff wäre, den großen Flug
nach der ewigen Krone zu beginnen.

Ich hätte es zwar aus dem folgenden Um=
stande abnehmen können. Als ich ihm vor=
schlug, wie ich immer zu thun pflog, wir
wollten uns über den Tag unterreden, wo er
wieder zu mir kommen könnte, schien er sich,
welches bey ihm eine ganz ungewöhnliche Sa=
che war, weiter nicht darum zu kümmern;
das Gespräch ward, ich weis selbst nicht wie
abgebrochen, und als ich ihm sagte, er kön=
ne, wo es ihm besser behagte, die heilige
Kommunion empfangen. — Denn er that
es nicht immer in der Kirche des heiligen Ig=
natius, sondern wo ihn sein Eifer hinführte —
neigte er sein Haupt, deutete auf die nächste
Kirche und sprach, daß er dort zum Tische
des Herrn gehen wollte. Also nahm der de=
müthige Diener Gottes mit einer tiefen Ver=
beugung, und mit gefalteten Händen das letz=
temal von mir Abschied.

Nach

(d) Sprüch. 4, 18.

Nach dieser Unterredung hatte ich das Glück nicht mehr, ihn zu sehen, bis der Herr Mancini mir seinen Uebergang in die glückselige Ewigkeit schriftlich berichtete. Ich verfügte mich in die Kirche der seligsten Jungfrau auf den Bergen, und fand ihn, da ich dem Strome des Volkes, das von allen Seiten herzu lief, folgte, in einer Privatkapelle nahe bey der Sakristey auf zweenen Bänken, liegen, wo eine Menge Leute mit den deutlichsten Merkmalen der Schätzung und Andacht gegen seinem entselten Leichnam um ihn her stunden, und ich wiederholte bey mir, was ich bey der Nachricht von seinem Tode gesagt hatte: O wohl glückliche Buße die ihn in die ewige Herrlichkeit versetzet hat. Aber von seinem kostbaren Tode werden wir im zweyten Theile, nach der Erwähnung seiner Tugenden, umständlicher handeln.

Zweyter Theil.

Erstes Hauptſtück.
Von dem lebhaften Glauben des Dieners Gottes.

Ohne den Glauben, ſpricht der Apoſtel, iſt es unmöglich Gott zu gefallen. (*a*) Es iſt außer allem Zweifel, daß hier die Rede von jenem Glauben ſey, den er an einer andern Stelle eine Grundfeſte der Dinge, die man hofft, und einen Beweis derer, die nicht geſehen werden, nennet; (*b*) und der nach dem Ausdrucke des trientiſchen Kirchenrathes der Anfang des menſchlichen Heiles, der Grund und die Wurzel aller Rechtfertigung iſt. (*c*) Aber der Glauben, ſagt der nämliche Apoſtel, wird mittelſt des göttlichen Wortes allein

(*a*) Hebr. 11, 6.   (*b*) Hebr. 11, 1.
(*c*) Fides eſt humanæ ſalutis initium, fundamentum & radix omnis juſtificationis. Seſſ. 6. c. 6.

allein erzeugt, (d) das uns die von Gott ge-
offenbarten Wahrheiten vorhält, derer Säule
und Grundfeste die Kirche des lebendigen Gottes ist. (e)   Nun aber kömmt diese Benennung
keiner als der Römischkatholischen alleine zu,
außer der, wie ehemals zur Zeit der Sündflut
außer der Arche, keine Rettung ist.

Dieß voraus gesetzet, halte ich für schicklich,
ehe ich fortschreite, die schönen Vollkommenheiten dieser Tugend an unserm Diener Gottes Benedikt Joseph Labre zu zeigen, zuvor die
Wesenheit und die Aufrichtigkeit derselben zu
untersuchen, und zu erweisen, daß er unsern
heiligen katholischen Glauben im Herzen trug,
und mit dem Mund, und im Werk bekennte;
jenen Glauben, der ihm mit andern Tugenden
in der Taufe von dem heiligen Geiste war
eingegossen worden, und womit er, als mit
einem hochzeitlichen Kleide geschmückt, in die
ewige Ruhe eingegangen ist.

Weil ich dann verstanden hatte, daß er in
ketzerischen Landen gewesen wäre, ob ich schon
nicht den mindesten Grund hatte, an der Aufrichtigkeit seines Glaubens zu zweifeln, nahm
ich

(d) Der Glaube ist aus dem Gehör, das Gehör
    aber durch das Wort Christi. Röm. 10, 17.
(e) 1. Tim. 3, 15.
Leben Labre.   H

ich mirs doch heraus, mit ihm eine genaue
und strenge Unterſuchung nicht allein über den
katholiſchen Glauben insgemein, ſondern auch
über jeden ſeiner Artickel, und namentlich über
die Gnade und Freyheit, durch allgemeine und
ſonderheitliche Fragen anzuſtellen, und ich kann
mit aller Wahrheit verſichern, daß ich ſeinen
Glauben rein, und ſeine Anhängigkeit an unſere Mutter, die katholiſche Kirche, an ihre
Lehren, und ihr ſichtbares Oberhaupt, den
Pabſt vollkommen gefunden habe, gegen den
er eine unglaubliche Achtung und Ehrfurcht trug.
Ueberdem entdeckte ich an ihm einen ſolchen
Abſcheu ob aller Neuerung der Lehre und aller Ketzerey, daß es ihm wie ich ſchon im erſten
Theile dieſes Werkes angemerkt habe, ſchauderte,
wenn er auch nur durch ein ketzeriſches Land reiſen mußte. Er mied dann dieſe Wege, ſo gut,
er konnte; und zwang ihn die unvermeidliche
Nothwendigkeit irgend eines zu betreten, ſo
empfahl er ſich Gott, und eilte flüchtig durch
ſelbes weg. Das Wort Ketzer allein war genug, ihn zu erſchrecken, und nie ſprach er es
ohne Schauder aus, wie ich oft bemerket
habe.

Dieſen ſo ſchönen Beweiſen von Benedikt
Joſephs aufrichtigen Glauben ſetzen wir das
Zeugniß einer, ihres frommen Lebens halben
berühmten Nonne bey, deren Namen ich ver-
ſchweige,

schweige, theils um ihre Sittsamkeit zu schonen, theils aus andern erheblichen Ruckfichten;
ein Zeugniß, das sie an Herrn Abt Mancini
schriftlich eingeschicket hat. Unter andern Dingen, welche sie von ihm in einer gepflogenen
Unterredung gehört zu haben bejahet, klagte er
auch bitter, über die vielen Neuerungen in der
Lehre, welche vornehmlich bey diesen unsern Zeiten Mode würden, und setzte bey, es werden
in der Welt viele Wunder geschehen, und
auch Bekehrungen darauf erfolgen. Ich
überlasse es dem frommen Leser, seine Bemer-
kungen über diese Worte zu machen, und schicke mich an, die Eigenschaften und die Vollkommenheit des Glaubens bey unserm Diener
Gottes zu beschreiben, nachdem ich die Aufrichtigkeit dieser Tugend bey ihm erwiesen habe.

Und erstlich wird der Glaube von dem heiligen Apostel Jakob mit dem menschlichen Körper verglichen. (*f*) Dieser wird ohne Nahrung schwach, und stirbt in kurzer Zeit, hin-
gegen erhält, und stärkt er sich durch selbe, vornehmlich, wenn die Speise, die er wählet,
seiner Beschaffeuheit angemessen ist. Also fordert auch der Glaube seine Nahrung, ohne die

H 2 er

(*f*) Gleichwie der Leib ohne den Geist todt ist, also
ist auch der Glauben ohne die guten Werke
todt. Jak. 3, 26.

er matt wird, abnimmt, keine Früchte trägt,
und endlich erstirbt. Die Nahrung des Glau=
bens ist das Wort Gottes. Der Glauben
ist aus dem Gehör, spricht der heilige Apo=
stel Paulus, das Gehör aber durch das
Wort Christi. (g). Dieses zerstreuet die Fin=
sternissen der Unwissenheit, und verbreitet das
Licht, und die göttliche Wissenschaft in der
Seele, welche, wie der heilige Thomas anmer=
ket, mittelst der Offenbarung von der göttli=
chen Weisheit mitgetheilet wird, der die mensch=
liche aus ihren Kräften nie gleichkommen kann.

Nun wie begierig nach dieser göttlichen
Speise unser Diener Gottes von seiner zärte=
sten Kindheit an immer gewesen sey, erhellet
aus dem Zeugnisse seiner Aeltern, Lehrern,
und aller derjenigen, welche man wegen sei=
nes Verhaltens befragte. Der heilige Geist,
der sich diese Seele zu seinem angenehmen Auf=
enthalt gewählet hatte, und der so gerne mit
den Einfältigen Sprach hält, goß ihm schon
in den ersten Jahren einen außerordentlichen
Eifer ins Herz, und erregte darinn einen un=
ersättlichen Hunger nach dem göttlichen Worte,
rief ihn in die Einsamkeit, redete ihm dort zum
Herzen, und erfüllete es mit seinen Stralen.
Ein Werk des heiligen Geistes ist, höchst wahr=
scheinlicher Weise, jene heftige Begierde, das
Lesen,

(g) Röm. 10; 17.

Lesen, und die erſten Grundſätze unſerer Religion zu erlernen, geweſen. Seit derſelbigen
Zeit war er ſtets bey allen Unterweiſungen, Anreden und Predigten, ſo in der Kirche gehalten wurden, zugegen, und man konnte aus
ſeiner Sittſam- und Aufmerkſamkeit, auf ſeine
Begierde zu lernen, und das erlernte zu benutzen, ſchließen. Dieſe ſeine Sehnſucht nach
Predigten und Unterweiſungen behielt er ſtets,
bis ans Ende ſeines Lebens bey. Wir haben an
einer andern Stelle geſehen, welche Neigung er
gegen die heiligen Miſſionen trug, die er während ſeines Aufenthaltes bey ſeinem Oheim in
Conteville zu hören Gelegenheit gehabt hatte,
Er folgte dieſen Prieſtern von einem Orte ins
andere auf ihrem ganzen, gewiß nicht kurzen
apoſtoliſchen Zuge nach. Hier in Rom hätte
er um alles in der Welt die Gelegenheit, Predigten anzuhören, nie verabſäumet. Stets
war er bey den Anreden in der Kirche der Mutter Gottes auf den Bergen zugegen, welche
von jenen würdigen Vätern öfter die Woche
über gehalten werden, und dieß mit einer ſolchen Aufmerkſamkeit, welche dem Prediger immer ganz beſonders auffiel. So fand er ſich
auch bey der ſamſtägigen Chriſtenlehre ein, welche in der Kirche des Namens Mariä gehalten wird, wie mir der Prieſter, der dieſes Amt
bekleidet, erzählet hat.

H 3   Doch

Doch zeigte er eine ganz besondere Vorliebe gegen das Wort Gottes, welches von den
Missionarien vorgetragen wird. Während seines
Aufenthaltens in Rom folgte er dem Stadtmissionar in alle Kirchen nach; und eben eine
außerordentliche Mission, die ich vor drey
Jahren in der Kirche des heiligen Ildephons
halten mußte, war der Anlaß, daß er mich
kennen lernte, und mich nachher zu seinem Gewissensrathe wählte. Als ich sechs Monate lang
die Stelle eines Stadtmissionärs in verschiedenen Kirchen vertreten mußte, hörte mir der
Diener Gottes immer stehend, bey der Stiege
des Predigtstuhles zu.

Aber Benedikt Joseph begnügte sich mit
der Anhörung des göttlichen Wortes alleine
nicht; überdem las, und betrachtete er täglich
darinn. Ich will hier nicht wiederholen, was
schon im ersten Theil dieses Werkes hierüber
vorgekommen ist, und setze allein bey, daß er
den Gebrauch aus einem Buche in der ehrer-
bietbigsten Stellung vor dem heiligsten Altars-
geheimnisse zu betrachten, bis auf seinen Tod
beybehalten habe; ja am Tage seines Hinschei-
dens fand man noch in seiner Tasche die Werke
des P. Ludwigs von Granata in französischer
Sprache. Dieses Buch schätzte er ungemein
hoch, und las es mit vielem Vergnügen, vornehmlich aber die Erwägungen über die heilige
Kom-

Kommunion. An dem berühmten Büchgen von
der Nachfolge Christi fand er gleichfalls vielen
Geschmack: er besaß eine lateinische Ausgabe
davon, und ich fand sie nach seinem Tode bey
dem Herrn Abte Maycini.

Er las die Erbauungsbücher nicht aus Vorwitz, wie es einige auch andächtige Personen,
oder sich doch für andächtig halten, zu machen
pflegen, sondern er erwog ihren Sinn reiflich,
und dachte auch über wenige Worte länger
nach.   Jeder, der ihn in den abgelegensten
Winkeln der Kirchen, mit dem Buch in der Hand
gesehen hat, wird bemerkt haben, daß er von
Zeit zu Zeit seinen Blick darauf heftete, hernach das Haupt mit geschlossenen Augen erhob,
ganz in seinen Gedanken versenkt, und unbeweglich, als ob er außer sich in einer Entzückung da stünde.   Aber hievon werde ich schick-
licher an der Stelle handeln können, wo von
seinem Gebethe die Rede seyn wird.

Für einen Reisenden, der unbekannte und
dunkle Stege wandeln muß, erkleckt es noch
lange nicht, wenn er sich mit Speisen gaßt
und gestärket hat; er bedarf noch überdem eines
Lichts und Wegweisers.   Um deßwillen wird
der Glaube von dem heiligen Apostel Petrus
mit einer Leuchte verglichen, welches in einem

H 4   dun-

dunkeln Orte schimmert, (h) wie die Wüste unsers armseligen Lebens ist, so lange der schöne Morgenstern, der Vorläufer des Tages, mit dem Anfange einer glückseligen Ewigkeit nicht in unsern Herzen aufgeht. Es begnügte sich unser Diener Gottes nicht, das Wort Gottes allein anzuhören, zu lesen und zu betrachten, sondern er folgte stets getreu dem reichlichen Lichte, das dieses von der Gnade des heiligen Geistes begleitet in seinem Herzen verbreitete, und hielt sich auf seinem Wege nicht an die Vorurtheile der Welt, wie es die Scheinchristen zu thun pflegen, nicht an die Sinnlichkeit, und an das eigene Urtheil, — welchem Betruge Leute gar sehr bloß gestellet sind, welche zwar gerne heilig wären, aber den beschwerlichen Pfad der Heiligkeit nicht wandeln wollen — sondern das Licht des Glaubens war sein Führer, und sein Geleitsmann, und er konnte in Wahrheit mit dem königlichen Propheten sagen: Dein Wort ist meinen Füßen eine Leuchte, und ein Licht meinen Fußstapfen. (i).

Und

(h) Wir haben das untrügliche Wort der Propheten, und ihr thut wohl, das ihr darauf acht habet, als auf ein Licht, welches in einem dunkeln Orte leuchtet, bis der Tag anbricht, und der Morgenstern in euren Herzen aufgeht. 2. Petr. 1, 19.

(i) Ps. 118, 105.

Und in der That mit dieser Einfalt des
Glaubens, welche, wie der heilige Ambrosius
spricht, mehr als alle Gründe der menschlichen
Vernunft gilt, hatte sich Benedikt Joseph schon
mit seinen zärtesten Jahren entschlossen, das
Evangelium Jesu Christi nicht nur in Rücksicht
auf die Gebothe, sondern auch in Ansehung
der Räthe zu befolgen. Also zum Beyspiele,
weil das Evangelium sagt: Wenn dich jemand auf den rechten Backen schlägt, so
reiche ihm auch den andern dar, übte er
diesen Rath bey Trajansfäule aus, und ließ
sich sein Angesicht von den muthwilligen Jungen ohne einige Widersetzlichkeit zerbläuen. Also auch, weil das Evangelium sagt, wir sollen
allezeit, und ohne Unterlaß bethen, that er es
nach dem Buchstaben; wie ganz Rom Zeuge
seyn kann, und wir an seinem Orte deutlicher
sehen werden. Und, um alles andere bey
Seite zu lassen, könnte man wohl die in dem
Evangelium eingerathene Armuth strenger beobachten, als er bis an sein Ende gethan hat.
Mit einem Worte, er war ein vollkommenes
Ebenbild Jesu Christi nach der Vorschrift, die
uns der Heiland in dem Evangelium hinterlaf-
sen hat, das er der Erste mit Worten lehrte,
und im Werke ausübte.

Ueberdem war es an unserm Benedikt Joseph eine bewundernswürdige Sache das er so

H 5 weit

weit von aller Partheilichkeit gegen seinen eigenen Sinn, und sein Urtheil entfernet war, daß
er Gott nie im Geringsten der Tröstungen, und
der Süße des Geistes halben dienete, die er
etwa haben möchte. Er erwartete keine Entzückungen, keine Offenbarungen; sondern im
Trost und Mißtrost, in der Trockenheit, und
den Aengstigkeiten der Seele, derer er die Menge, und in vollem Maaße zu dulden hatte,
hielt er im Dienste Gottes standhaft aus, und
pries nach dem Beyspiele des geduldigen Jobs
den Herrn. Aus eben dem Grunde fällte er über
das, was Gott inner seiner Seele wirkte,
nie aus sich selbst ein Urtheil, sondern unterwarf alles in Demuth und Einfalt dem Ausspruche derer, von denen geschrieben steht: Wer
euch höret, der höret mich, und wer euch
verachtet, der verachtet mich: (k) und auf
das Wort des Beichtvaters, so er wie das
Wort Gottes verehrte, legte er allen Zweifel
ab, und verläugnete seinen eigenen Sinn. (l)
Nie widersprach er der Meynung seines Füh-
rers im Geiste; ja nicht einmal eine Syllbe
erwiderte er; sondern zum Zeichen der Ehrerbie-
thung

(k) Luk. 10, 16.
(l) Sive Deus, sive homo vicarius Dei manda-
tum quodcunque tradiderit, pari profecto
obsequendum est cura, pari reverentia de-
ferendum, ubi contraria Deo non præcipit
homo. *Bern. de Præc. & Disp.*

thung und des Gehorſames neigte er ſein Haupt,
und ſchwieg.

Schön in Wahrheit, und von einer wunderbaren Bedeutung war das Geboth, ſo Gott
dem Abraham gab, als er ſeinen Bund mit
ihm errichtete, und ihm ſeine Verheißungen
that: Wandle vor mir, und ſey vollkommen. (*m*) In der Gegenwart Gottes wandeln iſt eine ununterbrochene Uebung des Glaubens, und vermittelſt ihrer gelangt man zur
Vollkommenheit. Auf die nämliche Weiſe betrug ſich Benedikt Joſeph, welcher ſtets in der
Gegenwart ſeines Gottes wandelte, ihm allein
zu gefallen, und zur höchſten Stuffe der Vollkommenheit ſich empor zu arbeiten ſuchte. Dieß
ließ ſich aus ſeiner Stellung in der Kirche, aus
ſeinem Betragen auf der Gaſſe, wo er mit un-
tergeſchlagenen Augen, wie entzückt, einher
gieng, ohne auf jemanden zu merken, wenn
man ihn nicht ausdrücklich anhielt, wie auch
aus allen ſeinen Werken, und Reden ſchließen.
Wenn er bey Gelegenheit Ermahnungen oder
Verweiſe geben mußte, hatte er immer paſſende
Beyſpiele, und Stellen der heiligen Schrift
in Bereitſchaft, wie wir an ſeinem Orte ſehen
werden. So geläufig war ihm das Wort und
das Andenken Gottes.

Aus

(*m*) 1. B. Moſ. 17, 1.

Aus allem dem erhellet klar, wie lebhaft,
und wie thätig, und fruchtbar an heiligen Wer=
ken der Glaube bey unserm Diener Gottes ge=
wesen sey; dessen ganzes Leben sich auf den
Glauben gründet, und von dem Glauben be=
seelt, und geleitet wurde; und so eben muß nach
dem göttlichen Ausspruche der Glauben des
vollkommenen Menschen beschaffen seyn: Mein
Gerechter lebt aus dem Glauben. (n) Und
durch ihn überwand er die Welt, verachtete mu=
thig alles, was flüchtig und zergänglich ist, sehnte
sich allein nach dem Ewigen, und bewies durch
sein Betragen, wie wahr der Ausspruch des
heiligen Apostel Johannes sey: Dieß ist der
Sieg, der die Welt überwindet, unser
Glaube. (o)

Von dieser Quelle entsprang jene erstaun=
liche Festig= und Standhaftigkeit seines uner=
schrockenen Herzens, wovon ich noch was we=
niges erwähnen muß. Er war in dieser Tu=
gend so gegründet, daß er nicht nur aus ir=
gend einer menschlichen Rücksicht nie erröthete,
das Evangelium Jesu Christi zu bekennen, we=
gen dessen Beobachtung er Hohn und Spott,
ja wohl auch aus Gelegenheit einer liebreichen
gegebenen Ermahnung Schläge duldete; son=
dern er war sogar bereit, zu dessen Vertheidi=
gung tausendmal Blut und Leben zu opfern.

Für

(n) Hebr. 10, 33. (o) 1. Joh. 5, 4.

Für die Erhaltung und Fortpflanzung dieses Glaubens bethete er ohne Unterlaß zu dem Herrn, und wünschte nichts eifriger, als mit dessen für die menschlichen Erlösung vergossenem Blute auch das Seine vermischen zu können, das er mit Freuden für die Bekehrung der Kezer, und Ungläubigen würde vergossen haben.

Von diesem so lebhaften und starken Glauben kam endlich bey ihm jener wunderbare Geist der Religion her, so daß er an nichts anders zu denken schien, als was den Dienst Gottes betrift. Dieser sein Geist blickte ganz besonders hervor, wenn er sich den heiligen Geheimnissen näherte, dem Meßopfer beywohnte, oder das heilige Altarssakrament anbethete: wie man dann auch diesen Geist in seiner Andacht gegen die göttliche Mutter, und andere Heilige, und in der ausnehmenden Ehrerbiethigkeit entdeckte, die er gegen die heiligen Oerter, und Gott gewiedmeten Personen, vorzüglich gegen die Priester äußerte.

Seht, wie der Glaube beschaffen war, aus dem Benedikt Joseph Labre bis an sein Ende lebte.

Zweytes Hauptstück.
Von seiner Hoffnung auf Gott.

Aus dem Glauben (a) entspringt die Hoffnung, welche man auch das Vertrauen
nennet, als die sich vornehmlich auf den lebhaften Glauben an die göttlichen Verheißungen,
an seine Treue, Allmacht, und Barmherzigkeit gründet. Dieses heilige Vertrauen ist alsdann vollkommen, wenn es lediglich ohne Ausnahm, und mit einem gänzlichen Mistrauen auf
uns selbst verbunden ist. Daß wirklich das
unerschitterte Vertrauen Benedikt Josephs von
den ersten Jahren seiner Vernunft an so beschaffen gewesen sey, erhellet klar aus dem, was
wir im ersten Theile dieses Werkes gesagt haben. Aus der Hoffnung der verheißenen Glück-
seligkeit des Himmelreiches wählte er die Armuth, und gab sich seit den ersten Jahren seiner
Vernunft alle Mühe, Verzicht auf alle zeitliche
Habe zu thun, und sich selbst jede Hoffnung zu
rauben, jemals was Eigenes zu besitzen, ob
schon die Vorsicht sein Haus, wovon er der
Erstgebohrne war, mit einem ergiebigen Auskommen gesegnet hatte. Bewaffnet mit diesem
heiligen Vertrauen überwand er alle Schmäu-
cheleyen,

(a) Spes est germen pulcrum fidei. *S. Max.* San-
guis fidei est spes. *Clem. Alex. L.* I. *Pæd.*
c. 6.

cheleyen, und Anfälle von Fleisch und Blut. Sein allgewaltiger Schild waren die Worte: Mit der Gnade Gottes vermögen wir alles. Nachdem er sich einmal von der Welt losgerissen, und in das Kloster geflüchtet hatte, (b) ob er schon darinn für sich keine bleibende Stätte fand, sah er nicht mehr zurück, da er die Hand nun einmal an den Pflug gelegt hatte; (c) und vergaß nach vernommener Stimme seines Geliebten sein Volk, das Haus seines Vaters, (d) ja sich selbst, und lebte in der Welt, als ob er nicht in der Welt wäre. Bey so vielen und verschiedenen Vorfallenheiten, die ihm aufstießen, wankte er nie, verlohr den Muth, und sein Vertrauen nicht.

Dieß erhellet ganz vorzüglich aus dem Schreiben, das er bey seinem Austritte von den Karthäusern in Montreuil an seine Aeltern erließ, worinn die schönsten Ausdrücke vorkommen, die von seinem Vertrauen zeugen. Ich betrachte diesen Vorfall, als eine Anordnung der göttlichen Vorsehung, die mich zu einem voll-

(b) Ex ingreſſu in Religionem, & rerum temporalium abdicatione, ſi debitæ non deſint circumſtantiæ, ut videlicet hæc non fiant ex fine humano, ſed ut Deo liberius, & perfeĉtius ſerviatur, nemo eſt, qui non videat, ſpem inferri poſſe, & etiam heroicam. *Bened. XIV. L. 3. de Can. c. 23.*
(c) Luk. 9, 62.   (d) Pſal. 44, 11.

vollkommnern Stande ruft. — Mit der
Gnade Gottes werde ich euch künftig
nicht weiter beschwerlich fallen. — Dienen wir nur stets dem guten Gotte, und
er wird uns gewiß nie verlassen. — Seyd
versichert, daß ich mit der Gnade Gottes alles, was ihr für mich gethan habt,
benuzen werde. — Der gute Gott, den
ich vor meinem Austritte genossen hab,
wird mir beystehen, und mich in jenem
Unternehmen leiten, das er mir selbst ein-
gegeben hat. Der Erfolg hat die Wahrheit der göttlichen Verheißung erwiesen, daß
die Hoffnung den nicht zu Schanden werden
lasse, der auf seinen Gott vertraut. Die
Hoffnung aber macht nicht zu Schanden (e).

Von dieser seiner ganz besondern, und
heldenmäßigen Hoffnung kam jener Muth,
und jene mehr dann menschliche Seelenstärke her,
womit er sich zu den beschwerlichsten Unter-
nehmungen anschickte (f), desgleichen seine
lange, und mühsame Reisen, bey allem Ungemach des Weges, und der Witterung waren, um seine bewunderungswürdige Andacht
zu befriedigen. Er fürchtete keine Gefahr,
kann-

(e) Röm. 5, 5.
(f) Adjuvat spes, & fortificat ad sperandum
S. Antonin. in summ. p. 4. tit. 7.

kannte keine Schwierigkeit, scheuete keine Ungemach, und achtete keine Mühseligkeiten, ohne sich niederschlagen, oder verwirren zu laf-
sen. Bewaffnet mit einer unüberwindlichen
Starkmüthigkeit (g), suchte er mit einer Art
von Sehnsucht Kreuz und Leiden auf, und
der aus Liebe Jesu Christi alles verlassen hatte, frolockte, wenn man ihn als einen Räu-
ber mishandelte, wie es ihm in der That
mehrmalen begegnet ist; und der sich aus Demuth eines Almosen unwürdig achtete, könnte sich vor Freuden nicht fassen, wenn man
ihn für hoffärtig, und geldgierig hielt.

In ganz Rom ist bekannt, was ihm eines
Tages begegnet ist, da ihm ein Bajocco zum
Almosen gereicht wurde, den er auf der Stelle
aus Liebe Gottes einem andern Armen gab.
Sein Gutthäter hielt dieses Verfahren für eine Wirkung der Hoffart, und des Geizes,
gab ihm in der Hitze etliche Stockschläge, und
setzte den bittern Verweis bey: Nichtswür-
diger, denkst du vielleicht, ich soll dir einen Dukaten geben? (h) Der Diener
Got-

(g) Deus omnipotentes facit, qui in se sperant.
     S. Bern. Serm. 85. in Cant.

(h) Dieser Stock ist von dem reumüthigen Thä-
     ter in der Kirche der Mutter Gottes von den
     Bergen hinterlegt worden.

Leben Labre.   J

Gottes ertrug alles mit einer wunderſamen
Geduld, und gieng frölich hinweg, weil er
würdig geachtet worden war, aus Liebe der
Tugend Schmach zu leiden. Alſo rühmte er
ſich mit dem heiligen Apoſtel Paulus der
Trübſeligkeiten, weil er wußte, daß dieſes die
Geduld, die Geduld Prüfung, die Prüfung
aber Hoffnung wirkten (i).

Dieſe Hoffnung machte, daß er ſich ſelbſt
verachtete, und in der Geringſchätzung anderer ſein Vergnügen fand, indem er es in ſeinem ganzen äußerlichen Betragen gefliſſentlich
darauf angieng, daß man ihn für den verächtlichſten Menſchen von der Welt halten
mußte, bey deſſen Anblick der heilige Gregor
von Nazianz abermal würde aufgerufen haben: O ſquallidum corpus & indumentum,
virtute ſola florens! — O Chriſti exina-
nitio, & ſervi forma, & paſſiones ipſius
mortificatione decoratæ! (k)

Es iſt dann kein Wunder, wenn er alles
Zeitliche aus Hoffnung der ewigen Glückſe-
ligkeit verachtete; wenn er nie was ſuchte, nie
von den irdiſchen Menſchen was hoffte, ſondern ſich ganz den wundervollen Anordnungen
ſeines

(i) Röm. 5, 4.
(k) Greg, Naz. Orat. de S. Gerg.

seines Gottes überließ, der die Lilien auf dem
Felde kleidet, und die Vögel unter dem Himmel nähret.

Er hatte seinem Gemüthe den Ausspruch,
und die Verheißung des Heilandes tief eingepräget: Suchet zuerst das Reich Gottes, und seine Gerechtigkeit; so wird
euch dieses alles auch gegeben werden. (1)
Er legte dann alle Sorge für das Zeitliche
ab, und trachtete allein nach himmlischen
Dingen, und gieng nicht, wie die andern
Armen, dem Almosen nach, sondern hielt
sich stets in den Kirchen auf, und lag darinn
ohne Unterlaß dem Gebethe ob. Bey dieser
Gelegenheit muß ich einige merkwürdige Thatsachen beybringen, welche anschaulich beweisen, wie vollkommen er sein Herz von allem
Zeitlichen losgerissen hatte.

Benedikt Joseph war einst zeitig in die
Kirche des heiligen Ignatius gekommen, um
mir seiner Gewohnheit nach zu beichten. Er
stellte sich, wie er immer zu thun pflog, zwischen die Säule nahe bey der Sakristey, wo
er stets meiner wartete. Ich sah ihn, als
ich vom Altare zurück kam, und weil es aus
Gelegenheit eines Festes selbigen Tag mehrere
Beichtende gab, und ich fürchtete man möch-

J 2   te

(1) Matth. 6, 33.

te ihn aus Ursache des Ungeziefers zurückweiſen, ermahnte ich ihn; er ſollte ſich indeſſen in Beichtſtuhl begeben; ich werde bald nachkommen, und ihn vor andern anhören. Er gieng; aber, ob er ſchon, wie mir eine meiner Beichttöchter nachher erzählte, mit aller Bequemlichkeit hätte Plaß nehmen können, entfernte er ſich von ſelbſten, aus Furcht, einigen Perſonen in der Nähe läſtig zu fallen, und ſtellte ſich in einen Winkel in der Kapelle des heiligen Joſeph. Als ich in den Beichtſtuhl kam, erinnerte ich mich ſeiner: aber ich ſah, daß er ſich bey Seite gemacht hatte. Ich hoffte zwar, er werde bey abnehmenden Gedränge zum Beichten kommen; aber er bewegte ſich nicht, und als ich um Mittag den Beichtſtuhl verließ, kam er mir entgegen, und da ich Misfallen, und Mitleid gegen ihn äußerte, und anſtund, ob ich wieder in Beichtſtuhl zurückkehren ſollte, ſagte er mit ſeiner gewöhnlichen Gelaſſenheit: Mein Pater, machen ſie ſich meinetwegen keine Mühe; pflegen ſie ihrer Gelegenheit: ich habe immer Zeit, und kann auch Nachmittag kommen; belieben ſie mir nur eine ihnen bequemliche Stunde zu beſtimmen.

Der Herr Anton Pannelli hat mir erzählet, er habe ihn verfloſſenes Jahre 1782 eines

nes Abends bey der gewöhnlichen neuntägigen
Andacht vor dem Feste der unbefleckten Empfängniß in der Kirche der heiligen Apostel
gesehen. Er bethete, und ihm zur Seite stund
der Fürst Don Sixtus Cesarini , der unter
die Armen, die sich zu ihm hingedrängt hatten, Geld austheilte : er blieb unbeweglich ,
begehrte , und empfieng kein Almosen. Der
nämliche Herr Pannelli hat bemerkt, daß der
Diener Gottes , als er bey der Konventpforte
der besagten Kirche vorbey gieng , wo man
eben die Suppe austheilte, sich selber nicht
einmal genäheret habe.

Benedikt Joseph konnte das heilige Vertrauen, wovon er, so zu reden , überfloß ,
nicht inner sich verschließen ; er goß es bey
Gelegenheit auch auf andere aus , stärkte,
und ermunterte sie, auf Gott zu hoffen. Folgendes , was mir eine Person, welche zu
viermalen das Glück hatte, mit Benedikt
Joseph zu reden, erzählet hat, ist merkwürdig. Diese war im Geiste äußerst misgetrö-
stet , und voll Angst und Furcht wegen Hef-
tigkeit einiger Versuchungen, welche sie Tag
und Nacht belästigten. Als sie bey dem Diener Gottes war, sagte er aus sich selbst zu
ihr : Meine Tochter, ihr seyd in euerem
Geiste bekränkt , und von Versuchungen
geplagt, wie ihr wohl wisset. Euere

J 3   Furcht,

Furcht, ihr möchtet etwa einwilligen, ist unmäßig, und fällt euch höchst beschwerlich. Seyd gutes Muths, und fürchtet euch nicht: denn Gott verläßt Niemanden, so auf ihn vertraut, und bewahrt den vom Falle, der sich an ihn hält. Geht, setzte er bey, zu so, und so einem Beichtvater; und ihr werdet sehen, er wird euch Muth einsprechen. Die besagte Person wunderte sich, wie der Diener Gottes ihr Inneres so genau habe durchschauen können, und ward zumal getröstet, und im heiligen Vertrauen gestärkt, und als sie nachher zu dem vorgeschlagenen Beichtvater gieng, wurde sie auf ein neues ermuntert, und beruhiget, wie ihr der Diener Gottes vorgesagt hatte.

Endlich um allen andern Beweis von der starken Hoffnung, und dem lebhaftesten Vertrauen, die unsern Diener Gottes stets begleitete, bey Seite zu lassen, darf man ja nur auf sein immer anhaltendes Gebeth zurück denken, womit er sich nach der Ermahnung des heiligen Apostel Paulus ohne Unterlaß beschäftigte: Erfreuet euch in der Hoffnung; seyd standhaft in dem Gebeth (m): Woraus klar erhellet, daß diese Tugend in ihm so anhaltend, wie sein Gebeth war, und

er

(m) Röm. 12. v. 12.

er nach dem Versprechen Gottes Adlersflügel nahm, und auf dem Wege des Herrn lief, ohne zu ermüden (*n*).

Drittes Hauptstück.

Von seiner Liebe gegen Gott.

Die Tugend der Liebe ist, wie der Apostel lehret, nicht nur die Königinn aller Tugenden (*a*); sondern sie ist zugleich ihr Leben, und ihre Seele; so zwar, daß, wenn jemand alle andern besäße, und noch überdem mit den seltensten Gaben des Himmels geschmückt wäre, ihm aber das goldene Kleid der Liebe mangelte, er jenes sagen könnte, was der nämliche Apostel in der Person eines solchen

J 4

chen

(*n*) Die aber auf den Herrn vertrauen, werden neue Stärke bekommen, und Flügel, wie die Adler, auf sich nehmen; sie werden laufen, und nicht ermüden, hin und her gehen, und nicht matt werden. Isai. 40, 31.

(*a*) Nun bleiben diese drey; der Glaube, die Hoffnung, und die Liebe; die größte aus ihnen aber ist die Liebe. 1. Kor. 13, 13.

chen spricht : Ich wäre nichts (*b*). Deß
wegen behauptete der heilige Augustin ohne
alles Bedenken, das eigentliche Maaß der
übernatürlichen Gerechtigkeit sey die Liebe allein; weil sie entweder eine und dieselbige
Sache sind, oder wären sie auch von einander unterschieden, wie einige wollen (*c*), so
sind sie so genau mit einander verbunden, daß
beyde in dem nämlichen Grade erhalten werden, wachsen, sich vermindern, und verlieren (*d*).

Nun hat sich die Liebe Benedikt Josephs
zu allen den Stuffen der Liebe erschwungen,
die man nur verlangen kann. Und erstlich
zwar,

(*b*) Wenn ich die Sprachen aller Menschen, und
Engel redete: — wenn ich weissagen könnte;
— wenn ich allen Glauben hätte, also, daß
ich Berge versetzte; — und wenn ich alle
meine Güter zur Speise der Armen austheilte, und meinen Leib zum verbrennen hergäbe,
die Liebe aber nicht hätte, so würde mir dieses nichts nützen. Ich wäre nichts. 1. Kor.
13, 1.

(*c*) Suarez l. 6. de Eff. just. habit. c. 12. Ex
S. Thom. 2. 2. q. 113. & l. 3. contr. Gent.
c. 150.

(*d*) Caritas inchoata inchoata justitia est,
Caritas provecta provecta justitia est, Caritas magna magna justitia est. S. Aug.
l. de Nat. & Grat.

war, wenn die Liebe die Fülle des Gesetzes ist (e), und an dessen Beobachtung erkennet wird; so wird die Liebe Benedikt Josephs so vollkommen seyn, so vollkommen bey ihm die Beobachtung des Gesetzes gewesen ist, worinn jene Liebe bestehet, welche die Gottesgelehrten die wirkende nennen. Nun aber um zu wissen, wie vollkommen bey ihm diese Beobachtung gewesen sey, darf man sich nur dessen erinnern, was wir bisher von ihm erzählet haben, und seinen untadelhaften Wandel von seiner Kindheit an bis zu seinem Tode betrachten. Ich will meinen Leser mit langen Wiederholungen nicht ermüden. Doch verdienet alles das eine besondere Aufmerksamkeit, und ist der anschaulichste Beweis seiner vortrefflichen Liebe, was er zur Erfüllung der evangelischen Räthe, die er so genau befolgte, gethan, und gelitten hat, um sich bey allen seinen Schritten des göttlichen Wohlgefallens zu versichern.

Kaum erkannte er, daß ihn Gott zu einen bußfertigen, strengen, und vollkommenen Leben berufe, brannte er von einer heiligen Begierde, die Absichten, so Gott mit ihm hatte, zu erfüllen. Zweymal reisete er nach der Abtey la Trappe, welche dreyhundert Meilen von seinem väterlichen Hause entlegen war, viermal in die Karthausen von Lonaue-

J 5 nesse,

(e) Röm. 13, 10.

neſſe, und Montreuil, und einmal zu den ſie=
ben Brunnen. Aller Orten prüfte ihn Gott,
und foderte das Opfer ſeines Willens; aber
das Ziel, wohin er ihn führte, hielt er ihm
noch verborgen. Faſt bis an ſein Ende zog
er itzt herum, und itzt hielt er auf den Wink
des göttlichen Willens ſtill, gleich dem Abra=
ham auf ſeiner Pilgrimſchaft, der nach dem
Befehl des Herrn bald aufbricht, bald ſich
wieder niederläßt, oder nach dem Beyſpiele
der Iſraeliten, welche ganzer vierzig Jahre in
der Wüſten ſo, wie ſie Gott durch die wun=
derthätige Wolkenſäule führte, herum zogen.
So viele Mühe und Arbeit, ſo viele Be=
ſchwerlichkeiten und Gefahren auf Reiſen von
dieſer Art ſchreckten, und brachten ihn nicht
aus ſeiner Faſſung; ſein Muth ſank deßwe=
gen nicht, er wuchs vielmehr, und er ließ
ſich alles aus Liebe ſeines gekreuzigten Jeſu
gefallen, den er ſtets in ſeinem Gemüth und
Herzen trug, und von dem ihn weder der
Tod noch das Leben, weder das Ge=
genwärtige, noch das Künftige, weder
Höhe, noch Tiefe, noch einiges Geſchöpf
trennen konnte (f). So wurde ſeine Liebe
geprüfet, und gemeſſen mit dem Maaße des
Kreuzes jener Liebe, welche daran für uns ge=
storben

(f) Röm. 8, 38.

ſtorben iſt, und es fand ſich, daß ihre Länge und Breite gleich groß ſeyn (g).

Der ſicherſte Beweis der Liebe iſt die Geduld in widrigen Zufällen, die unſern eigenen Willen durchkreuzen. Daher ſpricht der
heilige Apoſtel Jakob : Die Geduld iſt in
ihren Werken vollkommen (h), als bey
der unſere Eigenliebe ihre Rechnung nicht findet, welche ſonſt auch unſere heiligſt - und
vollkommenſten Werke zu vergiften ſuchet. Es
iſt auch dieſe Probe des Leidens um ſo ſiche-
rer, und ſchätzbarer, als jene des Wirkens,
weil ſie eine viel förmlichere und ſtarkmüthi-
gere Liebe in der Seele verräth, welche, wenn
ſie wirket, das, was ſie vornimmt, ihren
Kräften anmißt ; aber ſo ſie gelaſſen leidet,
ſo zeigt ſie ſich bereit, alles zu dulden, was
der Herr über ſie verhängt, ohne ſelbſt zu
wählen, ohne Gott ein Maaß vorzuſchreiben.

Die Trübſeligkeiten, unter denen unſer
Diener Gottes allzeit lebte, waren von aller
Art. Er war jederzeit bereit, ſie alle ohne
Zurückhaltung, und ohne Ausnahme anzu-
nehmen, und ertrug ſie ſtets mit einer voll-
kommenen Ergebenheit in Anſehung ſeines
Gottes, mit einer unüberwindlichen Geduld,
                                        und

(g) Offenb. 21, 16.
(h) Jak. 1, 4.

und Gelaſſenheit in Anſehung ſeines Nächſten, und mit einer vollkommenen Verlaugnung in Anſehung ſeiner ſelbſt.

Die Anmerkung des ehrwürdigen Johann von Avila iſt eines ſo berühmten Lehrers im Geiſte würdig, wenn er ſagt, daß ſich viele Seelen betrügen, welche glauben, ſie lieben Gott, weil ſie innerliche Tröſtungen des Geiſtes fühlen, und von ſüßen Empfindungen überfließen, wenn ihnen alles nach Wunſche geht. Aber ſo ſie Gott liebreich mit der Ruthe der Widerwärtigkeit ſchlägt; wenn ſein Wille den ihrigen durchkreuzet; wenn er Dinge von ihnen foderet, die ihren verderbten Neigungen entgegen ſind; da klagen ſie, werden muthlos, und kehren auf dem ſchon angetretenen Wege wieder um. Gewiß eine ſolche Liebe iſt ja vielmehr Eigenliebe, wodurch man jenes liebt, was nach unſerm Geſchmacke iſt, und unſern Sinnen ſchmäuchelt, nicht aber Liebe Gottes, welche darinn beſteht, daß man den göttlichen Willen liebt und erfüllt, und ſein Geſetz befolgt, ſo hart es auch, und ſo ſehr es unſerm Wille, unſern Leidenſchaften, und Begierden entgegen ſeyn mag. Nun von dieſem letztern Gehalte war die Liebe Benedikt Joſephs. Bey den größten Drangſalen, bey dem Mangel alles Troſtes, bey einer unſäglichen Trockenheit des

Gei

Geiſtes hielt er es immer für ſeine Pflicht, in jeder noch ſo beſchwerlichen Sache nach dem Wille Gottes, und nie nach dem ſeinen zu handeln. Er konnte dann mit aller Wahrheit zum Herrn ſagen: Wegen der Worte deiner Lippen bin ich auf harten Wegen geblieben (i).

So einförmig dieſe Liebe gegen Gott, ſo ſanftmüthig, und geduldig war ſie mit dem Nächſten. Dieß beweiſen klar die Zeugniſſe ſeiner Aeltern, Lehrer, und aller andern, die man über ſein Verhalten in Frankreich abgehört hat. Man konnte zur Beſtättigung eine Menge Thatſachen anführen, welche von glaubwürdigen Augenzeugen beobachtet worden ſind: aber ich will Kürze halben nur etwelche beybringen.

Herr Anton Pannelli von Macerata der den Diener Gottes ſchon ſeit zwey Jahren gut kannte, hat mir einen Vorfall erzählet, den er mit eigenen Augen geſehen hatte. Als Benedikt Joſeph eines Tages aus der Kirche der heiligen Apoſtel kam, und bey dem Palaſte ſeiner Excellenz des Herrn Colonna vorbey gieng, wo die muthwilligen Gaſſenjungen eben mit Steinen nach einander warfen, wurde er getroffen, und da er immer mit bloßen Füßen

(i) Pſal. 16, 4.

Füßen gieng, am linken Beine verwundet,
so daß das helle Blut hervor quoll. Er ließ
sich dadurch nicht irre machen, gab nicht das
mindeste Zeichen eines Schmerzens, gieng
seine Wege, wie zuvor, ja sah nicht einmal
hinter sich, um zu entdecken, wo der Wurf
hergekommen wäre.

So auch ward er ein andersmal, während er unter der Halle bey der Kirche der
heiligen Apostel stand von einem Steine, den
ein ungezogener Pursch von dem nächsten
Platze aus mit aller Gewalt schleuderte, am
Beine verwundet, und er äußerte nicht die
geringste Empfindung, oder einen Unwillen,
gleich als ob er gar nicht beleidiget worden
wäre. Dieß bezeugt gesehen zu haben die
Schwester Maria Klara Donati aus dem
dritten Orden, von Venedig gebürtig.

Das, was folget, ist noch erheblicher.
Eines Tages gieng der Diener Gottes über
den Platz bey Trajanssäule, und kam unter
einem Haufe ungezogener Jungen, die über
ihn herfielen, und ihn auf tausenderley Art
neckten. Der schlug ihn mit Fäusten, jener
verspottete ihn, dieser warf ihm seinen Hut in
das Koth, ein anderer riß ihm den Bart aus.
Er duldete alles gelassen, öffnete seinen Mund
nicht, und ließ sich von ihnen mit der größten

Gelas-

Belaſſenheit nach dem Triebe ihres Muthwil-
ens mishandeln, ſo zwar, daß ſich die be-
agte Schweſter Maria Klara, welche dieſes
Schauſpiel mit anſah, nicht enthalten konnte
dieſen muthwilligen Purſchen ihre Ausgelaſſen-
eit und Grauſamkeit zu verweiſen, und ſie
ſchrie: Laſſet den guten Menſchen in Ru-
e. Wollt ihr ihm alſo mitſpielen, wie
nan Jeſu Chriſto mitgeſpielet hat?
Worauf ſie erwiederten: Ihr kennet ihn
nicht; er iſt ein Narr: und bey dieſen Wor-
en warfen ſie ihn zur Erde: und er bey ei-
er ſo gräulichen Mishandlung zeigte nicht die
indeſte Empfindlichkeit, ſondern frohlockte,
aß er wegen Jeſu Chriſto für einen Narren,
die Paulus gehalten wurde, welcher ſich deſ-
n rühmte: Wir ſind Thoren um Chriſti
willen. (k) Seht, wie weit es Benedikt
oſeph in der unüberwindlichen Geduld- und
Zerläugnung ſeiner ſelbſt gebracht hat, und
ie ſtark die göttliche Liebe war, die in ſei-
m Herzen brann.

Wir haben bisher die Liebe Benedikt Jo-
phs in ſeinem äußerliche Benehmen betrach-
t, itzt wollen wir einen Blick auf ſein In-
rliches werfen, wovon die äußerlichen Werke
en Werth erhalten, wie von der Braut in
n Pſalmen geſchrieben ſteht: Alle ihre
Zierde

(k) 1. Kor. 4, 10.

Zierde ist innerlich. Und erstlich zwar, weil, wie unser göttliche Lehrmeister spricht: Der Mund aus der Fülle des Herzens redet, (l) also sind die Worte klare Anzeigen der Liebe, die im Herzen brinnt. Nun, ob schon Benedikt Joseph so gesparsam in Reden war, daß dieses sein stetes Stillschweigen selbst ein deutlicher Beweis seines innerlichen liebvollen Umganges mit Gott war, und eine schweigende Rede, und ein beredtes Stillschweigen genannt werden konnte; (m) so kamen doch diese wenige Worte von der Liebe, und brannen von dieser göttlichen Flamme, sogar die, welche er im Schlafe von sich hören ließ; und man konnte auf ihn mit Grunde anwenden, was die Braut in den hohen Liedern von sich rühmet: Ich schlafe, und mein Herz wachet. (n)

Hievon sind diejenigen Zeugen, die eben auch in der Armenherberge des Herrn Abt Maseini übernachteten. Ein gewißer Valentin Bonioli von Venedig, der neun Monate über in dem nämlischen Zimmer mit unserm Diener Gottes schlief, bezeugt, daß er nächtlicher Weil öfter gehört habe, wie dieser in lieb-

(l) Matth. 12, 34.
(m) S. Hier. Ep. 3.
(n) Cant. 5, 2.

trbvolle Stoßseufzer ausbrach, und mit Gott
anmüthige Gespräche hielt.

Daraus läßt sich leicht schließen, wie seine Worte, wann er wachte, werden beschaffen
gewesen seyn. Ich könnte verschiedene Thatsachen zum Beweise anführen, aber ich will
mich Kürze halben auf ein- und die andere
einschränken. Es erzählet Anton Bortolotti,
aus dem Kirchensprengel von Mileto, einer
von denen Armen, die in besagter Herberge
sind, daß er eines Abends, da er eben nach
Hause gieng, eine Viertelstunde nach Sonnenuntergang, unsern Benedikt Joseph gesehen
habe, der eine Strecke vor ihm gieng, wie
er stillestund, den leuchtenden Mond aufmerksam betrachtete, seinen Hals, als ob er gegen
Himmel empor gezogen wurde, verlängerte,
dann das Haupt mit einem Male sinken ließ,
in anmuthige Worte ausbrach, und den Schöpfer pries. Als der besagte Anton solches bemerkte, beschleunigte er seine Schritte, um ihn
abzuhorchen. Aber weil dieser französisch redete, konnte er den Sinn der Worte nicht
verstehen; doch merkte er aus der Weise,
und dem Eifer, womit sie Benedikt aussprach,
daß er von den Wundern der Allmacht entzückt, durch diese Gespräche sein von Liebe be-
klommenes Herz lüftete.

Leben Labre.   K   Der

Der wohlehrwürdige Konventual Pater Augustin Arbusti, Lehrer der Gottesgelehrtheit in dem römischen Kollegium, hörte öfter, während er sich Nachmittag vor der Schule in einem abgelegenen Orte in der Kirche des heiligen Ignatius zu einer Zeit aufhielt, wo gewöhnlich niemand zugegen ist, die zierlichen Gespräche, die der Diener Gottes in Meynung, es höre ihn keine Seele, mit dem Heiland führte, der auf dem Altarblatte, mit dem Kreuze auf den Schultern, abgebildet ist. Unter andern sagte er: Ach Herr! dieses Kreuz läßt für deine Schultern nicht gut; lege es mir auf: ich bin ein Sünder; für mich schickt sich diese Last besser.

Er grüßte nie anders, denn mit den Worten: Gelobt sey Jesus Christus, und Maria; und nie entfiel ihm ein unnützes, oder minder erbauliches Wort, so gesparsam seine Worte, so wohl überlegt, so heilig, und den Umständen angemessen waren sie. Die Armen, seine Gefährten in der Herberge des Herrn Mancini, bezeugen, daß, wenn sie vor dem Schlafengehen ihre Betten zurecht machten, und sich untereinander von gleichgültigen, und erbaulichen Dingen besprachen, er immer allein auf der Seite stillschweigend dem Gebethe obgelegen sey. Aber wenn er hörte, daß sie von Gott redeten, habe es sich also=
gleich

gleich zu ihnen gesellet, und ihre Gespräche
belebt. Er hatte immer passende Stellen der
Schrift im Vorrath, die er seinen einfälti-
geren Kameraden erklärte, welche seine Wissenschaft bewunderten, und sich an seinem
Umgange erbaueten.

Eine Gott liebende Seele sucht die Verherrlichung ihres Geliebten, erfreuet sich über
selbe, und hasset alle Sünden, als welche die
Ehre des Herrn schmälern. Es ist unbeschreiblich, wie sehr Benedikt in seinem Herzen fro-
locte, wenn er sah, wie Gott, vornehmlich
an heiligen Wallfahrtsorten geehrt, und gelobt wurde, wo er sich dann auch alles nur
mögliche gute Beyspiel zu geben befließ, und
wie vieles Gebeth er stets verrichtete, auf daß
nur alle Gott erkennen, ehren, und wie sie
sollten, verherrlichen möchten. Aber eben so
sehr schmerzte es ihn, wenn er sehen mußte,
wie Gott beleidiget wurde, besondes wann es
in Kirchen, und an heiligen Oertern geschah.
Sah er eine sündhafte Handlung, oder hörte
er ein unerlaubtes Wort, als Fluchen oder
Gotteslästern überfiel ihn Schauder und Abscheu, und nie kehrte er in einen solchen Ort
zurück, die ihm das Andenken einer dort geschehenen Beleidigung Gottes wieder auffrisch-
te. Und ich weis sicher, daß er zur Pforte
eines gewißen Klosters nicht mehr um die

Suppe

Suppe hingieng, weil die beunruhigten Armen dort einige sündliche Worte hatten schießen
laſſen. Dieſes ſein Abſcheu vor der Beleidigung Gottes war ſo groß, daß er mit vieler
Unbequemlichkeit alle die Gelegenheiten, und
Oerter floh, wo er wahrſcheinlicher Weiſe
vermuthen konnte, er werde das Unglück haben, und eine Sünde begehen ſehen müßen.
Deßwegen beſuchte er auf allen ſeinen Reiſen
nie keine Schenke, und ſuchte immer die einſamen Stege, ob ſchon der Weg ſchlimmer,
und weiter war. Doch wenn es ſich zuweilen fügte, daß er etwas, ſo wider das
göttliche Geſetz lief, hörte, oder ſah, ſo zit-
terte er vor Entſetzen vom Haupt bis zu den
Füßen, und wenn ſich einiger Nutzen aus der
Ermahnung hoffen ließ, verwieß er den Feh-
lenden voll Eifer ihren Unfug auf die ſchick-
lichſt und kräftigſte Weiſe. Aber von dieſem
ſeinem Eifer wollen wir im nächſten Hauptſtücke, als an dem eigentlichen Orte reden.

Hier will ich noch einen andern Beweis
einrücken, wie vollkommen ſeine Liebe gegen
Gott geweſen ſey, den er aus ganzem ſeinem
Herzen, aus ganzer ſeiner Seele, aus ganzem ſeinem Gemüthe liebte, allein liebte, und
mehr dann alles liebte. Dieß iſt jene innerſte
Vereinigung mit ſeinem Gotte, wozu er durch
ſein äußerſt abgetödtetes Leben, dadurch er
ſich

sich selbst gänzlich abgestorben war, (o) und
durch sein stetes Gebeth gelanget ist; jene
Vereinigung sage ich, wodurch er so weit gekommen war, daß er mit seinem Gotte nur
mehr einen Geist ausmachte, (p) jene Vereinigung, die ihn in Gott verwandelt hatte.
(q). Dieß erhellet aus seinen fast immer-
während Entzuckungen, und dem vertraulichen Umgange, den der geliebte Bräutigam
mit ihm pflog, wie wir an seinem Orte sehen werden,

(o) In hac vita habetur perfectio caritatis,
quando homo omne studium suum depu-
tet ad vacandum Deo, & rebus divinis,
prætermissis aliis, nisi quantum necessitas
præsentis vitæ requirit. Et *ista est perfectio caritatis*, quæ est possibilis in via; non
tamen est communis omnibus habentibus
caritatem. S. Th. 2. 2. q. 24. a 8.

(p) Wer aber dem Herrn anhängt, der ist ein
Geist mit ihm. 1. Kor. 6, 17.

(q.) Wir werden von dem Geiste des Herrn gleichsam in eben dasselbige Bild von einem Glanze
in den andern verwandelt. 1. Kor. 3, 18.

Vier-

Viertes Hauptstück.

Von seiner Liebe gegen den Nächsten.

Der Liebe Gottes geht die Liebe des Nächsten stets zur Seite; (*a*) ja sie ist eine, und die nämliche Liebe, wodurch das ganze Gesetz erfüllet wird, wie uns der heilige Paulus lehret (*b*) welche Gott in dem Nächsten liebet, weil sie in ihm das Ebenbild, und die Aehnlichkeit Gottes entdecket, weil sie ihn als eine Gott angehörige Sache, als das Werk seiner allmächtigen Hande, und als ein Geschöpf betrachtet, das ihn zu lieben fähig ist, und weil sie sieht, daß ihn Gott selbst liebt, und will, daß wir ihn mit ihm lieben sollen. Deßwegen ist die Liebe des Nächsten mehr oder weniger hitzig, nach dem Maaße, und Verhältniß der Liebe gegen Gott.

Man könnte auf die Liebe Benedikt Josephs gegen seinen Nächsten sicher aus dem schließen, was wir bisher von seiner Liebe gegen

(*a*) Per amorem Dei amor proximi gignitur, & per amorem proxmi amor Dei nutritur.

(*b*) Das ganze Gesetz wird in einem Spruche erfüllet: Du sollst deinen Nächsten, wie dich selbst lieben. Gal. 5, 14.

gegen Gott gehört haben. Doch dem Verdienste und der Uebung der Vollkommenheit womit das ganze Leben dieses Armen in Christo geschmücket war, Gerechtigkeit wiederfahren zu lassen, will ich von dieser seiner Liebe etwas weitschichtiger reden, als welche unsere Bewunderung so gut, als andere von ihm geübte Tugenden verdienet, ob man schon auf den ersten Blick das Gegentheil vermuthen könnte.

Es könnte, nach dem Ausscheine, und nach der Sitte der Welt zu urtheilen, jemanden dunken, als ob die Lebensart Benedickt Josephs das Betragen eines Menschen wäre, der für sich allein lebte, um andere Geschöpfe seiner Art sich wenig kümmerte, der menschlichen Gesellschaft keinen Nutzen brächte, ja ihr sogar zur Last fiele. Und doch kann man von ihm sagen, daß er sein ganzes Leben sowohl zum zeitlich- als geistlichen Nutzen des Nächsten verwendet habe, geschweige, daß er irgend einer Person geschadet hätte, oder jemanden beschwerlich gefallen wäre.

Wir haben in dem ersten Theile dieses Werkes gesehen, wie wunderbar sein Verhalten von Kindesbeinen an gewesen sey, da er nicht nur allein Personen, die ihm lästig fielen, ertrug, sondern sich gegen alle sanft

K 4   und

und leutselig erwies, mit jener immer gleichen
Laune, die der heilige Franz von Sales in der
Ausübung für schwerer und seltener, als' die
Tugend der Keuschheit selber hält. Nie entfloh
seinen Lippen ein Wort, welches die Liebe des
Nächsten auch nur von Weitem, und im min-
desten hätte verletzen können, nie gab er den
geringsten Anlaß zur Aergerniß.

Seine Gewissenhaftigkeit in diesem Stücke
war in der That wunderbar, welches ich mit
einem einzigen Vorfalle belegen will der für
tausend gelten mag, und den Herr Peter
Giansanini ein Freund und Gutthäter unseres Benedikt Josephs verbürget. Als dieser
sah, wie schlecht der Diener Gottes gekleidet
wäre, und wie nothwendig er eines andern
Anzuges bedürfe, trug er sich freywillig an,
ihm diese Liebe zu erweisen, und nachdem er
einen Bündel von alten Kleidungsstücken zusammen gemacht hatte, berief er ihn zur Pforte
des Konvents der heiligen Apostel. Benedikt
nahm die Hülfe an ; aber er sprach mit guter
Art zu seinem Freunde; er glaube, es würde
nicht wohl gethan seyn, wenn er das Geschenk
an diesem Orte annehmen sollte: denn, weil
noch andere Arme zugegen wären, fürchte er,
er möchte ihnen einen Anlaß zum Neide geben, um so mehr, weil sie glauben würden,
er habe ihnen dieses Almosen weggeschnappet.

Er

Er bitte ihn daher, er möchte sich gefallen lassen, ihm diese Kleidungsstücke zu einer andern
Zeit, und an einem andern Orte einzuhändigen,
wo diese Gefahr nicht wäre. So behutsam,
und ängstlich war er, um seinem Nächsten keinen Schatten von Aergerniß zu geben.

Ueberdem hütete er sich wohl ein Almosen
anzunehmen, wenn er den mindesten Verdacht
haben könnte, daß es etwan von den Gutthä-
tern andern Armen möchte entzogen werden.
Aus diesem Grunde begehrte er gewöhnlicher
Weise nie ein Almosen, ja er nahm nicht einmal mehr an, als die ledigliche Noth erforderte,
und so man ihm ein Stück Geld reichte, betrachtete er es zuvor wohl, um zu sehen, ob es
eine Münze von geringem Werth wäre; sonst
verbath er sich das Almosen, oder nahm was
weniges davon, und stellte das Uebrige zurück,
mit vermelden, man möchte es irgend einem
andern geben, der ärmer dann er wäre; oder
er theilte es selbst unter die Armen aus.

Aber ich würde gar zu weitschweifig werden, wenn ich auch nur die erheblichern Fälle
erzählen wollte, wo der Diener Gottes das
freiwillig angetragene Almosen ausgeschlagen
hat. Sie sind ungemein zahlreich und erheb-
lich, da ihm oft von verschiedenen Personen
beträchtlichsten Anträge gemacht wurden,

K 5 deren

derer ihn einige ersuchten, seine Herberg bey ihnen zu nehmen, andere, in seinen Bedürfnissen sich an sie zu wenden; aber er verbath sich mit Demuth ihre Gutthaten, und sagte, er habe nichts vonnöthen; sie möchten anderer Armen gedenken. Oft weigerte er sich, ein Almosen von Personen anzunehmen, die selbst arm waren, und sprach: Ihr seyd ja selbst arm; behalter dieses Stück Geld für euch selber. Ja er gab wohl zuweilen diesen Leuten selbst Almosen, wie es der Schwester Maria Klara Donati nach ihrem eigenen Geständnisse begegnet ist. Sie wollte ihm ein Almosen reichen; er weigerte sich, es anzunehmen, und sagte: Ihr seyd ja selbst arm; und da er ihr ein andermal begegnete, gab er ihr einen Bajocco; und sie nahm ihn an.

Es pflog die Frau Maria Cervosi, so auf dem Venedigerplatz wohnet, dem Diener Gottes, wenn er vorüber gieng, gewisse Tage in der Woche ein Stück Brod zu reichen, und Benedikt nahm es an. Eines Tages fiel ihr die äußerste Armuth des Dieners Gottes ganz besonders auf, und weil er ihr dürftiger zu seyn däuchte, als ein anderer Bettler, dem sie gleichfalls ein bestimmtes Almosen gab, dachte sie, auch dieses künftig dem Benedikt Joseph zuzuwenden. Sie vertraute dieses Vorhaben ihrer Magd. Aber was geschah? Als sie dem Diener Gottes

tes

ses bey seinem Vorübergehen das besagte Almosen reichen wollte, bedankte er sich, und sprach:
Ich nehme es nicht an, weil ich weis, daß
ihr es einem andern entziehen, und mir
geben wollt. Worauf er weg gieng, und an
diesem Orte nie wieder erschien: nicht einmal,
um das gewöhnliche Almosen abzulangen.

Es ist keine Möglichkeit, zum Beweise seiner so gewissenhaften Liebe, die in ganz Rom
bekannt war, alle die sonderheitlichen, hier ein-
schlagenden Thatsachen anzuführen. Aber es
wird nicht unschicklich seyn, diese seine Gewissenhaftigkeit, niemanden übertätig zu fallen,
an seinem Betragen zu bemerken, daß er gegen
andere in Ansehung seiner eigenen Person beobachtete. Er war mit eckelhaften Lumpen bedeckt, und voll Ungeziefers, und er gebrauchte
alle Behutsamkeit, um niemanden einen Grausen zu erregen, und hielt sich immer allein,
ferne von den Leuten, so gar von andern Bettlern. In der Kirche suchte er stets ein abge-
sondertes, einsames Ort, und so jemand ihm
näher kam, rückte er alsogleich weg, und nahm
einen andern Platz; und so man ihm auch mit
Deuten zu verstehen gab, er möchte bleiben,
zog er sich doch zurück, wie es der obgemeldte
Herr Glansanini bezeuget. Benedikt Joseph, schreibt er, kniete eines Tages an
dem Vorgitter der Choraltarn: kaum nä-
hete

hei te ich mich, stund er auf, kniete auf die
Erde, und machte mir Plaz. Ich wollte
seine Höflichkeit nicht misbrauchen, da
Raum für beyde war, nahm ihn beym
Arm, und bath ihn, an seinem Orte zu
bleiben; aber er schlug mein Anerbiethen
aus, und blieb auf dem Pflaster knien, bis
der Segen gegeben war. Herr Giansanini
wurde durch dieses Betragen so erbaut, daß er
sich nachher um die Freundschaft des Dieners
Gottes bewarb, und künftig sein vorzüglicher
Gutthäter ward.

Doch wäre dieß eben nichts sonderbares,
wenn sich die Liebe Benedikt Josephs allein auf
die Behutsamkeit, Niemanden beschwerlich zu
fallen, eingeschränkt; und sich nicht auch zum
geistlich- und zeitlichen Frommen des Nächsten
verwendet hätte, aber er konnte, wie Job, mit
mit aller Wahrheit sagen: Das Mitleiden ist
mit mir aufgewachsen. (c) Und es wuchs
nach dem Maaße der Jahren. Wir haben
oben gesehen, wie er sich noch als Knab das
Brod entzog, und selbes den Armen gab, und
bey Gelegenheit einer ansteckenden Seuche, um
die kranken Landleute zu überheben ihres Viehes pflegte. Diese freygebige Liebe äußerte er
in allen Zügen seines Lebens, sogar in seiner
äußersten Armuth, in die er sich selbst versetzt

(c) Job 31, 18.

ſetzt hatte, und worinn er ſtarb. Er hatte ſich
zum unverbrüchlichen Geſetze gemacht, für ſich
nur ſo viel zu behalten, als er unumgänglich
bedarfte, um nicht Hunger zu ſterben, und das
Uebrige wieder unter die Armen aufzutheilen.
Viele leiſten hierüber Zeugniß, die ihn Almoſen
geben ſahen, oder ſelbſt welches von ihm empfangen haben, weil ſie arm waren. Unter vielen Vorfällen dieſer Art verdient beſonders angemerkt zu werden, was einem armen Weibe
begegnet iſt. Dieſe ſtund bey der Pforte einer
Kirche, um ſich den Unterhalt zu erbetteln. Als
ſie unſern Benedikt ſo dürftig und zerlumpt in
die Kirche gehen ſah, dachte ſie bey ſich:
Warum begehrt doch dieſer arme Tropf
kein Almoſen? Aber als er wieder aus der Kirche kam, reichte er ihr einige Stückchen Brod
dar, worüber ſie ſich, wie leicht zu erachten iſt,
faſt wunderte.

Die Liebe Benedikt Joſephs Labre ſchränkte
ſich auf das Almoſen alleine nicht ein, ſo er gab,
das übrigens vor Gott wegen der Größe ſeiner
Neigung von großem Werthe war, wodurch
er ſich zur Erquickung anderer ſeines geringen
Unterhaltes beraubte, den er in ſeiner äußerſten
Dürftigkeit von gutthätigen Leuten empfieng.
Ueber dem ward er bey Gelegenheit allen Alles,
und ſuchte ſeinem Nächſten mit Rath in Zweifeln, in Trübſeligkeiten mit Troſt beyzuſprin-
gen,

gen, wie klar aus folgender Begebenheit erhellet, die vorzüglich in Betracht gezogen zu
werden verdienet.

Man hat erfahren, daß er öfter die Kranken besuchte, zu derer Hülfe er seiner selbst nicht
schonte, wie wir im ersten Theile gesehen haben. Merkwürdig ist der Besuch, den er in
Fabriano bey einer gewissen Vinzentia Fiordi
ablegte, welche schon in die neun Jahre krank
danieder lag. Sie ist eine Tochter des Herrn
Domeiniko, der bey dem Schatzmeister der
Ankonermark in Bedienung steht, und von
dem schon ein andermal Meldung geschehen ist.
Ich umgehe, was dort gesagt worden ist; und
schreibe hier einige sonderheitliche Umstände aus,
so wie sie in dem, von Kurat Paggetti einge-
schickten Berichte zu lesen sind.

Die dritte Person, welche sich fünf
Stunden lang mit dem Diener Gottes un-
terhalten hatte, war ein seit neun Jahren
krankes Mädchen, Vinzentia Fiordi mit
Namen. Er wurde zu dieser Person von
einer gewissen Wittwe, Vinzentia Della
Nera eingeführt, deren Mann Johannes
ein Maurer war, und vor kurzem durch
einen Sturzfall sein Leben eingebüßt hatte. Besagte Vinzentia, als sie ihn bey einem starken Regen vor ihrem Hause vorbey
gehen

geben ſah, das der Wohnung der Kranken
gegen über lag, lud ihn ein, bey ihr zuzu-
kehren. Er nahm das Anerbiethen alſo
gleich an, ſetzte ſich auf einen Stuhl, und
blieb zwo Stunden lang im Hauſe. Er
tröſtete dieſe Wittwe in ihren Trübſeligkeiten ſo nachdrücklich, daß ſie ihn bath, bey
ihr doch vor ſeiner Abreiſe noch einmal zu-
zuſprechen. Der Diener Gottes ſagte ihr:
Morgen ſehen wir einander wieder.
Er nahm Abſchied, und des andern Tages,
als am Feſte des heiligen Täufers, des
Schutzpatrons von Fabriano, fand er ſich
pünktlich um fünfzehn Uhr, wälſchen Zeigers wieder ein. Die Wittwe that ihm
den Vorſchlag, ob er nicht eine Kranke beſuchen möchte: da er ſie ſo nachdrücklich
zu tröſten gewußt hatte, würde er auch
dieſe mitleidwürdige Perſon in ihrer langen Unpäßlichkeit zu tröſten wiſſen. Sie
ließ ihn bey der Kranken im Zimmer, ihn
Geſellſchaft ihrer Schweſtern und anderer Leute, die zugelaufen waren, und
bereitete indeſſen im Hauſe der Kranken für
Benedikt Joſeph was weniges zum Mit-
tagmahle. Als er in das Zimmer gekommen war, ſetzte er ſich zum Krankenbette
hin, wünſchte ihr wegen ihres Zuſtandes
Glück, zeigte ihr, wie angenehm Gott
die Ergebenheit in ſeine heiligſte Anordnungen

nungen, und wie vortheilhaft für ihre See
le die freywillige Geduld wäre, und er=
munterte sie, mit dem Anmuthigsten, die
zum Frommen der Seele so zuträgliche Lei=
besschmerzen willig zu ertragen. Die
Kranke hörte ihm mit Vergnügen zu, und
sagte bey sich: Dieß ist Jesus Christus selbst,
oder doch ein Heiliger. Je weiter er in
seinem Zuspruche vorrückte, vornehmlich
als er auf das Leiden Jesu Christi zu reden
kam, desto mehr Muth, und Antrieb fühl=
te die Kranke inner sich, dem in allem Stü=
cken zu folgen, was der Diener Gottes ein=
gerathen hätte. Um Mittag giengen alle
andere weg, und Benedikt Joseph offen=
barte ihr eine gewisse Heimlichkeit, die eine
innerliche Erleuchtung betraf, so sie ihrem
damaligen Beichtvater noch nicht geoffen=
baret hatte. Die Kranke mußte gestehen,
er rede die Wahrheit, und wurde in ih=
rem Wahne noch mehr gestärkt, daß die=
ser Arme Jesus Christus, oder doch ein
Heiliger seyn müße.

Hierauf nahm er in dem Krankenzim=
mer ein gesparsames Mittagmahl, und
pries den Herrn immerzu dabey. Nach=
dem er sich gelabt hatte, fuhr er von Gott
zu reden fort, und als die Kranke seinen
Eifer sah, bath sie ihn, ihr etwas von
der

der Liebe Gottes vorzusagen; und er erwiederte, daß hiezu drey Herzen in einem
vonnöthen wären. Das erste voll Liebe
gegen Gott, so daß man stets von Gott
rede, an Gott denke, und für Gott wirke.
Das zweyte voll Barmherzigkeit und Güte
gegen den Nächsten. Das dritte unerbitt-
lich, ja grausam gegen sich selbst, so daß
man allezeit seinem eigenen Willen entgegen arbeite.

Diese geistliche Anleitung ist an mich von
dem Bruder der Kranken noch umständlicher
überschrieben worden, der mir, als er nach
Rom kam, den Innhalt seines Briefes mündlich von Wort zu Wort bestättiget hat. Ich
will seine Aussage größeres Nutzens, und mehrerer Deutlichkeit wegen hier einrücken. Da
er von dem ersten Herzen redete, setzte er bey:
Man müsse sich bequemen alles Kreuz zu
tragen so Gott das ganze Leben über zu
schicken gefallen wird. Bey dem zweyten
Herzen, das ganz Barmherzigkeit und Güte
gegen den Nächsten seyn soll, sagte er: Man
müsse für die Sünder zu Gott flehen, daß
er sie erleuchte, und zur Buße ziehe, und
Jesum und Mariam bitten, daß sie die leidenden Seelen im Fegfeuer trösten. Endlich
beym dritten merkte er an, man müsse alle
Art von Sinnlichkeit verabscheuen, und

Leben Labre. L sagte:

sagte: Je unverſöhnlicher ihr euern Leib
haſſet, deſto reichlicher wird euch der Herr
in dem andern Leben belohnen.

Meine Tochter, ſetzte er bey, ihr ſeyd
Jeſu gewiß lieb, und werth. Ihr habt
in dieſer Welt ein großes Glück. Viele
Heilige haben nach eurem Kreuze verlan-
get, und haben es nicht erhalten können.
Geſundheit ſowohl, als Krankheit iſt eine
Gnade Gottes. Machet euch gefaßt, das
zu leiden, was euch der Himmel zu leiden
ſchicken wird: denn der Herr trägt mit euch
hoch an, und fordert große Dinge von
euch.

Dieſe letzten Worte ſchienen eine Prophe-
zeihung geweſen zu ſeyn: denn die Kranke litt
von jener Zeit bis itzt die heftigſten Schmerzen,
und ihr Bruder, von Profeſſion ein Wundarzt,
verſicherte mich, daß ſie alles mit einem heitern,
und muntern Gemüthe erdulde; man müßte
ihr zwar, um bey den Anfällen der Krankheit,
die ſie oft bis an die Gränzen des Todes bräch-
ten, Linderung zu ſchaffen, öfter zur Ader laſſen;
und doch beträge ſie ſich ſo dabey, als ob ſie
gar keine Krankheit hätte. Aus Gelegenheit
des genommenen Mittagmahls ſagte er mir,
daß der Diener Gottes darunter zuweilen wie
entzückt aufgerufen habe: Herr! wie groß iſt
deine

deine Güte, der du zu unſerer Erhaltung
ſolche Kraft in die Speiſen geſenkt haſt! und
ſetzte noch andere zärtliche, und andächtige Ausdrücke bey. Ueberdem ſteht in dem nämlichen
Briefe, daß der Diener Gottes, als ihn die
Schweſter der Kranken zum Eſſen nöthigte, geantwortet habe: Genug für dieſes mal.
Warum ſolle ich durch mehrere Speiſen
den Würmern ein niedlichers Mahl bereiten? (d).

Die Kranke fühlte bey ſeinem Zuſpruche
ſolch innigen Troſt, und hatte ſich von ſeiner
Tugend ſo erhabene Begriffe gemacht, daß ſie
ihn dringend bath, ſie zu unterweiſen, wie ſie
es mit dem Beichten zu halten hätte. Und er
ſagte, viele Seelen gehen wegen übel verrichte-
ten Beichten der Hölle zu, und brachte, mehrerer Faßlichkeit halben, ſeine ſinnbildiſche Vorſtellung, die er ſich von den verſchiedenen Gattungen der Büßer in drey Schaaren oder Pro-
ceſſionen gemacht hatte, auf die Bahn; dann
erklärte er ihr die beſte Weiſe zum Beichten ſo umſtändlich, daß die Kranke in dieſer Art nie was beſſeres gehört zu haben
bekannte. (e).

L 2　　　　S-

(d) Brief des Bruders der Kranken.
(e) Bericht des Herrn Kurat Paggetti.

So gerne unſer Diener Gottes die Betrüb-
ten tröſtete, und bey Gelegenheit die Unwiſſen-
den unterrichtete, ſo eifrig war er, wenn es
darauf ankam, den ſtrafbaren liebreiche, und
ſchickliche Ermahnungen zu geben. Dieſen Theil
der chriſtlichen Liebe erfüllte er von ſeinem zärteſten Alter an bey allen Vorfallenheiten auf das
vollkommenſte, wie aus der Ausſage der in
Frankreich abgehörten Zeugen erhellet. Einige
beſondere Unſtände, die mit den Bettlern in der
Armenherberge des Herrn Mancini vorfielen,
zeigen klar, nicht allein, wie wachſam er hierinn über ſeiner Pflicht hielt, ſondern auch, welch
einer ſeinen Art er ſich bediente, die Fehlende
zu ermahnen, und zu beſtrafen. Ich will nur
ein und den andern Fall hier anführen, und
merke zum voraus an, daß er, um ſeinen liebreichen Beſtrafungen eine minder gehäßige Wen-
dung zu geben, ſchickliche Stellen und Beyſpiele aus der Schrift anzuführen pflog, die er
immer auf die Umſtände ſehr paſſend zu wählen
wußte.

Als eines Tages einer der beſagten Bettler
in der Hitze des Zorns den Teufel fluchte, ermahnte ihn der Diener Gottes, es gezieme ſich
nicht, den Teufel, der ein Geſchöpf Gottes
wäre, zu fluchen, und in der Schrift leſe man,
der heilige Michael habe bey ſeinem Streite mit
dem Teufel, über den Leib Moyſes, kein lä-
ſterli-

sterliches Urtheil fällen dürfen, sondern allein gesprochen: Der Herr gebiete dir. (f)

Ein andermal kamen diese Arme auf die Lüge zu sprechen. Einer aus ihnen war kühn genug zu behaupten, aus solchen Kleinigkeiten
müsse man sich eben nicht viel machen. Voll
des Eifers erwiderte Benedikt Joseph: Nein;
um der ganzen Welt willen darf man nie
eine Lüge sagen, weil durch eine jegliche
Gott beleidiget wird. Ein anderer beobachtete bey seiner Rückkehre, an einem schwülen
Sommertage, die Sittsamkeit im Auskleiden
ziemlich schlecht. Der Diener Gottes bestrafte
ihn hierüber, und sagte, daß dieses Betragen
nicht wohl stehe, und führte das Beyspiel des
Noe an, der seinem Sohne Cham den Fluch
gab, weil dieser seiner Blöße gespottet hatte.

Ein andermal war die Rede von einigen
Trunkenbolden. Einer aus ihnen kam mit dem
Sprichworte angezogen: Besser ein Rausch,
dann ein Fieber. Der Diener Gottes ent-
brann von heiligem Eifer, und rief: Welch
ein alberes Geschwätz! Weißt du dann
nicht, daß die Völlerey eine Todsünde ist?

Endlich um andere ähnliche Ermahnungen
und Bestrafungen zu umgehen, da bey diesen
L 3   Zei-

(f) Jud. 9.

Zeiten die nämlichen Armen auf das Erdbeben
zu reden kamen, und einer mit vieler Dreistig-
keit sagte, in Rom hätte man von dieser Geißel
nichts zu fürchten, antwortete der Diener Gottes: Lieber, wir sind zwar in Rom, aber
deswegen sind wir nicht sicher.

Die Liebe ist nicht vollkommen, wenn sie
nicht auch für das Seelenheil des Nächsten,
wie Gott selbst will, durch alle die Mittel Sorge trägt, die einem jeden sein Stand darbiethet.
Er hat einem jeden wegen seines Nächsten
ein Geboth gegeben. (g) Um deswillen
suchte unser Diener Gottes das Seelenheil des
Nächsten nicht allein durch Ermahnungen, sondern auch durch stetes Seufzen und Gebeth zu
bewirken, das er ohne Unterlaß zu dem Throne
der göttlichen Barmherzigkeit abschickte, auf daß
sie sich würdigen möchte, allen Sündern, Ke-
tzern, und Ungläubigen reichliche Gnaden zur
Bekehrung zu geben. Ueberdem predigte er
stets durch seine Beyspiele noch weit kräftiger,
als durch Worte.

Die Welt glaubte, Benedikt Joseph Labre
habe immer geschwiegen; und doch sagte er mit
wenigen Worten viel, und machte bey allem seinem Stillschweigen einen wahren Apostel. Denn
da er von oben erleuchtet war, und die Gabe
die

(g) Ecclif. 17, 12.

die Geheimniſſe des Herzens zu durchgründen
hatte, ſo wußte er dieſen übernatürlichen Vorzug zum Nußen der Seelen anzuwenden, ob er
es ſchon ganz in der Stille that, und mahnte
die Sünder, ſo ihm von ungefähr aufſtießen,
über den elenden Zuſtand ihres Gewiſſens,
wie ich ganz ſicher weis; und ich will, um
das billige Verlangen des andächtigen Leſers
zu befriedigen, ein oder die andere Begebenheit beyſetzen.

Als Benedikt eines Tages einem Jünglinge von ſchlimmen Sitten begegnete, näherte er
ſich, und ſagte ihm mit ſeiner gewöhnlichen Demuth und Leutſeligkeit auf eine gute Art: Mein
Sohn, ihr ſeyd in einem üblen Stande;
Gott iſt euer Feind: leget eine gute Beicht
ab; denn ihr werdet in Bälde ſterben.
Der junge Menſch lachte über dieſe Warnung,
und ſpottete des lumpichten Bettlers. Aber
was geſchah? Unverſehens ſtarb der Unglück-
ſelige, wie der Diener Gottes vorgeſagt hatte,
und ſtarb unbußfertig.

Eine glücklichere Wirkung hatte eine andere Warnung des eifrigen Diener Gottes.
Eines Tages traf er mit einem Mann zuſammen, deſſen Namen wir in aller Rückſicht verſchweigen müſſen, näherte ſich ihm, und ſprach:
Liebſter Bruder, ſchlag dieſen Gedanken
L 4   aus;

aus; es ist eine Versuchung des Teufels. Der Mensch ward auf diese unerwartete Anrede betroffen, und schämte sich, als dem sein Gewissen das strafbare Vorhaben, mit dem er eben umgegangen war, laut vorrückte; denn er war gesinnt, sein Weib zu verlassen. Er benutzte die Erinnerung, und faßte von selbiger Zeit an für den Diener Gottes eine hohe Schätzung, die er auch stets beybehielt, und seine Dankbarkeit durch Zeichen äußerte, so oft er ihm auf der Straße begegnete.

Was wir bisher gesagt haben, kann uns meines Erachtens einen hinlänglichen Begriff von der Liebe Benedikt Josephs gegen den Nächsten geben, und wer immer nur ein bischen hierüber nachdenken will, wird sehen, mit wie vielem Grunde ich beym Anfange dieses Hauptstückes gesagt habe, daß diese Tugend in ihm eben so sehr, als die andern bewundert zu werden verdiene, ob man schon auf den ersten Anblick das Gegentheil vermuthen könnte, und daß sein Betragen, statt der menschlichen Gesellschaft unnütz zu seyn, ihr vielmehr auf alle Weise große Vortheile gebracht habe. Nach dem Ausspruche des heiligen Augustin ist jener in der Liebe Gottes vollkommner, der mehrere Seelen zu seiner Liebe anflammet. (h) Nun bewirkte dieses Bene-

(h) Ille in caritate Dei perfectior est, qui ad ejus amorem plures accendit.

Benedikt Joseph durch das zeitliche Almosen, welches, da es selbst von der Hand eines Armen kam, auch die härtesten Herzen bewog, durch sein stetes Gebeth für die Lebendigen so wohl als die Abgestorbenen, durch Worte die um so kräftiger waren, weil sie von einem liebtrunkenen Herzen kamen, und von einer untadelhaften Aufführung unterstützet wurden, und durch alle andere Kunstgriffe, die eine sinnreiche Liebe nur immer erfinden kann; wir können also auf ihn im gehörigen Verhältniß den Lobspruch anwenden, den der heilige Crysostomus dem Weltapostel beyleget: Gleichwie das Eisen im Feuer ganz Feuer wird, so ist auch Paulus von der Liebe entzündet, ganz Liebe geworden. (i)

(i) S. Jo. Chryf. hom. 3. de Laud. S. Paul.

Fünf=

Fünftes Hauptstück.

Von seiner Klugheit.

Es pflegen die vornehmsten Schriftsteller, welche die Lebensgeschichte der Diener Gottes schreiben, keine ausdrücklich und umständliche Erwehnung der von ihnen geübten Haupt = oder Kardinaltugenden zu machen; und dieß mit gutem Grunde : denn da alle Tugenden mit einander verbunden sind, und harmonieren, so kann man leicht die Uebungen der einen Tugend in den Uebungen der andern entdecken, und sie alle auf die vornehmsten, nämlich auf die theologischen, von denen wir bisher gehandelt haben, zusammen bringen. Und dieß läßt sich auch selbst von den Kardinaltugenden sagen, welche ob sie schon die Quelle der andern, und gleichsam die Angeln sind, in denen sich die ganze christliche Vollkommenheit bewegt, so entdeckt man doch ohne Schwierigkeit ihre Uebungen in der Ausübung der erstern, wie man leichter Dinge auf den Grund eines regelmäßigen Gebäudes aus dem Gebäude selbst, aus der Höhe einer Pflanze auf die Tiefe ihrer Wurzeln, und aus der Menge des Wassers auf die Ergiebigkeit der Quelle schließen kann. — Ob

es

es wohl scheinen könnte, daß diese Einrichtung
vornehmlich bey der Anlage einer kurz gefaßten Schrift Platz greifen sollte, so kann ich
mich doch bey einem so reichlichen Stoff nicht
enthalten, kurz von einer jeden dieser Tugenden etwas anzumerken, die nicht weniger dann
andere Benedikt Josephs schöne Seele schmück-
ten.

Der Ordnung halben soll die Tugend der
Klugheit den Reihen führen, als jene, welche
die übrigen ordnet, und leitet, weswegen sie
von den Lehrern des Geistes Auriga virtutum genannt wird, und gleichsam die Mei-
sterinn von allen ist, wie der heilige Laurentius Justiniani spricht, (a) und Kassian trägt
kein Bedenken, sie als die Mutter, und Wäch-
terinn aller Tugenden, die einer jeden ihre
Schranken anweißt, zu preisen. (b) Nun
diese Tugend glänzte in unserm Diener Gottes stets auf eine ganz vorzügliche Weise hervor, und man kann von ihm sagen, daß ihn
der Herr von seiner Kindheit an mit dem Geiste der Klugheit erfüllt, und ausgerüstet habe.
Denn schon in seinen ersten Jahren bewunderte man an ihm ein reifes und gesetztes Wesen,

(a) Magisterium habet ceterarum virtutum.
S. Laur. Just. In lign. vit. c. 3.

(b) Omnium virtutum genitrix, custos &
moderatrix. Coll. 2, c. I.

sen, das sein Alter weit übertraf, indem er
schon von dieser Zeit an mit allen seinen Gedanken auf sein letztes Ziel abzweckte, und
seine ganze Lebensart so ordnete, daß er in
allem, und allezeit das Wohlgefallen Gottes
suchte. Die Flucht der Gefahren, die Verachtung irdischer Dinge, sein Eckel ob aller
Ergötzlichkeit, sein Bestreben nach der Heiligkeit, Vorzüge, die man an ihm schon als
Knaben bewunderte, sind Beweise seiner vollkommenen, und übernatürlichen Klugheit, indem der heilige Gregor von Nazianz von dem
großen Basilius spricht: Du besitzest die
Klugheit, der es zukömmt über das Zergängliche zu weinen, und das Ewige zu
suchen. Denn man muß jene für klüger
halten, als den übrigen Troß der Sterblichen, welche sich von dem Umgange der
Menschen absöndern, und Gott ihr Leben wiedmen. (c) Zeige mir einen Menschen spricht der heilige Bernhard, der auf
das Zergängliche wenig achtet, und auf
das, auf was er, und wie er soll, merket, und nach dem Ewigen mit einer un-
ersätt-

(c) Habes prudentiam, cujus est flere occi-
dua, & ea, quæ æterna sunt, quærere.
Ii enim habendi sunt sapientiores, quam
reliquum mortalium vulgus, qui seipsos a
mundi segregant consortio, & vitam suam
Deo consecrant.

erſättlichen Begierde ſtrebet; und ich be⸗
haupte kühn, daß er klug ſey. (*d*)

Aber um auf ſonderheitliche Umſtände zu
kommen, weil, wie der engliſche Lehrer ſagt,
(*e*) das Lob der Klugheit vornehmlich darinn
beſteht, daß man die tauglichſten Mittel zur
Erzielung ſeiner Abſichten zu wählen, und zu
ordnen weis, ſo wird man gewiß wenige fin⸗
den, die auf dieſen Vorzug einen gerechtern
Anſpruch, dann unſer Benedikt Joſeph zu
machen haben. Er wählte nicht nur die ge⸗
meinen Mittel ſeine heilige Entwürfe durchzu⸗
ſetzen, ſondern er verſuchte, und ſpürte immer
die vollkommenſten Wege aus, um ſein vor⸗
geſtecktes Ziel zu erreichen.

Um ſich hievon zu überzeugen, darf man
nur bedenken; erſtlich, wie viel er ſich habe
koſten laſſen, zu jenem Stande zu gelangen,
in den er von Gott berufen zu ſeyn glaubte;
zwey⸗

(*d*) Da mihi hominem, qui tranſitoria tranſi-
torie, & ad id duntaxat. quod opus, &
prout opus eſt, curet, æternaque æterno
complectatur deſiderio; & ego audacter
illum ſapientem pronuntio. S. Bern. ſuper
Cant. Serm. 10.

(*e*) Principalis prudentiæ actus eſt præcipue ordi-
nando & diſponendo media optiora pro
conſecutione finis. S. Th. 2. 2. q. 49. a.
1. ad 3.

zweytens wie viel er that, und litt, um den
Absichten, die Gott mit ihm hatte, standhaft
bis an sein Ende zu entsprechen, da er den
einmal angetretenen Tugendpfad immer mit
gleichem Schritt verfolgte, ob ihm schon auf
selbem große und viele Widrigkeiten aufstießen,
wie wir im ersten Theile dieses Werkes gesehen haben. Die Klugheit lehrt uns, wie
wir immer sowohl bey günstig- als widrigen Zufällen die nämliche Gleichmüthigkeit beybehalten können; wie die Hand
stets dieselbe bleibt, man mag sie flach
ausstrecken, oder in eine Faust ballen,
sagt ein großer Meister im Geiste. (f) So
war unser Benedikt Joseph jederzeit beschaffen: weßwegen man ihn in diesem Stücke der
Welt zu einem so erhabenen, als seltenen
Vorbild aufstellen könnte.

Itzt erstaunet Rom, wie ein so großer
Schatz in dieser Stadt, auf dieser Schaubühne der Welt beynahe unbekannt habe bleiben können. Dieß mußte nothwendig eine
Wirkung seiner außerordentlichen Behutsamkeit

(f) Prudentia te docet, ut in cunctis idem
semper sis tam in prosperitatibus quam in
adversis, sicut manus eadem est, sive in
palmam extendatur, sive in pugnum con-
trahatur. Aut. Serm. de Prud. inter opera
S. Aug.

keit ſeyn, womit er alle ſeine Handlungen vor
den Augen der Menſchen verborgen zu halten
ſuchte, um der Gefahr der eiteln Ehre und
Eigenliebe auszuweichen, die, wie der heilige
Auguſtin ſpricht, die erſte mit uns gebohren
wird, und die letzte ſtirbt. Und in der That,
ſo genau ich auch alle Regungen dieſer Seele
die ganze Zeit über, daß ich ihre Anleitung
auf mich genommen hatte, ausſpehete, könnte
ich doch nicht die mindeſte Spur von dieſer
bösartigen Feuchtigkeit an ihm entdecken; ja
ich erkannte vielmehr daß er wider ſie als
das kräftigſte Gegenmittel ein undurchdring-
liches Geheimniß gebrauchte.

Von dem erſten Tage an, wo er ſeine
Seele vor mir aufdeckte, habe ich mit aller
Aufmerkſamkeit dieſes neue Betragen, und
dieſe Lebensart, welche ſo ſehr wider alle Gewohnheit lief, unterſucht, um zu ſehen, von
welchem Geiſte ſie herkäme, und ob man ſie
billigen könnte. Ich ſtellte in dieſer Abſicht
beſondere Unterſuchungen mit ihm, und beſondere Ueberlegungen bey mir ſelbſt an, und
nach einer reiflichen Erwegung erkannte ich
anſchaulich, daß ihn Gott führe, und ſein
Betragen auf alle Weiſe gutzuheißen wäre.

Und weil, wie der heilige Geiſt ſpricht:
Wer weiſe iſt, Rath anhöret; (g) ſo verließ

(g) Sprüch. 12, 15.

ließ sich der Diener Gottes nicht auf sein eigenes Urtheil, sondern forschte fremden Rath
aus, und wendete sich an jenen, der bey ihm
Gottes Stelle vertrat. Ich kann mit aller
Wahrheit bezeugen, diese gebenedeyte Seele
habe ihre innerliche Angelegenheiten stets so vorgetragen, daß sie sich nie mit einer Art von
Vorliebe mehr gegen die eine, dann gegen die
andere Seite hinlenkte; wider den Gebrauch
gewißer Seelen, welche sich nur in der Absicht Raths erholen, um sicherer nach ihrem
Belieben zu handeln, da sie die Beweggrün-
de, welche ihren Hang begünstigen, in ein
weit vortheilhafteres Licht stellen, als die, so
ihm entgegen sind. Ja unser Benedikt Joseph brachte es in dieser so schönen Gleichgültigkeit noch weiter. Gemäß meiner Hochschätzung, die ich von ihm hatte, fragte ich
ihn öfters um seine Meynung über jene Gei-
stesangelegenheiten, wovon die Rede war,
und derer Entscheidung er von meinem Mund
erwartete, und er antwortete mir stets auf
eine Weise, die offenbar verrieth, daß er den
Richter über sich selbst nicht machen wolle,
und daß solches mein Geschäft wäre, indem
er gemeiniglich sagte: Wie kann ich das
wissen?

Ueberdem kann ich versichern, daß Benedikt Joseph, nach dem Rathe des Heilandes,
mit

mit der Einfalt der Taube die Klugheit der
Schlange verband. (*h*) Er hatte mit den
ersten Jahren der Vernunft stets einsam gelebt, und nie eines Umganges mit der Welt
gepflogen. Er hatte dann die Unschuld, und
Einfalt eines sechsjährigen Kindes beybehalten.
Aber um sich einen richtigen Begriff hievon
zu machen müßte man seine Lebensgeschichte
mit angehöret haben, so wie er sie mir erzählet hat. Man wird sich schwerlich eine Vor-
stellung machen können, wie schön ihm seine
Einfalt ließ. Ich bin itzt noch ganz davon entzückt, wenn ich mich daran erinnere. Und
doch gab seine Klugheit der Einfalt nichts
nach. Er wußte nicht nur sich selbst vollkommen zu beherrschen; sondern er wurde meines
Erachtens einer zahlreichen Gemeinde eben so
gut vorgestanden seyn. Seine Räthe, seine
Urtheile, seine Worte hätten nicht verständi-
ger, und klüger seyn können.

Hieraus können wir schließen, daß seine
Klugheit so groß gewesen sey, als seine Vollkommenheit erhaben war; denn er wußte in
seiner ganzen tugendlichen Lebensart den rich-
tigsten Pfad anzuschlagen, der ihn endlich zu
jener Stufen des erhabensten Verdienstes
führte, das man an ihm allgemein bewunderet,

(*h*) Matth. 10, 36.

Leben Labre. M.

ret, und wir können von ihm sagen : Er
hielt sich weislich in allen seinen Handlungen, und der Herr war mit ihm. (i)

Sechstes Hauptstück.

Von seiner Gerechtigkeit.

Die Gerechtigkeit umfaßt in allgemeinem
Verstande alle Tugenden, wie der heilige Hieronymus spricht (a) : Omnes virtutis species uno justitiæ nomine continen-
tur. Aber von der Gerechtigkeit, im engern
Verstande zu reden, welche in distributivam,
die jeden nach Verdienst belohnt, oder straft,
und commutativam abgetheilet wird, welche
im Geben und Wiedergeben das Gleichgewicht
hält, so muß man hierinn auf eines jeden Amt
und Stand sehen, wie Benedikt XIV unsterbli-
chen Andenkens weislich bemerket, weil nicht alle
die nämlichen Gelegenheiten haben, sie auszu-
üben. Was die erste belangt, fand unser
Diener Gottes hiezu nie eine Gelegenheit, ausgenommen da er, noch als ein Knab von seinem

(i) 1. König. 18, 14.
(a) S. Hier. ad Demetr.

nem Lehrer angeſtellt wurde, deſſen Perſon in
ſeiner Abweſenheit bey den andern Kindern,
ſeinen Mitſchülern zu vertreten. Wie er ſich
bey dieſem Anlaſſe betragen habe, iſt ſchon an
einem andern Orte gemeldet worden.

Was die zweyte Gattung der Gerechtigkeit betrifft, von der Paulus in ſeinem Send-
ſchreiben an die Römer ſpricht: (b) Gebet
einem jeden, was ihr ihm ſchuldig ſeyd;
Steuer, dem Steuer gebührt, Zoll, dem
Zoll gebührt, dem Furcht und Ehre gebührt, den fürchter und ehret, bleibet keinem etwas ſchuldig. Dieſe übte unſer
Diener Gottes auf das vollſtändigſte
aus. Von Religion durchdrungen gab er
immer Gott, was Gottes war, wie wir
an ſeinem Orte ſehen werden, und voll Liebe
gegen den Nächſten fügte er ihm nicht nur an
ſeinen geiſtlich, und zeitlichen Gütern nie einen Schaden zu; ſondern ſuchte vielmehr ſein
Beſtes in alle Wege zu befördern.

Ich will hier ſeine Bedenklichkeit, eine ab-
gefallene Frucht in dem Garten ſeines Oheims
von der Erde aufzuheben, woraus er ſich wider den Gebrauch anderer Kinder, ein Gewiſſen machte, und ſeine Sorgfalt nicht wiederholen, die er gebrauchte, um nicht etwa

M 2

das

(b) Röm. 13, 7.

das Almofen der übrigen Armen, auch ohne
feine Schuld, zu fchmälern. Es ift eine bekannte Sache, daß er fich bey der Austhei-
lung der klöfterlichen Bettelfuppe ftets an den
letzten Platz ftellte, und den andern von fei-
nem Antheile gab, wenn fie weniger, dann er
bekommen hatten. Ich will nur einige fon-
derheitliche, und merkwürdige Begebenheiten
erzählen, welche nicht fo bekannt find, und
woraus man bey ihm auf feine ängftliche Ge-
wiffenhaftigkeit in Beobachtung diefer Tugend
fchließen kann.

Felicitas Vaini von Anzi hat mir erzählt,
daß fie eines Tages dem Diener Gottes,
den fie wohl kannte, ftatt eines halben Bajocco einen doppelten Paolo gegeben habe.
Kaum ward er es gewahr, wähnte er ein
Verfehen bey feiner Gutthäterinn, und ftellte
ihr die Münze wieder zu.

Gleicher maffen gab die Frau Maria An-
tonia Righetti diefem Armen, als fie aus der
Kirche des heiligen Laurenz gieng, einen halben Piafter ftatt eines Bajocco. Aber kaum
fah der Diener Gottes diefes Stück Geld,
gab er es zurück, und fagte: Nehmen Sie
hin; Sie werden fich wohl vergriffen
haben.

Ich

Ich umgehe Kürze halben eine Menge
ähnlicher Fälle, und setze hier einige bey, welche Benedikt Josephs zärtliches Gewissen in
diesem Stücke erhärten. Ich mache den Anfang mit der Erzählung des würdigen Priesters Herrn Baptist von Lazzari, die ich so,
wie er sie mir schriftlich eingehändiget hat,
ausschreibe.

An dem heiligen Weihnachtabend des
verflossenen Jahres 1782, als ich unter
der Halle bey der Kirche der heiligen
Apostel stund, sah ich unsern Diener Gottes aus der Kirche kommen. Ich grüßte
ihn, und gab ihm ein kleines Stück Geld,
mit Vermelden, er sollte sich auf diese
Feyertage den Bart darum scheeren lassen:
Weil an den vornehmsten Festen auch die
größten heiligen Büßer Zeichen der Frö-
lichkeit geäußert hätten. Aber er antwortete, daß er es vor dem Weihnacht-
tag nicht zu thun gesinnet, und nachher
werde er sich den Bart mit der Scheer
abstutzen; und aus Furcht, ich möchte
ihm jenes Stück Geld unter dieser Bedingniß geben wollen, nahm er es nicht
an. Ich nahm seine Bedenklichkeit wahr,
und sagte ihm, er sollte das Almosen nur
behalten; ich stelle es ihm frey, wozu er
es gebrauchen wolle. Indessen kam Herr

Jakob

Jakob Danieli, Kleriker an der Apostel-
kirche dazu, der sich ebenfalls antrug,
ihn zu seinem Barbier zu führen, ohne
daß er unsere Unterredung gehört hätte.
Er weigerte sich, dieses Anerbiethen zu
nuzen, ja schlug sogar ein Stück Geld
aus, das ihm dieser reichte, weil er, wie
wie ich glaubte, zweifelte, ob es ihm
nicht unter der Bedingung gereicht werde, sich den Bart scheeren zu lassen. Endlich kam noch der dritte, Herr Peter Giansanini dazu, der ihm gleichfalls zuredete,
sich auf das morgige Fest rasiren zu lassen; auch er both ihm ein Stück Geld zu
diesem Ende an; aber auch dieses Almosen verbath er sich, es wäre dann, man
ließe ihm frey, es nach seiner Willkühr zu
verwenden.

Diesem allem setze ich noch bey, was ich
aus den mit dem Diener Gottes gepflogenen
Unterredungen erhoben habe, daß er vieles
Almosen ausschlug, theils aus andern Beweggründen, theils aus der Ursache, weil er
glaubte, er sey nicht im Stande den Absichten der Gutthäter ein Genügen zu leisten,
welche sich seinem Gebeth empfahlen, das er
doch für schwach, und froßtig hielt, und deswegen war ihm der Ausdruck, empfehlet
mich Gott in euerm Gebethe, zuwider.

Aus

Aus diesem läßt sich allem Scheine nach leicht schließen, wie groß bey unserm Benedikt Joseph die Liebe zur Tugend der Gerechtigkeit gewesen sey: doch wird es der andächtige Leser noch deutlicher einsehen, wenn er bey sich überlegen will, wie vollkommen der Diener Gottes sich von allem Irdischen losgerissen habe, denn, wie der heilige Laurentius Justiniani schreibt, so glänzet die Seele eines freywilligen Armen gleich einem Edelsteine, blühet wie ein Rose, und streut Wohlgeruch wie eine Lilge. Sie hat von Motten, und Mördern, und vom fressenden Roste nichts zu fürchten, und weis um die Sorgen dieses Lebens nichts. (c)

Zur Gerechtigkeit ziehen die Gottesgelehrten mit dem heiligen Thomas (d) auch den Gehorsam, welcher, wie der heilige Bernhard spricht, (e) jene Tugend ist, die alle andere in der Seele pflanzet, und erhält Wie eigen er sich diese Tugend gemacht habe, bezeugen seine Aeltern, Seelsorger, und Lehrmeister einstimmig, woraus erhellet, daß er sich seines eigenen Willens gänzlich begeben hatte,

M 4 und

(c) Laur. Juſt. in lign. vit. c. 4.

(d) S. Thom. 2. 2. q. 80.

(e) Obedientia ſola virtus eſt, quæ virtutes cæteras menti inſerit, inſertaſque cuſtodit, De Obed.

und immer ſchleunig, genau, und willig gehorchte. So lange er in der Armenherberge
übernachtete, erſchien er alle Tage Abends
pünktlich um die vorgeſchriebene Stunde, und
beobachtete auf das genaueſte die Ordnung,
und die Regeln dieſes Hauſes, wie der Haus-
meiſter, und die andern Armen, ſo mit ihm
in gemeldter Herberge übernachteten, gerichtlich ausſagten. Ich will hier ſeine vollkommene Unterwürfigkeit, und ſeinen pünktlichen
Gehorſam gegen den Beichtvater nicht wiederholen, und beziehe mich auf das, was ſchon
oben, und beſonders in dem vorgehenden
Hauptſtücke, davon gemeldet worden iſt. Eine
einzige Thatſache führe ich an, welche vorzüglich zum Beweiſe dieſer Tugend tauget.
Es zeigte Benedikt Joſeph einen großen
Abſcheu gegen niedliche Speiſen und Getränke,
und dieſes aus Urſache ſeiner wunderbaren Neigung, die er zu der heiligen Abtödtung
trug; und deßwegen ließ er ſich nie bereden,
Fleiſchſpeiſen zu eſſen, oder einen Tropfen
Wein zu koſten: und doch bequemte er ſich
aus Gehorſam dazu, weil er wußte, daß der
Gehorſam beſſer wäre, als Schlachtopfer.
Als er in Loreto war, führte ihn Herr Kaſpar
Valeri in das Haus eines Landmannes,
um irgend in einem Stalle, oder in einem
Backofen für ihn ein Plätzchen zum nächtli-
chen Aufenthalte zu finden. Der gute Land-
mann.

mann ſetzte beyden einen Trunk Wein vor,
den ſich aber Benedikt Joſeph auf eine gute
Art verbath. Aber beſagter Herr Valeri wendete ſich zu ihm, und ſprach: Nu, Benedikt, trinkt aus Gehorſam; und der Diener Gottes trank ohne die mindeſte Widerſetzlichkeit. Es behauptet dieſer Prieſter in ſeiner
Ausſage, daß Benedikt Joſeph, der ſo ſtreng
auf die Selbſtkreuzigung, und das Faſten
hielt, außer dem Falle des Gehorſames ſich
wohl nie wurde haben beredeu laſſen,
Wein zu koſten, oder ſeine gewöhnliche Strenge zu mildern. Die, welche von der Tugend
ein ächtes Urtheil zu fällen wiſſen, werden
dieſes Verfahren bewundern, und viele andächtige Seelen werden daraus Anlaß nehmen können, ſich zu beſſeren, und ſicher zu
glauben, daß die Tugend des Gehorſames,
welcher aus Liebe Gottes den eigenen Willen
verachtet, löblicher ſey, als andere ſittliche
Tugenden, welche wegen Gott nur einige
andere Güter verachten, wie der heilige Thomas lehret. 1. 2. q. 104. a. 3.

Sie-

Siebentes Hauptſtück.

Von ſeiner Starckmüthigkeit.

Die Tugend der Starkmüthigkeit, welche nach dem engliſchen Lehrer ſchwere Dinge unternimmt, und harte erträgt, (*a*) hat nach Benedikt XIV in ſeinem unvergleichlichen Werke von der Heiligſprechung, (*b*) verſchiedene Beſtandtheile; als den Muth, wodurch der Menſch immer bereit iſt, ſchwere Dinge zu unternehmen, und harte zu dulden: eine groſſe Thätigkeit, welche die genaue Ausführung jener Dinge betrifft, die er muthig unternommen hat: Die Geduld, wodurch das Gemüth von der Traurigkeit nicht niedergeſchlagen wird, und von ſeiner Höhe nicht herabſinkt: und endlich die Beharrlichkeit, oder die Befolgung des unternommenen Werkes bis zu ſeiner Vollkommenheit, und zum vorgeſteckten Ziele. Das, was wir ſchon gehöret haben, wäre allein Beweiſes genug, welch ein Held der Starkmüthigkeit in allen ihren Theilen Benedikt Joſeph geweſen ſey. Aber weil beſagte Tugend, wenn man dieſe ihre

Theile

(*a*) In aggrediendo ardua, & dura ſuſtinendo. S. Th. 2.2. q. 228. n. 1.

(*b*) Libr. 3. c. 24. n. 30.

Theile einzeln betrachtet, in ein weit helleres
Licht gesetzet wird, so will ich in möglichster
Kürze einige besondere Anmerkungen beyfügen.

Und was erstlich den entschlossenen Muth,
und die Bereitwilligkeit des Geistes anbe-
langt, so hatte der Diener Gottes schon von
seiner Kindheit an den festen Entschluß gefasset,
sich zur höchsten Stufe der Verlaugnung seiner selbst empor zu arbeiten, alle Tage sein
Kreuz zu tragen, das ihm der Herr nach seinem heiligsten Wohlgefallen auflegen würde,
und standhaft bis in Tod seiner Einladung in
dem Evangelium zu folgen: Wenn mir jemand nachfolgen will, der verlaugne sich
selbst, nehme täglich sein Kreuz auf sich,
und folge mir nach. (c) Dieser Verlaugnung seiner selbst, welche in Rücksicht unserer Eigenliebe viele Schwierigkeit leidet, dieser Nachfolge Christi in der möglichsten Vollkommenheit, welche bey der Schwachheit unserer menschlichen Natur den Muth so leicht
sinken läßt, setzen sich unzahlbare Hinderniß-
sen aller Art von der Hölle, von der Welt,
von Fleisch und Blute entgegen. Dessen ungeachtet wankte Benedikt Joseph nicht, und
zeigte sich entschlossen, aus Liebe Jesu alles zu
unternehmen, alles zu leiden. Man darf nur
sein ganzes Leben mit einem Blick überschauen,
um

(c) Luk. 9, 23.

um einzuſehen, welcher zuverſichtliche Muth
hiezu vonnöthen geweſen ſey, und man wird
finden, das Lob, welches der heilige Geiſt
dem Gerechten beyleget, paſſe vollkommen auf
unſern Diener Gottes. Der Gerechte wird
unerſchrocken, und herzhaft, wie ein Lö-
we ſeyn. (*d*) .

Was die Thätigkeit in Ausführung der
unternommenen Dinge betrifft, ſo brachte
unſer Diener Gottes ſeine ſchwere Entwürfe
allzeit zu Stand. Er hatte bey ſich beſchloſ-
ſen, ein bußfertiges, verachtetes, und armes
Leben in einem der ſtrengſten Klöſter zu führen. Er verſuchte es wiederholter Malen, ſein
Vorhaben durchzuſetzen: aber zu ſeinem größern
geiſtlichen Vortheile nimmt man ihn nicht
auf, oder Gott verhengt ſeine Entlaſſung wieder. Und doch führt er ſeinen Entwurf auf
eine noch vollkommnere Weiſe aus: denn es
giebt kein Kloſter in der Welt, worinn man
mit einer ſolchen Strenge, in einer ſolchen
Verachtung und Armuth lebte, wie er gelebt
hat. Der Abt von den ſieben Brünnen, da
er einerſeits die Strenge der klöſterlichen Zucht,
die man dort beobachtet, und die er in einem
Briefe ſchildert, und beweiſt, daß ſie die in
der Trapperabtey noch übertreffe, und andererſeits das in Rom geführte Leben des Dieners

(*d*) Sprüch. 28, 1.

ners Gottes vergleicht, spricht unverholen:
Es scheint, daß er in Rom weit strenger
gelebt habe, als unter uns. (e) Es ist
dieses in aller Rücksicht eine unlaugbare Sache sowohl was die Kleidung, als was die
Wohnung, und die Bußübungen anbetrift,
die von irgend einer klösterlichen Regel vorge-
schrieben werden.

Die Geduld, jener vorzügliche Theil der
Starkmüthigkeit, von der geschrieben steht,
daß sie in ihren Werken vollkommen (ƒ)
und wie Papst Gregor der Große spricht,
höcher, als die Gabe der Wunder zu schätzen
sey; (g) weßwegen der heilige Geist sagt,
der Geduldige sey besser, als der Starke;
und wer sein Gemüth beherrscht, sey besser als ein Stadteroberer (h) war bey unserm Diener Gottes in der That ganz wunderbar. Sein Leben war eine ununterbrochene Reihe von Leiden aller Art. Der Hunger,
der Durst, die Blöße, die Kälte, die Hitz,
das Ungeziefer, so ihn beynahe aufzehrte,
Spott, Schimpf, Unbilden, Krankheiten,
Wider-

(e) Brief des Abtes von Kasamara, 15. Heum.
1783.

(ƒ) Jak. 1, 4.

(g) Ego virtutem patientiæ signis & miracu-
lis majorem credo. Dial. l. 1. c. 2.

(h) Sprüch. 16, 32.

Widersprüche, Schläge, kurz eine beständige
Abwechslung von Trübseligkeiten könnten ihn
nicht aus seiner Fassung bringen, ja er änderte dabey nicht einmal seine Gesichtszüge;
sondern in Mitte so vieler Widerwärtigkeit
blieb er immer gleichmüthig, immer munter
und frölich, und er konnte mit dem Apostel
sagen: Ich bin mit Trost erfüllet, und
voll Freude in aller unserer Trübseligkeit. (*i*)

Rom hat oft gesehen, wie er mancherley
Kreuz, und zwar immer freudig trug. Viele
sahen, wie man ihn mishandelte, verspottete,
und schlug. Aber keiner konnte die geringste
Ungeduld an ihm bemerken. Ja wer ihn
immer kannte, und mit ihm umgieng, mußte
seine Zufriedenheit in seinen Lumpen, bey so
vielen Mühseligkeiten, und Plagen bewundern, vornehmlich wenn er den Schild der
Geduld den anzüglichsten Reden entgegen hielt,
und sie mit eben der Gelassenheit anhörte,
als ob sie gegen einen Andern gerichtet wären.
Der starkmüthige Mann setzte den Schild
der Geduld den Pfeilen der Worte entgegen, achtete ihrer nicht, und schien sie
nicht zu hören, wie Petrus Damiani von
dem heiligen Severus schreibt. (*k*) Was
mich

(*i*) 2. Kor. 7.
(*k*) S. Petr. Dam. Serm. 4.

mich belangt, so behielt er jene heitere Mine,
die ich den ersten Tag, wo ich das Glück ihn
zu kennen hatte, an ihm sah, bis auf die letzte
bey, ob er schon mehr einem Leichnam, als
einem lebendigen Menschen glich; ja er ließ
nie so viele Merkmale einer innerlichen Freude
und Zufriedenheit, als dazumal blicken, wo er
sich wegen äußerster Schwachheit kaum mehr
auf den Füßen halten konnte, gleich dem heiligen Paulus, welcher sagte (*l*): Ich habe
ein Wohlgefallen an meinen Schwachhe-
ten, um Christi willen. Denn, wann ich
schwach bin, dann bin ich mächtig; und
er machte an sich den Spruch des heiligen
Bernhard wahr: Bey den Kranken mehrt
die Krankheit die Stärke des Geistes,
und gewähret Kräfte. (*m*)

Und doch, gleichwie die innerlichen Qua-
len unseres Heilandes die Leiden des äußerlichen Kreuzes, an dem er hieng, weit übertraf-
fen, so zog auch Benedikt Joseph, den Gott
vorbestimmt hatte, dem Bilde seines Sohnes
gleichförmig zu werden durch das, was er inner seiner Seele litt, meine Aufmerksamkeit
mehr, als durch alle seine äußerliche Trübse-
ligkei-

(*l*) 2. Kor. 12, 10.

(*m*) Infirmis infirmitas roburSpiritus addit, &
auget vires. S. Bern. Serm. 19. Sup. Cant.

ligkeiten auf sich, die doch von allen andern
bemitleidiget, und bewunderet wurden. So
daß wir von unserm Diener Gottes das sa=
gen können, was Petrus Damiani von dem
heiligen Anastasius sagte : Quid in his omnibus, nisi majestas invictæ patientiæ cla-
ruit. (*n*)

Aber es giebt keinen stärkern Beweis von
der Tugend der Starkmüthigkeit, als die Be=
harrlichkeit in der Uebung aller Tugenden.
Diese krönet alle andere: denn wie ein trefflis
cher Lehrer des Geistes sagt : Die Kraft des
guten Werkes ist die Beharrlichkeit; diese
allein erhält die Krone der Gerechtigkeit.
Denn was nützt, gut, klug, mächtig
seyn, wenn man nicht bis an das Ende
verharret. (o) Nun wurde der rastlose Muth
Benedikt Josephs geschweige daß er schlaff
geworden wäre, immer fester und stärker, und
sein Eifer wuchs mit den Jahren, und jene
Tugenden, die er schon als Kind geübt hatte
übte er stets fort trotz aller Schwierigkeiten,
die ihm bey jedem Schritte aufstießen.

Um die Beweise nicht unnöthig anzuhäu=
fen, so bemerke ich allein, daß er bey seinen
kränk=

(*n*) Serm. 3. de S. Anast.

(*o*) Auct. Serm. de Pass. Dom. apud S. Bern.

kränklichen Umständen seinem Leibe keine einzige Erquickung gönnte; er beobachtete die vierzigtägige Fasten mit aller Strenge, begnügte sich mit einem Schub Suppe, die er sogar nicht einmal alle Tage genoß, und verharret im Gebethe unbeweglich, wie zuvor: mit einem Worte, statt das er die Strenge seines Lebens verminderte, vermehrt er sie, und während die Krankheit des Leibes wächst, wächst die Stärke seines Geistes. Wenn er die ganze Zeit seines Lebens über, für Jesum Christum nichts anderes gethan, und gelitten hätte, als was er das letzte Jahr seiner Wanderschaft thate, und litt, so möchte meines Erachtens dieses allein hinreichen ihn, zu einem großen Helden, und einem wahren Wunder der Tugend zu machen, und er konnte mit dem Apostel sagen: Ich habe einen guten Kampf gekämpfet, ich habe meinen Lauf vollendet, ich habe den Glauben bewahret. Im übrigen ist mir die Krone der Gerechtigkeit vorbehalten. (p)

(p) 2. Tim. 4, 7.

Achtes

Achtes Hauptstück.

Von seiner Mäßigkeit.

Die Tugend der Mäßigkeit wird von dem englischen Lehrer (*a*) für die vorzüglichste unter den Kardinaltugenden sowohl ihrer Nothwendigkeit, als ihres Verdienstes halben geachtet. Die Tugend der Starkmüthigkeit, wovon wir eben gehandelt haben, ist nur ein Mittel, dessen sich die Mäßigkeit bedienet, die Leidenschaften zu bezäumen; (*b*) weil diese Tugend, wie der heilige Augustin spricht, in einer wohlgeordneten Herrschaft über die Gemüthsregungen besteht. (*c*) Ihre Theile sind die Enthaltsamkeit, die Nüchternheit, die Keuschheit, und die Demuth. Hier wollen wir von den ersten zweenen Tugenden, und in zweenen besondern Hauptstücken von den letztern handeln.

Und

(*a*) S. Th. q. 141, a. 7.

(*b*) Omnes autem tum temperantiæ actiones minus operatur, cum virtutem fortitudinis quasi oculi pupillam custodit; non enim absque animi robore tam valide passiones suppeditaret. S. Laur. Just. de Cast. Conn. c. 13.

(*c*) Rationis in libidinem, & in alios non rectos impetus animi firma & moderata diminutio. S. Aug. l. 83. qq.

Und was den Abbruch, wodurch die Eß⸗
und die Nüchternheit betrifft, wodurch die
Trinklust bezäumet wird, so hat es unser Die⸗
ner Gottes in diesen zween Theilen der Mäßig⸗
keit zu dem höchsten Grad der Vollkommen⸗
heit gebracht. Nicht allein verfehlte er sich
von seinen zärtesten Jahren an nie dawider;
welches gewiß in der Uebung viel sagen will,
(d) so, daß der heilige Augustin, der diese
Schwierigkeit an sich selbst erfuhr, zum Herrn
rief: Wer, o Herr, wird nicht zuweilen
in etwas über die Schranken der Noth⸗
wendigkeit hingerissen? Wer sich hierinn
stets zu mäßigen weis, ist groß; er hat
Ursache, deinen Namen zu preisen: (e)
sondern er nahm nie mehr Speis und Trank
zu sich, als gerade hin nöthig war, nicht den
Hunger zu stillen, sondern das Leben zu fri⸗
sten: so, daß man auf ihn die Worte leiten
konnte, die Hieronymus von der Jungfrau
Asella geschrieben hat: Jejunium pro ludo
habuit, inediam pro refectione. (f) Ich
will seine in Frankreich geübte Mäßigung in

N 2 die⸗

(d) Quam difficilis moderata undecunque ci⸗
borum abſtinentia! Theoph. Rain. In uſu
ciborum difficillimum eſt, extra metas ne⸗
ceſſitatis non abripi. Venter præcepta non
audit. Card. Bar. in manud. ad cæl. c. 21.

(e) Aug. l. 10. confeſſ. c. 13.

(f) Epiſt 39.

diesem Stücke nicht noch einmal anführen, als
wovon ich nicht hinlänglich genug unterrichtet
bin, und mich allein an das halten, was man
von ihm hier in Rom weis.

Seine niedlichste Mahlzeit bestund in einer
Suppe, und einem Stücken Brod, und sein
Getrank in einem Schluck Wasser, den er
bey bey dem nächsten Brunnen that. Aber
von dieser seiner so gesparsamen Kost müssen wir
noch viel abziehen. Und erstlich muß man wissen, daß der Diener Gottes schon nicht jede
Suppe genoß, und sie nicht von einem jegli-
chen ohne Unterschied annahm, Er hatte verschiedene Vorsätze gemacht, und sie bis auf das
letzte Jahr heilig beobachtet, gewisse Suppen
nie zu genießen, weil sie vielleicht die minder
eckelhaften unter denen waren, welche man den
Armen auszutheilen pflegt, und von andern aß
er gemeiniglich niemals, dann im Falle einer Unpäßlichkeit. Diese Vorsätze waren so
häufig und verschieden, daß ich nicht wüßte,
welche Suppe er noch weiter hätte ausnehmen
können, die er dann gewiß äusserst selten muß
genossen haben. Ich glaubte dann, ich müsse
ihn anhalten, jede ohne Unterschied zu essen:
und er, der nicht weniger gehorsam, als abgetödtet und enthaltend war, richtete sich die
noch übrige Zeit, daß er unter meiner Anleitung war, nach diesem Befehle.

Nie

Nie aber nahm er sich heraus', eine Suppe dort zu holen, wo er den mindesten Verdacht haben könnte, daß an den von der Kirche
zum Abbruche bestimmten Tagen etwas von
Fleisch darunter gemischet worden wäre. Er
dachte, wenn solche Speise auch andern Armen erlaubt wäre, so dürfte er, als ein frey-
williger Armer, sich dieses Vorrechtes nicht
bedienen; und deßwegen war er auch zu diesem
Schritt nie zu bewegen. Ich will hier von
den Vorabenden, und gebothenen Fasttägen
nichts melden. Er hatte sich hierinn das Beyspiel der ersten Christen zur Nachahmung genommen, welche sich mit einer einzigen Mahlzeit begnügten, und hieran hielt er sich auch
die letzte Fasten noch, ob es schon wegen seiner
Schwachheit mit ihm aufs letzte gieng, wie
wir an seinem Orte sehen werden.

Ich erstaunte, als ich den Napf zu sehen
bekam, worinn er sich die Suppe holte. Er
ist zerbrochen, und auf der eine Seite ohne
Rand, so daß man ein Drittheil von ihm nie
füllen konnte. Ueberdem ist dieses Schüsselchen
entzwey, und an drey Orten mit einem Eisen-
drath so schlecht gebunden, daß es keine Brühe
zu halten taugte, woraus sich leicht schließen
läßt, wie gesparsam jene elende Kost müsse beschaffen gewesen seyn, die er genoß. Bey
alle dem gieng er noch stets der letzte unter

den

den Armen hin, seinen Antheil zu empfangen,
wo es dann zuweilen geschah, daß, wenn die
Reihe an ihn kam, die Suppe schon alle
war. Einst brachte ihm der Laye, so die Spen-
de austheilen mußte, aus Mitleid gegen einen
so demüthigen und sittsamen Armen, der leer
ausgegangen war, eine besondere Suppe. Der
Diener Gottes nahm sie beschämt an; aber
von selbem Tage an erschien er nie mehr an
diesem Orte, um sich die Kost zu holen.

Ja nicht einmal alle Tage in der Woche
gönnte er sich diese elende Nahrung, und beobachtete an dem Wittwoche, wie auch an Frey-
und Samstagen und an den Vorabenden ein
strengeres Fasten, an denen er, wie man weis,
auf den Abend zu einem Brunnen gieng, ein
Stückchen Brod in das Wasser tauchte, und
so seine Mahlzeit hielt.

Wenn der Diener Gottes, entweder aus
Gelegenheit der Reise, oder auf fremde Zun-
thigung in einem Hause essen mußte, übertrat
er deßwegen die Schranken jenes Abbruches,
und der Nüchternheit nicht, die er sich zum
Gesetze gemacht hatte. Seit so vielen Jahren,
die er bey uns in Wälschland zubrachte, geschah es zwar ein und das anderemal, aber
äußerst selten, daß er sich bewegen ließ einen
Schluck Wein zu thun, und man darf auf
jedes

jedes Jahr kaum ein paarmal rechnen. Wir
haben schon an einem andern Orte erzählt,
was sich in Fabriano zugetragen hat. Ich
setze hier bey, was in seiner Erzählung Herr
Marius Paggetti, Pfarrer in der Domkirche
besagter Stadt überschrieben hat. Fünfzehn
Tage übernachtete er in dem hiesigen Spithale, und er legte sich nie ins Bett, und
nahm weder Essen noch Trinken an, das
ich ihm doch zu reichen verordnet hatte,
sondern sagte, daß die Armen sich ihren
Unterhalt erbetteln müßen; es sey dieß Liebe genug, daß man ihn beherberge.

Zu Loreto bestund seine Kost auf den Abend,
nachdem er den ganzen Tag in der Kirche im
Gebeth hingebracht hatte, in etlichen Salat-
und Kohlblättern, die man aus den Fenstern
geworfen hatte, und die er für sich auf der
Gasse sammelte, wie aus einer rechtsbeständi-
gen Nachfrage erhellet, die auf Befehl des Bischofes in besagter Stadt angestellet wurde.

Ja er begnügte sich mit einer so verächtlichen, elenden und gesparsamen Kost noch nicht.
Er tödtete seinen Geschmack auf eine Weise ab,
die in der That Grausen erreget. Ich will
von andern Kunstgriffen nichts melden, wodurch
er sich in diesem Punkt selbst weh zu thun suchte,
und setze eine einzige Thatsache bey, woraus
N 4   man

man schließen kann, wie hart und streng er in diesem Stücke mit sich selbst verfahren sey.

Als der Diener Gottes eines Tags in den Hof des Pallastes kam, worinn der Monsignor Della Porta wohnt, und dort im Kothe die Erbsenbälgen liegen sah, die man aus dem Küchenfenster geworfen hatte, sah er sich zuvor wohl um, ob er nicht etwa von jemanden beobachtet wurde, und dann kniete er nieder, dieses Gericht zu essen, wie der Koch, und Kredenzer, die hinter dem Fenster auf ihn lauschten, mit Erstaunen sahen. So weit gieng die Abtödtung eines Menschen, der von ansehnlichen Aeltern gebohren ward, eine anständige Erziehung genossen hatte, und auf ein ergiebiges Erbe Anspruch zu machen gehabt hätte. Passet nicht auf ihn das Lob, so der große Gregor von Nazianz dem heiligen Basilius gesprochen hat? Quis unquam tanta inedia fuit, pœne etiam dixerim, quis tam carnis expers. (g).

(g) S. Greg. Naz. Orat. 24.

Neun-

Neuntes Hauptstück.

Von seiner unversehrten Keuschheit.

Die Keuschheit ist jene Tugend, dadurch der Mensch, obschon seine Hülle verwesliches Fleisch ist, den Engeln gleich wird, (a) ja, nach dem Ausspruche des heiligen Chrysostomus, es ihnen zum Theile bevorthut. Sie hat, wie der heilige Gregor von Nazianz anmerket, ihren Ursprung von der göttlichen Dreyeinigkeit, welche davon das erste Urbild ist, (b) von der es in die seligste Jungfrau herabstieg, in derer Schooße sich jener Wein, aus dem Jungfrauen sprossen, gestaltet hat. Diese Tugend wurde von unserm Diener Gottes, der Jesu, und Mariä seiner Mutter mit der zärtesten Andacht zugethan war, so ängstlich bewahrt, und so unversehrt erhalten, daß man nicht sieht, wie es ein Sterblicher höher bringen könnte. Von seiner zärtesten Kindheit an blühete in ihm diese schöne Lilge, und schon damals entdeckte man den Geist des Herrn, der über ihn wachte, und seine Glieder unbefleckt und rein erhielt. Es bezeugen seine Aeltern, daß sie in diesem ihrem gebenedeyten Sohne

N 5   nie

(a) Bey der Auferstehung werden sie weder heurathen, noch verheurathet werden.

(b) Prima Trias Virgo est &c. S. Greg. Naz. seu Auct. Carm. de Virgin.

nie das mindeſte geſehen hätten, was un=
geſittet, oder ungebührend geweſen wäre.
Er war in dieſem Alter, dem die Unbeſonnen=
heit ſo eigen iſt, ſo behutſam, daß er ſich nie,
ſogar bey Kinderſpielen nicht, durch ein Wort,
oder eine Handlung, die'minder ernſthaft, oder
eingezogen geweſen wäre, verfehlt hätte. Mit
den Jahren wuchs auch dieſe ſchöne Blume in
ihm, wie aus den Zeugniſſen ſeiner Vorgeſetz=
ten, und Mitſchülern bis in ſein ein und zwan=
zigſtes Jahr erhellet, wo er ſein Vaterland auf
immer verließ, um ſich Gott in einem Kloſter
der Seele, und dem Leibe nach zu opfern.

Wenn ihm dieſes ſein andächtiges Vor=
haben nicht gelang, ſo verminderte ſich deswe=
gen bey ihm ſeine unvergleichliche Liebe zur Keuſch=
heit nicht; ja er ſtärkte ſich immer mehr in ſei=
nem heiligen Vorſatze, bis in Tod eine Jung=
frau zu verbleiben, wie er es dann auch glück=
lich verblieb. Es läßt ſich nicht ſo leicht beſchrei=
ben, welchen Abſcheu er von allem trug, was
dieſe ſchöne Tugend beflecken könnte. Er floh
dann immer von ſeinen erſten Jahren das weib=
liche Geſchlecht, und vermied jeden Umgang,
jede Verträulichkeit, ſo zwar, daß er, wie ich
gewiß weiß, ſein ganzes Leben über ſelten mit
einem Weibe geredet hat, und es geſchah nie
anders, als aus Nothwendigkeit, oder aus dem
Beweggrunde der chriſtlichen Liebe.

Den

Den Beweis liefert uns der Herr Du Four,
Pfarrer zu Anchi im Walde, der Benedikt Josephs Lehrmeister gewesen war. Man bemerkte, schreibt er, an dem Diener Gottes eine
Abneigung gegen das andere Geschlecht,
welches bis zum Aengsteln gieng. Dieß
war seinen Mitschülern wohl bekannt, welche ihn deswegen oft neckten. Einst kam
der Herr Pfarrer dazu, wie sie ihn eben nöthigen wollten, mit einem erwachsenen
Mädchen das bey dem Herrn Pfarrer in
Diensten war, zu scherzen. Aber er widersetzte sich aus allen seinen Kräften, und floh,
so bald er los kommen konnte, den Augenblick davon. (c)

Nicht geringer war jene Eingezogenheit so
er mit seinem Geschlechte, und vornehmlich
wenn er mit Jünglingen umgieng, beobachtete.
Auch hievon können wir ein sicheres Zeugniß
in der Erzählung aufweisen, welche von dem
Betragen des Diener Gottes in Erin, der dortige Pfarrer nach der Aussage mehrerer Zeugen
überschickt hat. Alle haben mir geantwortet,
spricht er zum Lobe Benedikt Josephs, und
mich auf das Theureste versicheret, daß er
sich immer sehr bescheiden, und auferbäulich betragen, und es ihnen mit allem Ernste verwiesen habe, wenn er sie etwas Ungebührliches

(c) Urkunden aus Frankreich. S. 19.

gebührliches, oder so wider die göttlichen
Gebothe lief, thun, oder reden sah. (d)
\ Ein nachahmenswürdiges Beyspiel für Jünglinge, welche sich leider! nur gar zu leicht von ihren Gefährten aus menschlichen Ansehen verfüh-
ren lassen.

Eben so betrug er sich auf seinen Wallfahrtsreisen, und die ganze Zeit seines Aufenthaltes in
Rom. Er blieb, und gieng, so viel sichs thun
ließ, immer allein, um nicht etwa anstößige
Worte wider die heilige Reinigkeit hören zu
müssen. Er hatte sich zum Grundgesetze gemacht, nie eine Herberge anzunehmen, wo er
einen Schatten der mindesten Gefahr für diese
schöne Tugend wähnen konnte. Deswegen wollte er zu Loreto lieber auf dem harten Marmor
unter freyem Himmel nahe bey der Kirchenpforte übernachten, als in einem fremden Hause
auf den nahen Dörfern eine Herberg suchen,
wie die andern Armen zu thun pflegen. Und
wirklich, da ihm Herr Kaspar Valeri das Beyspiel anderer vorhielt, und sich selbst erboth,
ihm irgend in einer Baurenhütte ein Obdach zu
verschaffen, um nicht mit Gefahr auf den Steinen schlafen zu müssen, nahm er dieses Anerbiethen nicht anders, dann unter der Bedingung
an, daß dort keine Weiber wären. Um der
Ursa-

(d) Autenthische Nachricht vom 26. May 1783.

Urſache willen übernachtete er die letzten Jahre
ſeines Lebens ſo gerne in der Armenherberge,
wie Herr Paul Mancini bezeuget, weil man
in dieſem Hauſe ſtreng darob iſt, daß die Armen nichts Ungebührliches reden, unter der
Strafe fort gejagt zu werden.

Wenn er auf der Straſſe ſolche Reden hö-
rete, entſetzte er ſich darob aufs höchſte, wie
ich oft von ihm ſelbſt vernommen habe, und
Herr Franz Zaccarelli beſtättiget, als Au-
genzeuge, daß der Diener Gottes, als er eines
Tages auf ein Mädchen ſtieß, ſo ein weltlich-
und ungebührliches Lied ſang, ſich darob entſetzte, und ſich nicht enthalten konnte, das
Mädchen deshalben nachdrücklich zu beſtrafen,
worauf er ſie auf eine gute Art zu bereden ſuchte, ein heiliges Vater unſer zu bethen, ſtatt
ſolche Geſänge anzuſtimmen.

Haufig waren die heiligen Kunſtgriffe, und
ausnehmend die Behutſamkeit, die er gebrauchte, um die ſchöne Lilge der Keuſchheit unverſehrt
zu erhalten. Und erſtlich zwar floh er jede,
noch ſo entfernte Gefahr, und liebte die Einſamkeit, überzeugt von der Wahrheit des Ausſpruches, den der heilige Geiſt gethan hat, daß
in dieſem Kampfe niemand den Sieg hoffen
könne, als der, ſo flieht. — Welche unter
ihnen davon fliehen, die ſollen erhalten
wer-

werden. Sie werden sich aber auf den
Bergen, wie die Tauben in den Thälern
halten, und werden alle zittern. (e) Um
deshalben vertraute er nie auf seine eigene Kräften, sondern wähnete stets, gleich einer furcht-
samen Taube, irgend einen widrigen Zufall,
hielt sich so ferne davon, als er nur immer
konnte, und verhüllte sich in seine Demuth,
weil er wußte, daß diese Lilge nur in tiefen
Thälern wächst, weßwegen sie auch die Lilie
in den Thälern (f) genannt wird. Und
weil diese Blume auch nur unter den Dörnern
hervorsproßt, und sich erhält: — Eine Lilie
unter den Dörnern (g) — so kasteyte er nach
dem Beyspiele des Weltapostels, und tödtete
seinen Leib ab, und suchte ihn durch vielfäl-
tige Geduld in Trübsalen, Nöthen und
Aengsten (h) in die Dienstbarkeit zu bringen.

Bey alle dem war der Diener Gottes noch
nicht zufrieden. Er wußte, daß diese schöne
Blume der Gefahr ausgesetzet sey, von den
Feldthieren abgeweidet zu werden, und da uns
die Schrift die Wachsamkeit über unsere Sinnen so sehr einschärfet, und sagt, daß der Tod
durch die Augen eingehe, itzt uns ermahnet:
Laß deine Augen richtig sehen, und deine
Augen

(e) Ezech. 7, 16.   (f) Cant. 2, 1.
(g) Cant. 2, 2.   (h) 2. Kor. 6, 4.

lieder deinen Schritten vorgehen (*i*); jetzt befiehlt, die Ohren mit Dörnern zu umzäunen, (*k*) und den Mund wohl unter dem Schloße zu halten: Mache Thüren und Schlößer an den Mund: (*l*) so hielt er stets auf das Genaueste über diesen Ermahnungen. Er schwieg fast immer, und so er seinen Mund öffnete, ließ er nichts dann heilige, und auf erbauliche Gespräche hören, wie alle die Zeugen verbürgen, welche das Glück hatten mit ihm zu reden.

Was die Sittsamkeit der Augen belangt, so könnte man die Behutsamkeit in diesem Stücke nicht wohl weiter treiben. In den Kirchen, worinn er den größten Theil seines Lebens zugebracht hat, schlug er sie gewöhnlich nieder, oder schloß sie gar, als ob er entzückt wäre. Wenn er durch die Straßen gieng, sah er immer zur Erde, so daß er nicht einmal die Vorbeygehenden bemerkte, und von ihnen gerüttelt werden mußte, wenn sie ihm was zu sagen hatten, wie es dem Herrn Johann Baptist Lazzari, seinem Gutthäter begegnet ist.

Endlich die Behutsamkeit in Rücksicht auf seinen eigenen Leib gieng so weit, daß er die unaussprechliche Plage unzähligen Ungeziefers,

Das

(*i*) Sprüch. 4, 25.   (*k*) Eccli. 28, 20.
(*l*) Ebend.

das ihn Tag und Nacht quälte, aus der Ursache gelassen duldete, damit er sich nicht irgend
an einem Theile blos anschauen müßte, oder
andern, die ihn anschauen würden, etwa zum
Anstosse seyn möchte, wie ich aus seinem Munde selbst gehöret habe. Aus dem Grunde bedeckte er sich so gar die Hände, da er sie entweder
auf der Brust schrenkte, und unter den Armen
verbarg, oder inner den Aermeln seines Ro-
ckes verhüllte, der, so zerrissen er auch war,
ihm doch bis an die Knöchel reichte, und seinen Leib ehrbar bedeckte. Es ist sich dann gar
nicht zu wundern, wenn die, so ihn auch nur
ein einziges mal die Ehre zu sehen hatten, alle
einhellig sagen, daß sie alsogleich eine hohe
Schätzung von ihm gefasset, und ihn für einen
heiligen Mann gehalten hätten. So groß war
seine Eingezogenheit; und Sittsamkeit, daß die
Schönheit seiner reinen Seele auch äußerlich in
die Augen leuchtete, und man konnte mit allem
Rechte von ihm sagen, was Bernhard von einem Heiligen geschrieben hat: Aus seinen Sitten, und aus seinem Leben konnte man auf
die Reinigkeit des innern Menschen schließen. Er wußte sich äußerlich so sittsam und
anständig zu betragen, daß er in seinem
ganzen Benehmen nichts blicken ließ, so das
Auge eines Beobachters hätte beleidigen
können.

Doch

Doch allen Fleiß, den ein Mensch, so die=
sen schönen Schatz in einem irdenen und ge=
brechlichen Geschirre trägt, auch immer anwen=
den mag, reicht noch lange nicht hin, da ge=
schrieben steht: Wenn der Herr die Stadt
nicht beschützet, so wachet der Wächter
vergeblich. (m)　Wenn diese Lilie von dem
Thau des Himmels nicht befeuchtet wird, so
welket, und verdorret sie bald.　Es ist dann,
wie Salomo spricht, ein anhaltendes Gebeth
nöthig, um sich dieser Gnade zu versichern.
Da ich wußte, daß ich nicht enthaltsam
seyn könnte, wenn es mir Gott nicht ge=
ben würde; — trat ich zu dem Herrn, und
bath ihn. (n)　Wie sich dann unser Benedikt
Joseph in der Tugend der Keuschheit, so zeich=
nete er sich auch in der Uebung des steten Ge=
bethes, als des nothwendigen Mittels, sie zu
bewahren, vornehmlich aus; woraus wir
schließen können, daß er im sterblichen Fleische
wie ein Engel gelebt habe, und ohne von den
sinnlichen Gelüsten gereizt zu werden, ganz in
dem süßen Umgange mit jenem Gott versenkt
gewesen sey, der unter den Lilien weidet.

(m) Psalm. 126, 1.　　(n) Weish. 8, 21.

Zehntes Hauptſtück.

Von ſeiner tiefen Demuth.

Ich muß es aufrichtig geſtehen, daß ich mich in ziemlicher Verlegenheit befinde, da ich die Feder anſetzen ſoll, eine obſchon grobe, und unvollkommene Schilderung von Benedikt Joſephs Demuth zu entwerfen, welche ſo tief war, daß ſie ſich nicht wohl ergründen läßt. Dieſer Stoff iſt über meine Kräften, und ich ſehe wohl, ich werde das mit Worten nicht ausdrücken können, was ich alles in dieſer großen Seele bemerket habe, die von Gott beſtimmt zu ſeyn ſcheinet, die Hoffart der Welt zu beſchämen. Doch, um meinen Leſern hievon einen oberflächigen Begriff zu geben, will ich von dem Innerlichen anfangen, wo dieſe Tugend die tiefeſten Wurzeln geſchlagen hatte. Er wollte, wie wir ſchon oben bemerkt haben, ſich nach dem Vorbilde unſers göttlichen Lehrmeiſters ſtalten, der ſich bis zum ſchmählichen Kreuztode gedemüthiget, und allen ſeinen Jüngern eingeſchärfet hat, lernet von mir, daß ich ſanftmüthig und von Herzen demüthig ſey. Er legte dann nach der Anleitung des heiligen Auguſtin einen um ſo tiefern Grund der Demuth, je höher er das Gebäude ſeiner Vollkommenheit zu führen vorhatte. Wir wollen von der De-

muth

muth des Verſtandes anfangen, welche vor=
nehmlich in der Gelehrigkeit, und in dem nie=
drigen Begriffe beſteht, den ſich der Menſch von
ſich ſelbſt geſtaltet; eine harte Sache, und die
unſerer hoffärtigen Natur viel zu ſchaffen giebt,
ob wir gleich Staub und Aſche ſind. Was
das Erſte betrifft, war Benedikt Joſeph immer
äußerſt gelehrig, und beobachtete genau, was
der heilige Geiſt befiehlt: Verlaß dich auf
deine Klugheit nicht. (a) Alle, die das
Glück hatten mit dem Benedikt Joſeph umzu=
gehen, bewunderten ſeine ausnehmende Lenk=
ſamkeit des Geiſtes, und entdeckten an ihm nie
die mindeſte Vorliebe gegen ſein eigenes Urtheil
und Gutdünken. Und was mich belangt, kann
ich mit aller Wahrheit bezeugen, daß er mir
die tüchtigſten nnd größten Beweiſe dieſer ſchö=
nen Eigenſchaft, als man von einer vollkom=
menen Seele nur immer fordern kann, gege=
ben hat. Er machte auf ſeine Meinungen ſo
wenig ſtaat, daß er ſie nie zu Tage legte, oder
ſo er es zuweilen aus dem Beweggrunde einer
Tugend, vornehmlich des Gehorſames thun
mußte, ſo redete er ſo davon als ob ſie tadels=
würdig wären, oder zeigte doch, daß er ſich
gar nichts darauf zu gut halte, und auf
ein einziges Wort von dem, den er ſtatt Got=
tes zu ſeinem Führer gewählt hatte, änderte er
alſogleich ſeine Meynung. Er warf ſich nie
D 2   zum

(a) Sprüchw. 3, 5.

zum Richter in seinen eigenen Angelegenheiten
auf, sondern trug die ganze Sache mit aller
Einfalt vor, und unterwarf es alles dem Ausspruche seines Beichtvaters.

Ueberdem war er ungemein behutsam, wenn
er Anleitung und Rath begehrte, um sich im
Stande der Gleichgültigkeit zu erhalten, damit
seine Neigung nicht mehr gegen eine, dann gegen die andere Seite vorschlüge. Auf diese
Weise wich er einer Klippe aus, an der oft auch
Seelen scheutern, die sich im Uebrigen der Vollkommenheit befleißen. Wer immer, spricht
der heilige Bernhard, entweder gerade hin,
oder durch Umwege trachtet, daß ihm sein
geistlicher Vater befiehlt, was er zu thun
im Sinne hat, der verführt sich selbst; denn
hierinn gehorchet er nicht seinem Obern,
sondern der Obere gehorchet vielmehr ihm.
(b).

Der zweyte Bestandtheil der Demuth des
Verstandes ist der niedrige Begriff, und die
Geringschätzung, so der Mensch von sich selbst
heget, und er leidet nicht mindere Schwierigkeiten, dann der Erste; ja wohl noch größere.
Diese Geringschätzung seiner eigenen Person
wird man nicht erhalten, es sey dann man er-
kenne einer Seits klar das höchste Wesen, als
die Quelle alles Guten, und anderer Seits sich
selbst,

(b) S. Bernard. in Ser. M. de tribus ordinib. eccl.

selbst, sein eigenes Nichts, seine Unvermögen-
heit, seine Verächtlich = und Armseligkeit: und
daher kommt es, daß ein wahrhaft und von
Herzen demüthiger Mensch Gott giebt, was
Gottes ist, von dem alles Gute kömmt, so wir
haben, und sich selbst alles das Böse zuschreibt,
so er in seinem Busen findet, und wovon auch
die gerechtesten Seelen nicht frey sind. (c) Deßwegen betrachten sie in Rücksicht auf das Gute
ihre Verbindlichkeit, die göttlichen Gnaden
durch reichliche Früchten zu erwiedern, wozu
sie aus ihren eigenen Kräften unfähig sind, und
noch überdem entdecken sie in dem Guten selbst
jene Unvollkommenheiten, welche sie von dem
ihrigen beygemischet haben; und in Rücksicht
auf das Böse halten sie sich wegen einer einzigen läßlichen Sünde fähig, jedes andere Laster
zu begehen, und glauben, sie seyn große Sünder, und verdienen nicht in der Gegenwart jenes Gottes zu stehen, der in seinen Engeln
Bosheit gefunden hat. (d)

Nun diese Erkenntniß Gottes, und seiner
selbst war bey unserm Benedikt Joseph ungemein klar, als die er durch eine ununterbrochene Betrachtung der göttlichen Vollkommenheiten,

O 3

(c) Wenn wir sagen, daß wir keine Sünde auf uns
haben, so betrügen wir uns selbst, und die
Wahrheit ist nicht in uns.

(d) Job 4, 18.

ten, und seiner Verächtlichkeit sich erworben
hatte, und so hegete er von Gott die höchste
Schätzung, und von sich den niedrigsten Begriff.   Es ist in der That erstaunlich, daß
ihm sein ganzes Leben über nie der mindeste
Gedanke kam, als ob er was Gutes an sich
hätte, sondern er hielt sich stets für ein Unge-
heuer der Undankbarkeit gegen seinen Gott, und
für einen ausgezeichneten Sünder.

Von dieser niedrigen Meynung, die er von
sich selbst gefaßt hatte, finden wir in seinem ganzen Leben stete Beweise.   Daher kam jene Liebe
zur Einsamkeit, und jenes verborgene Leben,
das er von seiner Kindheit an immer führte,
jener unersättliche Bußgeist, und jene Sehnsucht irgend in eines der verborgenst- und strengsten Klöster sich zu begraben, jenes harte Verfahren mit sich selbst, wodurch er sich zu ernie-
drigen, und bey andern durch sein äußerliches
Betragen die ganze Zeit über, daß er in Rom
lebte, verächtlich zu machen suchte: daher endlich kam jener Schauder, der ihn befiel, wenn
irgend jemand ein Zeichen der Hochachtung
blicken ließ, oder etwas zu seinem Lobe sagte,
und jenes undurchdringliche Geheimniß, womit
er alles verborgen hielt, was eine vortheilhafte
Meynung von ihm hätte erwecken können, und
es geflissentlich darauf angieng, um für einem
Landstreicher, Müßiggänger, Heuchler, Thoren, und Sünder gehalten zu werden.

Es

Es ift kein Möglichkeit, bey ihrer Menge
alle die ſonderheitlichen Thatſachen anzuführ-
ren, welche jene niedrige Meynung beweiſen,
die er von ſich ſelbſt hegte. Viele ſind ſchon
in dem Verlauf dieſer Lebensgeſchichte vorgekommen, und ich will noch ein oder andern Umſtand beyrücken, um das, was ſchon
geſagt worden iſt, noch beſſer zu beleuchten.
Ich werde mich hierinn mehr an ſeine Worte, als an ſeine Thaten halten, als welche
das Innere des Menſchen klärer aufdecken.
Er redete wider ſich ſelbſt in einem ſo ernſt-
lichen Tone, daß ein jeder, der ihn nicht
ſchon vorhin nahe kannte, oder von Gott
vorzüglich erleuchtet war, nothwendig glauben mußte, er ſey wirklich jener ſündige Menſch
für den er ſich ausgab.

Und in der That, als er ſich das erſte-
mal bey mir ſtellte, und mich bath, ſeine Generalbeicht anzuhören, ſchilderte er ſich, auf
eine feine Art, als einen erhärteten Sünder
mit ſo lebhaften Farben, daß ich, die Wahrheit zu geſtehen, ihn wirklich für einen ſolchen hielt, und zu fürchten anfieng, ich werde
bey ihm die Zeit mit geringen, oder wohl gar
ohne allen Nutzen verlieren, ob er ſchon nachher, als er meine Bedenklichkeit merkte, dieſe
Furcht mit wenig Worten zu zerſtreuen mußte.
Doch gieng ich an dem beſtimmten Tage

mit

mit dem Vorurtheile, ich werde mit einer
Seele zu thun haben, welche eines Beyſtandes bedürfte, und ſich zu bekehren geſinnt wäre in den Beichtſtuhl, um ihn anzuhören.
Aber kaum daß er ſich auf die einzeln Umſtände einließ, merkte ich gar bald, daß dieſes die Sprache des Gerechten wäre; (e)
und deßwegen ſagte ich ihm, eine Generalbeicht ſey für ſeinen Seelenſtand eine lediglich
ünnöthige Sache ; wie ich dann auch kurz ab-
zubrechen ſuchte, und da ich mich endlich dazu
bequemte, geſchah es allein in Anſehung ſeiner großen Begierde, die er äußerte, und ſeines inſtändigen Bittens halben, und weil ich
ſah, daß mir die Anhörung ſeiner Beicht wenig Mühe machen würde, ob er ſie ſchon in
die Länge zog, theils wegen ſeiner pünktlichen
Genauigkeit, ſo daß er mir nichts zu fragen
übrig ließ, theils weil ſein unbeflecktes Gewiſſen keine beſondere Aufmerkſamkeit foderte,
um etwa einen verwickeltern Knotten aufzulö-
ſen.   Doch merkte ich wohl, daß ihm die
vortheilhafte Meynung, die ich in Anſehung
ſeiner geäußeret hatte, ziemlich beſchwerlich
fiel, und deßhalben ſuchte er mich zu bereden,
er wäre nicht jener, wofür ich ihn, ſondern
wofür er ſich ſelbſt hielt; und dieß that er immer

(e) Der Gerechte beſchuldiget ſich ſelbſt zuerſt.
Sprüch. 18, 17.

mer ohne die mindeste Ziererey, bediente sich
hiebey der gewöhnlichen Sprache nicht, die
auch bey den stolzesten Seelen Mode sind,
als: er sey der größte Sünder, ein Bös-
wicht, und was derley Ausdrücke mehr sind;
sondern gebrauchte Worte, die wahrhaft aus
einem demüthigen und zerknirschten Herzen
quellen.

Nie ließ er eine bequeme Gelegenheit un-
benußt, jene niedrige Meynung, die er von
sich selbst hatte, an Tag zu legen, und andern beyzubringen, um nur von allen, so wie
er es wünschte, verachtet zu werden. Eine
einzige Thatsache reicht meines Erachtens
hin, dieses anschaulich zu beweisen, vornehmlich wenn man alle dabey vorkommende Umstände wohl erweget. Der Hergang der Sache ist mir von einem unverwerflichen Augenzeugen erzählet worden. Als eines Tages etwelche ausgelassene und müßige Pursche auf
dem Plaße — das römische Kollegium genannt
— muthwillig scherzten und spielten, näherte
sich ihnen der Diener Gottes, und sprach mit
guter Art: Meine Kinder, zu diesem Ende hat euch Gott nicht erschaffen; in dieser Absicht läßt er euch nicht auf Erden
leben. Bey diesen Worten gerieth dieses Ge-
sindel in Wuth, und warfen auf den Diener Gottes, so wie es kam, mit Steinen zu.

Auf den Anblick dieses Verfahrens eilte ein
gewißer Mensch zur Vertheidigung Benedikt
Josephs gegen diese muthwillige Jungen herbey. Aber der demüthige Diener Christi
hielt ihn mit einer ruhigen und heitern Mine
zurück, und sprach. Laßet diese Leute immer machen: wüßtet ihr, wer ich bin,
ihr würdet mir schlimmer, dann sie mitfahren. Dieß waren die Gesinnungen Benedikt Josephs, die sich nicht nur auf seinen
Verstand einschränkten, sondern auch in dem
Herzen tiefe Wurzeln geschlagen hatten, das
eben bey den Menschen keine so leichte Sache
ist, welche, ob sie gleich von ihrer Armseligkeit überzeuget sind, sich doch zur Demuth
nicht bequemen wollen.

Ja, der Diener Gottes Benedikt Joseph
war demüthig, nicht nur dem Verstande,
sondern auch dem Willen und Herzen nach,
wie sein Lehrmeister und Heiland Jesus Christus. Spernere mundum, spernere nullum,
spernere se sperni, die Welt verachten,
Niemanden verachten, und die Verachtung selbst verachten, sind die drey Stuffen, worinn nach dem heiligen Bernhard und
Philipp Neri die vollkommene Demuth besteht, welcher letztere, da er die Schwierigkeit, diese Tugend zu erwerben betrachtet,
beysetzt: Aber diese Gaben müssen von
Oben

Oben kommen. Sed hæc ſunt dona ſuperni.

Und was die Verachtung der Welt betrifft, ſo konnte Benedikt Joſeph die Demuth in dieſem Stücke gewiß nicht höher treiben. Er machte ſich nie das Geringſte aus der Eitelkeit, von der die Liebhaber der Welt wie bezauberet ſind. Er that bey Zeiten Verzicht auf alle die glänzende Vorzüge, die er von der Natur erhalten hatte, oder von ſeinen Talenten hoffen konnte. Es iſt ein Grundſatz bey den Lehrmeiſtern des Geiſtes, daß, ſo jemand vollkommen werden will, er nie weder von ſich ſelbſt, noch von Dingen reden ſoll, die zu ſeinem Lobe gereichen könnten. Dieſes Verhalten beobachtete Benedikt Joſeph von ſeinen zärteſten Jahren an, und nie gelung es jemanden, ſeit er ſich in den verächtlichen Anzug eines armen Bettler eingehüllet hatte, auszuſpähen, wer er wäre; ja von jenem Austritte aus dem Kloſter der ſieben Brunnen bis auf ſeinen Tod, folglich dreyzehn ganzer Jahre über, hörte man in Frankreich weiter nichts mehr von ihm. Aus dieſer Abſicht, um nicht entdeckt zu werden, floh er den Umgang ſeiner Landsleute, ſelbſt die Beichtväter ſeiner Nation nicht ausgenommen, und vertraute ſich lieber wälſchen Prieſtern an.

Der

Der Herr Pfarrer von St. Salvator, wie er mir selbst erzählet hat, vermuthete bey Gelegenheit einer neuntägigen Andacht vor dem Weihnachtfeste an der Mundart, womit Benedikt Joseph gewiße Gebether nachsprach, daß er ein Franzos seyn müße, und fragte ihn deßwegen nach geendigter Andacht um sein Vaterland. Aber der Diener Gottes schränkte sich darauf ein, daß er ihm seine Provinz nannte, und als er ihm eine Aushülfe antrug, und ihn deßwegen zu sich einlud, dankte er demüthig für diese Güte, ohne den freundlichen Antrag jemals zu benutzen: ja es bemerkte besagter Herr Pfarrer, daß wenn er von dieser Zeit an bey Gelegenheit dem Diener Gottes ein Almosen reichte, er selbes immer mit einer Art von Widersetzlichkeit annahm.

Er hielt auf dieses sein Geheimniß so unverletzlich, daß es nicht einmal mir gelung, etwas von seinem Herkommen, oder von dem Zustande seines väterlichen Hauses auszuforschen. Als er mir sein Leben umständlich erzählte, hätte ich besagte Dinge gerne wissen mögen, und ich fragte ihn nach einiger Zeit, wessen Standes seine Aeltern gewesen? In welcher Lage sich seine Familie befände? Aus wie vielen Personen sie bestünde? Ob seine Aeltern noch bey Leben wären? Aber auf die

die Fragen über sein Herkommen, uud den
Zustand seines Hauses gab er mir keine Antwort; doch sagte er mir, wie viel er Brüder, und Schwestern bey seiner Abreise zu-
rückgelassen hätte; und was meine Aeltern
belangt, erwiederte er, so weis ich nicht, ob
sie noch leben, oder aber schon gestorben sind.

Aus seiner Zurückhaltung, wenn von
natürlichen Gaben die Rede war, läßt sich
leicht schließen, wie groß seine Verschwiegen-
heit werde gewesen seyn, wenn es darum zu
thun war, seine Tugenden, und die Gaben
der Gnade verborgen zu halten. Ein würdiger Priester, der bey unserm Benedikt Joseph
eine ganz besondere Heiligkeit wähnete, suchte
auf eine gute Art seine Freundschaft, und er
brachte es so weit, daß der Diener Gottes
bey ihm zusprach. Weil er bey längerm Umgange immer mehr in seiner vortheilhaften Meynung bestärkt wurde, Benedikt Joseph müße
ein großer Heiliger seyn, warf er sich aus
Andacht vor ihm auf die Knie nieder, um
seine Füße zu küßen. Ein jeder mag sich bey
diesem Vorgang die Erstaunung, und Scham
des demüthigen Dieners Jesu Christi denken.
Er klagte laut, und weigerte sich, so gut er
konnte, eine so tiefe Erniedrigung von einem
Priester Gottes anzunehmen: doch ließ er es
endlich geschehen, weil dieser ihm sagte, er
thue

thue es nicht seinetwegen, sondern um Jesum
Christum in der Person des Armen, der vor
ihm stunde, zu verehren. Aber nicht so glücklich war dieser Priester, als er sich das Herz
nahm, ihn zu fragen, aus welchem Geiste er
dieses arme Leben führe? Denn Benedikt
antwortete ihm ohne Verlegenheit mit läch-
lender Mine: Aus einem gewißen Triebe,
in der Welt herum zu schlendern. Diese
Worte machten auf das Gemüth des frommen Priesters einen so tiefen Eindruck, und
er ward dadurch so sehr erbauet, daß er in
meiner Gegenwart bey der Erzählung aus
Zärtlichkeit zu weinen anfieng.

Wenn der Diener Gottes vermuthen
konnte, daß ihn jemand hochachte, so floh
er entweder eine solche Person gänzlich, oder
suchte sie von dem Gegentheile zu überzeugen,
und schnitt auf diese Weise den Geist der
eiteln Ehre, welchen der heilige Ambrosius
einen überaus widerspänstigen Geist nennet,
allen Eingang ab. Ich habe schon vieles,
so hier einschlägt, an verschiedenen Stellen
dieses Buches angeführet; doch will ich noch
ein und das andere zum Beweise nachholen.
Franz Zaccarelli pflog ihm ordentlich, so oft er
ihm begegnete, ein Almosen zu reichen. Der
Diener Gottes vermuthete endlich, es geschä-
he aus einer besondern Schätzung gegen seine
Per-

Perſon, und da ſich beſagter Gutthäter ihm
eines Tages wieder näherte, und das gewöhnliche Almoſen reichte, ſah er den Diener Gottes in einer großen Verlegenheit,
deſſen Urſache er gar bald erkennte, indem
ihn Benedikt Joſeph ganz betroffen fragte:
Warum kommen ſie zu mir? Warum
reichen ſie mir ſo oft ein Almoſen? Sagen
ſie mir doch aufrichtig den Beweggrund
ihres Verhaltens. Zaccarelli antwortete,
er gebe ihm Almoſen, weil er ihn für einen
Armen halte. Auf dieſe Worte beruhigte
ſich der Diener Gottes, und legte ſeine Furcht
ab.

Als er ſich eines Abends in dem Hauſe
des Herrn Gaudenz Sora in Loreto ſchon
in ſein unterirdiſches Gewölb verſchloſſen
hatte, das er ſich zur Nachtherberg gewählet
hatte, verlangte ein kleines Töchterlein, ſo
ſchon im Bette lag, unſern Benedikt noch
zu ſehen. Man erſuchte ihn das Verlangen
des Kindes zu befriedigen: aber weil der Diener Gottes vermuthete, es geſchehe aus einer
Art von Hochachtung für ihn, entſchuldigte
er ſich, und ſagte: Was wollt ihr dem
guten Mädchen einen Wolf zeigen?

Er war von allem Kützel der eiteln Ehre,
jener läſtigen Verſuchung, welche ſogar die
beie

heiligſten Seelen beunruhiget , ſo weit entfernt, daß er ſogar den Schatten davon ver-
abſcheute, und mit einer recht ängſtlichen
Sorgfalt jedes Lob, jedes Zeichen der Schätzung von ſich ablehnte, das etwa die Welt
gegen ihn äußern möchte, von der Benedikt
Joſeph nichts für ſich nahm, als die armſe-
ligen Lumpen, wodurch er zeigte, wie verächtlich in ſeinen Augen alle ihre Pracht wäre, da er ſeine Ehre in der Liberey Jeſu Chriſti ſuchte, der auch mit einem zerlumpten
Purpur ſpottweis bekleidet werden wollte.

Nicht weniger zeichnete ſich Benedikt Joſeph in dem zweyten Grad der Demuth aus,
welcher in dem beſteht, daß man Niemanden verachtet. Spernere nullum. Er hatte
ſogar nichts von dieſer Schwachheit , daß er
ſich für den größten Sünder der Welt, für
den Mindeſten aus allen hielt, und ſich, wie
Bernhard räth, allen im Herzen nachſetzte.
Grande periculum, ſi vel uni te præponas.
Quantumcunque ſe humiliet , nullum
periculum. Er ſuchte ſich demnach von der
Gemeinſchaft der Menſchen als ein Scheuſal,
das des Umganges mit andern unwürdig wäre, abzuſöndern. Er wußte gegen fremde
Mängel und Fehler Nachſicht zu gebrauchen,
und weil er wenig Gelegenheit hatte, ſie zu
beobachten, indem er ſtets ſeine eigene Un-
voll-

vollkommenheiten aus zuspüren beschäftiget war,
so hielt er sich in Vergleich mit andern für
ein recht boshaftes Geschöpf. So sehr man
ihn auch bey mehrern Vorfällen mit Unbilden, Schmähworten und Schlägen mishandelte, that er doch nie, weder im Werke,
noch mit Worten, noch durch das geringste
Zeichen eines Unwillens den mindesten Wi-
derstand. Er wurde öfters als ein abgefäum-
ter Gaudieb verleumdet, und behandelt, ohne
daß er sich jemals mit einer Sylbe hierüber
rechtfertigte. Eine so erstaunliche Sanftmuth
gegen seinen Nächsten mußte nothwendig eine
tiefe Demuth zum Grunde haben, welche
uns bewegt, den Unwillen wider unsern Bruder nicht Platz greifen zu lassen, noch sie bey
allem dem Uebel, so sie uns zufügen, für
schlimmer, dann uns selbst zu halten, sondern unsere Häupter unter der gewaltigen
Hand Gottes zu demüthigen, der uns mittelst seiner Geschöpfe geißelt, um uns zur Zeit
der Heimsuchung zu erhöhen. (f). Zu dieser Stuffe hatte sich seine Demuth erschwungen, und es erhellet klar, daß er nach dem
Bey-

(f) Demüthiget euch unter der gewaltigen Hand
Gottes, auf daß er euch zur Zeit der Heimsuchung erhöhe. 1. Petr. 5, 6.

Beyspiele Jesu Christi sanftmüthig, und von Herzen demüthig war. (g)

Doch die dritte Stuffe der Demuth, spernere se sperni, die Verachtung selbst verachten, oder es nicht achten, wenn man verachtet wird, leidet noch größere Schwierigkeiten als die zwo erstern. Denn der Mensch demüthiget sich endlich leichter Dingen aus eigener Wahl so, daß er die Welt verachtet, ohne jemanden aus seinen Mitmenschen zu verachten. Aber nicht so leicht bequemt er sich, von andern gedemüthiget, und verachtet zu werden, als welches unsere ganze Eigenliebe durchkreuzet. Nun machte sich Benedikt Joseph nie etwas aus was immer für einer Verachtung; ja er liebte sie recht von Herzen, er suchte sie begierig auf, und dachte zu dieser Absicht verschiedene heilige Kunstgriffe aus, wie aus einer Menge von Fällen erhellet, die wir in diesem Werke angeführet haben. Idem semper habitus, schrieb Hieronymus von einem andern Heiligen, um seine große Demuth zu beweisen.

Er

<hr>

(g) Vere humilis censeri debet, qui cum opprobriis afficiatur, nullo modo conqueritur, quia opera sua nihili æstimat, suique contemptum avidius appetit, quam reliqui omnes honorem, & gloriam. Card. Bona de Princip. Vit. Christ. c. 31.

Er trug immer das alte Kleid. Auch dieses trifft nach dem Buchstaben bey unserm Diener Gottes ein. Ein grauer, und verschlossener Ueberrock, den man ihm vor mehrern Jahren aus christlicher Liebe zugeworfen hatte, der schlecht auf seinen Leib paßte, von langem Alter zerrissen, lumpicht und schmutzig war, und von ganzen Nestern des eckelhaftesten Ungeziefers wimmelte, und den er mit einem alten Strick um die Lenden zugurtete, an dem ein Napf hieng, der wahrhaftig zu weiter nichts mehr taugte, als ihn in den Augen der Menschen nur noch verächtlicher zu machen. Ein jeder wird sich leicht selbst die Folgen denken, die ihm zu Rom, in dieser großen, und verfeinereten Stadt diese Kleidung in der Kirche und auf den Straßen zuzog. Man dürfte ihn nur ansehen, und man hielt ihn für den verächtlichsten, verabscheuungswürdigsten, eckelhaftesten Menschen von der Welt, den alle mit Grausen flohen, alle neckten, alle als einen Landstreicher, als einen Tagdieb, als einen lausigt- und stinkenden Schuft verachteten, und was noch andere Titel mehr sind, womit die Welt ihre Geringschätzung gegen Leute dieses Gelichters an Tag zu legen pflegt. Alle diese Folgen seines demüthigen Betragens duldete, liebte und suchte der unersättliche Benedikt Joseph, und auf diese

P 2   Weise

Weise gab er dem Herrn die schönsten Proben seiner Demuth.

Ich umgehe Kürze halben noch andere
Beweise von der erstaunlichen Liebe der Verachtung seiner selbst. Der einzige Umstand
seiner schlechten und lumpichten Kleidung, die
er aus eigener Wahl trug, wird von den
Vätern, und Lehrmeistern des Geistes so hoch
geschätzt, das sie glauben, die Demuth einer
Seele werde dadurch vollkommen erhärtet. (*h*)
Vilis habitus & incultus, sponte delatus,
adprobatum est humilitatis indicium, wie
der heilige Laurentius Justiniani lehret. (*i*)
Deßwegen hält sich der große Lobredner des
Vorläufers Christi, der heilige Ambrosius an
seine schlechte und nachläßige Kleidung, die mit
Kamelhaaren durchwebet war, um seine seltene
Demuth zu preisen. Quæ major humilitas
in Propheta, quam contemtis mollibus ve-
stimentis pilorum asperitate vestiri. (*k*)
Und diese Lehre ist um so gewisser, wenn die
Handlungen dessen, so das Kleid eines Bettlers trägt, der Demuth seines Anzuges nicht
wider-

(*h*) Vid. Ben. XIV. l. 5. c. 24. Theoph. Rayn.
Oper. tom. 4. p. 723. Aud. Rot. in Rel.
Causs. S. Carol. Borom. p. 2. arg. 17.

(*i*) Laur. Just. in lign. vit. de hum. c. 4.

(*k*) S. Ambr. Serm. 52. de S. Joan. Bapt.

widerfprechen, fondern damit harmonieren. Wie es in unferm Falle gefchah.

Seht, wie er fich durch alle Stuffen der Demuth ausgezeichnet hat. Aber, die Wahrheit zu geftehen, ich bin mit mir felbft unzufrieden, und ob ich fchon viel gefagt zu haben fcheine, fo kann ich doch, ohne die Sache zu übertreiben, verfichern, ich habe bey alledem viel zu wenig gefagt, und ich kann mich nicht enthalten, zum Befchlufle noch eine Anmerkung beyzufetzen. Diefe große Seele, als ihr der Herr acht Monate vor ihrem Hinfcheiden aus diefem fterblichen Leben, die außerordentlichen Ehrenbezeugungen offenbarte, die ihrer warteten, fo, daß man fogar den fakramentalifchen Gott aus der Kirche wegtragen würde, um dem Schwall des zur Verehrung feines Dieners fich andringenden Volkes Platz zu machen, ward herüber fo befchämt, und betroffen, daß ich ihr Muth einfprechen, und fie tröften mußte. So vorzüglich liebte Gott diefe Seele, fo viel trauete er ihrer Demuth zu, daß er fie fähig achtete, bey einer fo großen Herrlichkeit, und bey dem Anblicke folcher Ehren, ohne mindefte Gefahr des Stolzes auszuhalten. Dem Urtheile, das die unendliche Weisheit von der Demuth feines Dieners an Tag gegeben hat, fetze ich weiter nichts bey, als, da nach den Geiftleh-

P 3   reren

reren (*) die Demuth die Krone, die Schutz
wehr, und das Maaß der Vollkommenheit
aller Tugenden ist, so folget, daß die Vollkommenheit Benedikt Josephs um so erhabe-
ner müße gewesen seyn, je tiefer seine Demuth war.

(*) Humilitas virtutes omnes & coronat &
conservat, & ut omnis virtus ex humilitate producitur & exercetur, ita virtutum
omnium absoluta perfectio humilitate com-
pletur. S. Doroth. Serm. 14 de Ædif. virt.
anim. Humilitas tota christianæ sapientiæ
disciplina, omnium magistra virtutum,
cælestis ædificii fundamentum. S. Leo
Serm. 7. de Ep. Virtus magnorum est,
quoniam est virtus perfectorum. Card.
Bona in manud. ad cœl. c. 34.

Eilftes Hauptstück.

Von den Mitteln, die der Diener
Gottes einschlug, zur christlichen Vollkommenheit zu gelangen, und erstlich von seiner freywilligen Armuth, und seinem Bestreben,
sich von allen irdischen Dingen
loszureißen.

Eine der Hauptabsichten, warum man die
tugendhaften Handlungen der Diener
Gottes aufzeichnet, ist sicher die Hoffnung,
die Gläubigen dadurch zu ihrer Nachfolge
anzufeuern. Ut imitari non pigeat, quod
celebrare delectat. (a) Ich zweifle nicht,
ein jeglicher, der mit Aufmerksamkeit durch-
lesen hat, was ich von dem Diener Gottes
Benedikt Joseph Labre bisher erzählet habe,
werde die Leitung der göttlichen Gnade, und
die von ihm gemachten Fortschritte auf dem
Wege der Tugenden bewundert, und einen
mächtigen Antrieb gefühlet haben, den Pfad
des Lebens einzuschlagen, und in die Fußstapfen dieser auserwählten Seele, so wie es der
Stand von einem jeden zuläßt, zu treten, an
der Gott bey unsern Zeiten die alten Beyspiele
erneuret hat.

P 4 Auf

(a) S. Aug. Serm. 47. de Sanctis.

Auf daß, aber ein jeder dieses Ziel erreichen könne, halte ich für dienlich, den Weg,
der dorthin führet, zu bezeichnen, und jene
Mittel anzuzeigen, wodurch Benedikt Joseph
seine Absicht glücklich erreichet hat.; nämlich
die Absönderung von allem Irdischen, oder
die Armuth des Geistes, die Abtödtung, das
Gebeth, die Andacht gegen den Heiland,
und seine göttliche Mutter. Wir wollen erst
von seiner freywilligen Armuth, und nachher
in den folgenden Hauptstücken von den andern
Mitteln handeln.

Und, erstlich zwar von seiner freywilligen
Armuth zu reden, wodurch er sich von aller
Neigung zu dem Irdischen vollkommen losge-
rißen hatte, so war dieses seine auszeichnende
Tugend, deren er sich als eines Mittels bediente, alle andern zu vervollkommen, wie sie
dann ein jeder Gläubiger, so nach der christlichen Vollkommenheit trachtet, entweder im
Werke, oder doch der Neigung nach besitzen
und üben muß; (b) wie aus so vielen Stellen des Evangeliums, und vornemlich aus
der Antwort erhellet, die der göttliche Lehrmeister denen gab, welche sich bey ihm anfrag-
ten; was zur Vollkommenheit erforderet werde.

(b) Paupertas ordine prima est, & quasi pa-
rens aliarum virtutum. S. Ambr. l. 5. in
Luc.

de. Willst du vollkommen seyn, so geh
hin, verkaufe, was du hast, und gieb es
den Armen, so wirst du einem Schatz im
Himmel haben; alsdann komm, und folge
mir nach, (c) wie auch aus der allgemeinen
Lehre, da er allen kund thut: Keiner unter
euch, der nicht allem, was er hat, entsa-
get, kann mein Jünger seyn. (d)

Diese allgemeine Entsagung hat verschiedene Stuffen; fängt von den äußerlichen
Dingen an, und erstrecket sich bis auf das Innere des Menschen, wie der heilige Basilius
anmerket. (e) In jeder Art war unser Benedikt Joseph vollkommen, nicht allein der
Neigung des Herzens nach, welches eine un-
umgängliche Nothwendigkeit ist, sondern auch
im Werke selbst, welches von dem Heilande
nur eingerathen, nicht aber befohlen wird.

Und erstlich riß er von seinen zärtesten Jahren an das Herz von allen den elenden Gü-

P 5   tern

(c) Matth. 19, 21.

(d) Luk. 14, 33.

(e) Porro ejusmodi renunтlatio initium sumit
ab alienatione rerum externarum, veluti
possessionum, inanis gloriæ, consuetudinis
vitæ superioris, ad res inutiles affectionis.
S. Bas. in Regul. fusius disp. in Resp. ad
interr. 8.

tern der Erde los. Ein klares Zeichen seiner
vollkommenen Entsagung, und der Liebe zur
heiligen Armuth war seine Gewohnheit, die
er sich zum Gesetze gemacht hatte, nie etwas
zu begehren, nicht einmal die nothwendige
Nahr = und Kleidung, wie sein Oheim der
Herr Don Vinzenz versicheret, wie auch seine
Abneigung von allem, was nach der Welt
roch, und seine Neigung zur Einsamkeit. Wie
er in Jahren zunahm, so nahmen auch diese
schöne Eigenschaften bey ihm zu, und kaum
daß er das sechzehnte Jahr seines Alters er=
reichet hatte, so war schon der feste Entschluß
gefaßet, auch im Werke auf alles Irdische
Verzicht zu thun, sich des Eigenthums völlig
zu entschlagen, und irgend in einem Kloster
Gott zu dienen. Wir haben schon anderswo
gesehen, wie theuer ihm dieser sein Entwurf zu
stehen gekommen sey. Aber da ihm seine er=
ster Anschlag nicht gelung, führte er seine Ab=
sichten auf eine andere Weise aus, welche um
so vollkommener, und wunderbarer ist, je neuer
sie war.

Tief hatte er seinem Gemüthe den Aus=
spruch Jesu Christi eingepräget: So jemand
seinen Vater, Mutter, Weib, Kinder,
Bruder und Schwestern, ja sogar sein
Leben nicht häßt, der kann sein Jünger
nicht seyn; (f) und da er die herrlichen

Ver

(f) Luk. 14, 26.

Verheißungen erwog, die eben dieser göttliche
Heiland denen gethan hat, welche aus Liebe
seiner, Vater und Mutter, Brüder, und
Schwestern, und alles, was sie auf Erden
besitzen, oder hoffen können, verlassen, sah
er vier ganzer Jahre mit der äußersten Sehnsucht der Stunde entgegen, wo er sich endlich einmal von der Welt ganz losreißen, und
ihr gekreuziget seyn könnte, wie sie ihm schon
lange gekreuziget war.

Er entschloß sich dann aus Liebe der heiligen Armuth, die dem gekreuzigten Heilande so
werth gewesen wär, daß er selbst auf Erden
in der Gestalt eines Armen leben wollte, nach
dem Beyspiele Jesu Christi die Gestalt eines
Armen an sich zu nehmen, die größten Schwierigkeiten, die sich seinem heiligen Vorhaben
entgegen setzten, zu besiegen, allen seinen Schritten zu folgen, und im Bettelstande zu leben,
und zu sterben. Er riß sich in der That von
allem los, verließ auf immer sein Vaterland,
seine Befreundte, sogar seine geliebteste Aeltern, ob er schon ihr Erstgebohrner war, und
verließ sie so gänzlich, daß sie von dieser Zeit
an nicht das Geringste mehr von ihm hörten,
und rüstete sich muthig zu seinem beschwerlichen Unternehmen.

Nachdem er sein Geburtsort verlassen hatte, wollte er sogar seine eigene Nation verlassen,

laſſen, indem er mitten unter ſeinen Lands-
leuten nicht als ein Bettler hätte leben können.
In dieſer Geſtalt kam er in unſer Wälſchland,
welches die große Schaubühne ſeyn ſollte, um
darauf mit ſeinem lumpichten Anzuge, und
ſeiner ſtrengen Armuth zu prangen.

Man wird nicht leicht unter Ordensleu-
ten, die ſich gegen Gott mit dem ewigen Ge-
lübde der Armuth verbunden haben, auch in
den ſtrengſten Klöſtern jemanden finden, der
dieſen koſtbaren Schatz mit ſo vieler Eiferſ-
ſucht bewahret, wie ihn Benedikt Joſeph mitten in der Welt bewahret hat. Um ſich hievon zu verſichern darf man ihm nur auf ſeinen verſchiedenen Wallfahrtszügen folgen, und
ſeinem Betragen, während ſeines Aufenthaltes in Rom bis zu ſeinem Tode nachſpüren.
Seine Thaten, ſeine Grundſätze, ſeine Ge-
ſinnungen, und ſelbſt ſeine Reden zeugen von
der großen Verachtung irdiſcher Dinge, und
von ſeiner unvergleichlichen Armuth.

Einige Jahre, nachdem er aus Frankreich
gekommen war, nämlich 1772, befand er ſich
in Fabriano, und der dortige Herr Kural
Paggetti beſchreibt ſeine Kleidung, und ſein
ganzes Geräthſchaft mit folgenden Worten.
Den 13 des Brachmonates, als ich das
Feſt des heiligen Antonius in meiner Pfarr-
kirche

Kirche des heiligen Jakobs feyerte, kam
er Morgens ziemlich fruh in besagtes
Gotteshaus im Anzuge eines Armen, mit
einem aschengrauen langen Rocke, und
einem kleinen Mantel nach Art eines
Rocchets, mit einem Rosenkranz am Hal-
se, einem Stricke um die Lenden; auf
der einen Seite hatte er eine Tasche, auf
der andern einen kleinen Bündel. Er
wohnte allen Messen mit der größten Andacht bis um Mittag bey, allzeit unbeweglich mit gefalteten Händen zur Erbauung aller Umstehenden, welche die
Sittsamkeit und Andacht des Dieners
Gottes bewunderten, und bey ihrem Austritte sagten, dieser müße wahl ein Heiliger seyn. Der Glöckner versicherte mich,
daß er die ganze Zeit über nie aus der
Kirche weggekommen sey. Als ich um
zwanzig Uhr wälschen Zeigers zurück
kam, fand ich ihn noch in der nämlichen
Stellung, in der ich ihn Morgens verlassen hatte, wie er mit gefalteten Händen, seinen unverwendten Blick auf die
Statue des heiligen Jakobs heftete. Als
der Küster eine halbe Stunde nach Sonnen Untergang die Kirche schließen wollte, bath ihn der Diener Gottes, der noch
alleine zurück geblieben war, er möchte
ihn bey verschlossener Thüre hier über-
nach-

nachten laſſen. Der Glöckner ſagte es
mir; aber ich wollte es aus Mitleiden
nicht zugeben, weil er den ganzen Tag
über keine Nahrung zu ſich genommen
hatte. Ich näherte mich ihm, und ſagte
ich wolle ihm Gelegenheit verſchaffen,
auch außer der Kirche noch in der Kirche
des heiligen Jakobs zu ſeyn : denn über
derſelben ſey die Herberge für fremde Prieſter ; dort werde er ein Bett finden, ſo er
ruhen wollte, und einige Speiſe zu ſich
nehmen können, wofür ich ſorgen werde.
Er äußerte ſein Vergnügen über dieſe
Herberge, und ich gab dem Küſter etwas
Geld, um ein kleines Abendeſſen ; und Oel
zum Nachtlichte herbeyzuſchaffen. Vierzehn Tage übernachtete er in beſagter Herberge, und legte ſich die ganze Zeit nie zu
Bette, wie mir der Küſter ſagte, dem
ich ihn empfohlen hatte; nahm auch Speis
und Trank weiter nicht mehr an, zu
welchem Liebeswerke ich mich doch gern
verſtanden hätte, mit Vorgeben : Er ſey
mit der Herberge allein zufrieden ;
Armen ſtehe es zu, den nöthigen Unterhalt für ihren Madenſack durch
Betteln ſuchen. Der Glöckner ſchloß
ihn zu Nachts ein; wie er die Zeit an dieſem Orte allein zubrachte, weis Gott.

Wenn

Wenn selber Morgens die Kirche öffnete,
öffnete er auch das Spital; und er fand
ihn immer schon auf der Stiege, um wieder in das Haus Gottes zu gehen: und
so hielt er es die ganze vierzehn Tage,
daß er hier übernachtete. und in Fabriano
verweilte.

Seht, wie Benedikt Joseph für das Zeitliche, für seine Nahrung, und Ligerstatt sorg-
te: ja sogar von dem Almosen, das man ihm
reichte, behielt er nie mehr, als er für selben
Tag genau nöthig hatte, wie der obbemeldte
Herr Kurat bezeuget. Er spendete alles,
was man ihm reichte, wieder unter die
Armen aus, und behielt für sich nur so
viel, als lediglich zu'n Unterhalt selbigen
Tages nöthig war: und dieses Leben führte er in Fabriano, und hat es von der Zeit
an stets geführet, seit er nach Gottes
Wink diese Bahn betreten hatte. Welches
Herr Pagetti, als sein Beichtvater wohl wissen konnte.

Eben so lautet die Aussage verschiedener
Zeugen in Loreto, welche man auf Befehl des
Bischofes dieser Stadt verhöret hat, unter
denen sich jene des Priesters Herrn Josephs
Valeri besonders auszeichnet, welcher die verflossenen Jahre die Stelle eines betagten Sa-
kristans

kriſtans in dieſem Heiligthume vertrat. Es
fiel mir bey dieſem Menſchen, ſpricht er,
ſeine außerordentliche Eingezogenheit, ſeine
ſtille Anweſenheit in der Kirche, auch zu
denen Stunden beſonders auf, wo ſich
alle andere mit Speiſen zu laben pflegen.
Ich bemerkte auch, daß er um kein Almoſen
bath, ob er ſchon äußerlich ſchien arm, und
ein Bettler zu ſeyn, ja ſogar oft die mild-
thätige Gabe, die ihm mehrere Perſonen
reichen wollten, ausſchlug; weswegen ich
bey mir ſelbſt das Urtheil fällte, er müße
entweder närriſch, oder aber ein Heiliger ſeyn. Ein andermal bemerkte ich
Morgens zur Stunde, wo man die Kirche öffnete, welches vor Anbruch des Tages geſchieht, daß der beſagte Arme auf
dem marmornen Pflaſter vor einer Sei-
tenpforte übernachtet habe. Ich konnte
mich nicht enthalten, den Unbekannten
aus Mitleid und Andacht in einem Tone,
als ob ich ihm ſeine Unbeſcheidenheit verweiſen wollte zu ſagen: Und warum
bringet ihr die Nacht in dieſer Lage
zu? Wiſſet ihr nicht, daß euch die
Kälte, und die Luft, ſo von dem
Glockenthurme kommt, das Leben
koſten kann? Worauf der Unbekannte
ſittſam

sittsam erwiederte : Gott will es nun
einmal so. Ich widersetzte. Könntet
ihr dann nicht, wie andere Arme zu
thun pflegen, irgend in einem Land=
häuse Unterschleif suchen ? Wenn es
euch gelegen ist, so will ich euch bey
einem meiner Freunde zu unterbrin=
gen suchen, der euch in Ansehung
meiner gerne in dem Ochsenstall, oder
in dem Backofen ein Plätzchen gön=
nen wird. Benedikt dachte auf diesen
Vorschlag eine Zeit lang bey sich nach ;
dann erhub er seine Augen gen Himmel, und
nach einer kurzen Pause, gleich als ob er
wiederholte, was ihm andere gesagt hät=
ten, sprach er : Gut, gut — aber al=
lein muß ich seyn : keine Weibsbil=
der ; niemand anderer. Ja ja,
antwortete ich, ihr sollt alleine seyn,
ich werde dafür sorgen. Diesen
Abend, wenn die Kirche geschlossen
ist, werde ich euch hinführen ; trauet
auf mein Wort. — Ihr leidet sonst
in der Nacht zu viel Ungemach. —
O nicht zu viel ; Gott will es so, schloß
Benedikt.

Lebm Labre.   Q   Und

Und in der That führte ihn Herr Valeri
zur abgeredten Stunde auf einen Landhof eines ihm zum Unterhalte angewiesenen Gutes.
Man suchte ein Plätzchen für den Diener
Gottes: aber durch den Stall mußte man
hin und her gehen, und weil über dem die
Hausgenossen darinn zu schaffen hatten,
so war diese Lage nicht nach Benedikts
Geschmacke. Der Backofen war zu eng;
es war nicht einmal für einen Menschen
Raum darinn, der auf den Knien lag.
Gut, sprach Valeri, welcher merkte, dieser Ort stehe dem Diener Gottes nicht an,
laßt uns weiter gehen, ich werde bey einem
meiner Freunde einen bequemern Aufenthalt für euch finden; und er führte ihn
auf ein größeres Landgut, wo der Backofen geräumiger war; er empfahl ihn
dem Hausvater, und erhielt, was er verlangte. Zwey oder dreymal bediente sich
Benedikt dieser Gelegenheit, und weil er
bemerkte, daß von seiner Nachtherberg
aus nur noch etliche Meilen Wegs zu
dem heiligen Kreuze zu Sirolo wären,
benutzte er diese Bequemlichkeit, und
wallete dorthin.

Und so hatte Benedikt Joseph bis auf das
Jahr 1780 keine gewiße Nachtherberg, und
obschon sowohl der Herr Valeri, als der Herr
Ange-

Angelus Verdelli, Lampenkleriker, und Affi-
stens zur Bewachung des heiligen Hauses,
ein anderer guter Freund des Dieners Jesu
Christi, sich in die Wette Mühe gaben, ihm
die Unbequemlichkeit zu erspahren bey seiner
Anwesenheit in Loreto immer zu Nachts ein
Obdach unter dem Landvolke zu suchen, so
konnten sie doch keine Auskunft finden, weil
die Hausgenossen einen so zerlumpten und
eckelhaften Menschen, wie in der That der
arme Benedikt war, nirgend um sich wurden
geduldet haben. Endlich entschloßen sie sich
auf ihre Kosten eine Kammer für ihn zu mü-
then. Sie versuchten es an verschiedenen Orten, aber stets ohne Erfolg; bis endlich Herr
Sora, Handelsmann und Gastgeb dieser
Stadt, und seine Ehefrau sich willig finden
ließen, den armen Pilgrimm aus christlicher
Liebe aufzunehmen, bey denen er auch die letzten drey Jahren, während seines Aufenthaltes in Loreto, immer zusprach.

Benedikts Betragen das er im Hause
des Herrn Gaudenz, und der Frau Barbara
Sora, besagter Eheleute in Rücksicht auf
die Armuth beobachtete, die ihm stets vorzüglich am Herzen lag, erhellet theils aus der
oben angeführten Aussage, theils aus einem
andern autentischen Zeugniße, worinn es heißt:
Da wir wußten, daß er bey den Landleu-

Q 2

ten

ten auf dem Stroh schlafe, und uns seine
Demuth, und seine Andacht gefiel, so be=
quemten wir uns, ihm ein kleines Obdach
anzutragen, das er auch annahm. Aber
bey dieser Gelegenheit entdeckten wir, wie
groß seine Demuth wäre: denn, da wir ihm
eine Kammer mit einem Bette angewiesen
hatten, verbath er sich selbe, und ersuchte
uns um eine in dem untersten Stockwerke
ebenen Fußes, und sagte, für einen Bett=
ler, wie er wäre, sey eine Decke, und ein
jeder Winkel, wo er sich hinwerfen könnte,
ein bequemes Nachtlager.

Was seine Nahrung belangt, so bestund
sie gewöhnlich in Salat= und Kohlblättern,
und anderm solchem Zeuge, das er unter
den Fenstern der Häuser fand. Er trank
nichts dann Wasser, bis er zu besagter Familie
kam. Diese versuchten es, ihn zu bereden,
Fleisch, Fische, oder eine gute Suppe zu essen.
Aber er weigerte sich immer, und sagte: Dieß
wäre kein Essen für einen Armen; ich bin
ein Bettler, das werde ich nie speisen. Nur
aus Gehorsam kostete er zuweilen am Oster=
tage was weniges von einem Lamme, und
that einen Schluck Wein, wenn man ihm
sagte, er müsse aus Gehorsam trinken.
Merkwürdig ist auch, daß er kein ganzes
Brod annehmen wollte, und sagte: Dieß
gehört

gehört nicht für Bettler, Bettlern giebt
man die Uberbleibseln; weswegen er sich
immer nur nach harten, und alten Brocken
sehnte: und weil die bemeldten Eheleute
ihm zuweilen gerne frisches Brod beybringen wollten, zerstückten sie es, ehe sie ihms
fürsetzten, damit er es doch in dem Wahne, als ob es Ueberbleibseln wären, essen
möchte.

Es ist anderswo von einem Bündel Meldung geschehen, den der Diener Gottes bey
sich trug, und worinn seine ganze Haabe war,
und den er immer zur Seite hatte, ausgenommen, wenn er ihn vor die Wache des
heiligen Hauses hinlegte, und wir haben es dem
Vorwitz der Ehefrau des Herrn Sora zu verdan-
ken, daß wir wissen, was darinnenthalten war.
Er ließ ihn einst bey seiner letzten Anwesenheit
in Loreto aus Versehen in der Kammer liegen,
wo er geschlafen hatte. Die Frau Barbara
Sora öffnete ihn, und sie fand weiter
nichts darinn, als ein altes zerlumptes
Hemd. Das übrige waren Erbauungsbücher, und eine Büchse von Blech, worinn
sich einige Beichtscheine, und ein Zeugniß
vorfanden, daß er im Kloster der sieben
Brünnen mehrere Monate gestanden sey.

Was

Was seine Kleidnng belangt, so hielten die Eheleute Sora me?rmalen auf die Zeit, wo er sonst zu kommen pflag, einige Kleidungsstücke für ihn in Bereitschaft. Aber er nahm nur jene an, deren er eben höchstens bedürfte; den Rest verbath er sich, und sagte: geben sie dieß einem andern, der ärmer ist, dann ich.

Einst bewog ihn seine Eingezogenheit etwas wider seine Gewohnheit zu begehren. Seine Beinkleider waren gänzlich abgenutzt und zerrissen; er ersuchte daher den Herr Valeri um ein Paar andere. Dieser reichte ihm zugleich ein Hemd, und ein Wams, Benedikt nahm die Beinkleider mit Dank an; aber die andern zwey Kleidungsstücke stellte er ihm wieder zu, und bath, sie irgend jemand andern zu geben, der dessen bedürftiger wäre, dann er.

Uebrigens wo er sich auf so vielen Reisen zu Nachts immer aufgehalten habe, dieß ist Gott allein bekannt, ob wir schon wissen, daß er nie einen Fuß in ein Wirthshaus gesetzet hat, wie er selbst dem Herr Valeri bey der Gelegenheit vertraute, wo ihm dieser etwelche Bajocchi, da er sich bey seiner Rückreise nach Rom beurlaubte, reichen wollte, und ihm auf seine widerholte Weigerung sagte: Nehmet sie immer

mer hin; ihr möget darum unter Wegs
in einer Schenke einen Schluck Wein thun.
Nein, antwortete Benedikt, behüte mich
der Himmel für den Schenken; man lästert
den Namen Gottes darinn. Worauf der
Herr Valeri erwiederte: aber wie geht ihr
es an, um auf dem Wege nach Rom hin
den Wirthshäusern auszuweichen? — Ich
nehme einen andern Weg; ich gehe gerne
allein, wie Gott will. Aber eine Schenke — nein, die betrete ich niemals.

Aber es ist Zeit, wieder nach Rom zu kehren, wo unser Diener Gottes eine noch größere Neigung, dann anderswo, gegen seine
liebe Armuth äußerte, ob es schon dem ersten
Anblicke nach nicht so zu seyn scheinet. Ich
will hier nicht wiederholen, was er alles gethan hat, um sich die harte Bürde nicht zum
Theile zu erleichtern, da er sich auf die pure
Nothwendigkeit einschränkte, allen Ueberfluß,
und den freygebigen Antrag einer jährlichen Anweisung, den ihm der Herr von Somaglia thun
ließ, standhaft ausschlug, wie er mir selbst erzählet hat. Er, hier in Rom selbst, bey so
reichlichem Almosen, das in Ansehung der auferbaulichen Liebe dieser heiligen Stadt, ähnlichen Bettlern nie zu mangeln pflegt, machte
sich ein Vergnügen daraus, in dem äußersten
Elende zu darben. Er hatte sichs zum Gesetze

Q 4   ge-

gemacht, unter den Bedürfniſſen des menſchlichen Lebens, als da ſind Wohnung, Nahrung
und Kleidung, immer das Schlechteſte für ſich
zu wählen.

Und was das erſte belangt, ſo hatte er ſich
ſeit dem Jahre 1780 zur Nachtherberge eine jener Höhlen auserſehen, die man noch in dem
Gemäuer des eingeſtürzten flaviſchen Amphi-
teaters findet, ſo das römiſche Koloſſeum genannt wird. Eine tödliche Krankheit war vonnöthen, um ihn von dieſem ſo lieben Nachtlager wegzureißen, da ihn der gute Theodos,
ein anderer von uns oben belobter Bettler zu
Herrn Paul Mancini führte, um während
ſeiner Unpäßlichkeit verpflegt zu werden. Es
iſt wahr, daß er forthin Abends immer in deſſen
Armenherberge zukehrte: aber es iſt andererſeits
auch gewiß, wie jene bezeugen, die dort eine
beträchtliche Zeit mit ihm gewohnet haben, daß
er ſich nie zu Bett legte, ſondern ein Küſſe in
eine Ecke hinwarf, um ſeinen matten Gliedern
eine kurze Ruhe zu gönnen.

Von ſeiner Nahrung haben wir ſchon vieles geſagt, und in dem folgenden Hauptſtücke
wird aus Gelegenheit ſeiner Abtödtung noch
mehr vorkommen. Wir wollen hier unſern
Leſern allein ſagen, daß er ſich ſeine tägliche
Nahrung genau zuzumeſſen wußte, um nicht
Hun-

Hungers zu sterben, und daß er zu dieser Absicht immer das mögliche gesparsamste Maaß
aus allen gewählet habe.

Was die Gattung der Speisen betrifft, so
versagte er sich für immer alle niedlichern Klo-
stersuppen, die man bey der Pforte den Armen austheilet: ja oft genoß er auch von den
schlechtern nichts, sondern begnügte sich mit
faulen Krautblättern, oder Pomeranzenschalen,
die man aus den Küchenfenstern auf die Straße
geworfen hatte.

In Rücksicht auf die Kleidung schränkte er
sich an die lediglich Nothwendigkeit ein, und
wählte immer unter dem, was ihm die Liebe
der Gutthäter freywillig antrug, das Schlech-
teste für sich aus. So, als man ihm frey
stellte, unter mehrern abgetragenen Schuhen
jene auszusuchen, die ihm besser anstünden, so
nahm er die allerabgenutztesten, und so machte
er es auch mit Strümpfen und Hemden. Ganz
Rom wunderte sich, und staunte, als es nach
seinem Tode jenen zerrissenen und schmutzigen
Rock sah, den er schon mehrere Jahre lang im
Sommer und Winter getragen hatte.

Es war eine, ich weiß nicht, von welchem
Geist ausgesonnene Verläumdung, daß er
jährlich einen gewissen, von seinen Aeltern für

Q 5   ihn

ihn ausgesetzten Gehalt, in Rom zu erheben
gehabt habe. Denn diese bezeugen, daß ihr
Herr nach seinem Austritte von der Abtey der sieben Brünnen zwar an sie geschrieben habe, um auf immer Abschied von ihnen zu nehmen; aber von dieser Zeit hätten sie weiter keine Nachricht mehr von ihm
erhalten, noch gewußt, wo er sich befinde;
und so glich sey es grundfalsch, daß er
von seiner Familie jedes Monat sieben römische Scudi, oder sechs und dreyßig französische Livres zu beziehen gehabt habe.
Es ist dieß ein Betrug, den der Teufel, jener Vater der Lügen einem seiner Anhän-
ger eingeblasen zu haben scheint, um die
erhabene Tugend des gottseligen Verklär-
ten zu verdunkeln, der seit seinem Austritte von den Mönchen zu den sieben Brünnen von seiner Freundschaft keinen Heller
empfangen hat, und keinen empfangen
konnte.

Hieraus erhellet erstlich, daß der Diener
Gottes das Almosen, wie er öfters that, nicht
deswegen ausschlug, weil er anders woher sein
hinlängliches Auskommen zog, sondern aus
Liebe der heiligen Armuth, um deren Willen
er jeden andern Gehalt, der von mehrern Gut-
thätern angebothen wurde, von der Hand wies:
zweytens, daß er ohne eine solche Anweisung,
uND

und bey seinem einmal entworfenen Plane,
dem er bis in Tod stets getreu verblieb, alle
die beschwerlichen Folgen einer weit größern
Armuth, als man glauben kann, werde haben
dulden müßen.

Endlich muß ich zum Beschlusse dieses Haupstückes noch erinnern, daß Benedikt Joseph fast
bey jedem seiner Besuche, sich mit mir sonderheitlich über den Punkt des Almosens, so er
annehmen, behalten, und wieder unter die Armen austheilen sollte, unterredet habe; daß er
einiges Almosen, wider seinen Willen, auf
meinen ausdrücklichen Befehl behalten habe;
und so man nach seinem Tode bey ihm etwelche
Paoli fand, so habe er sie mit meiner ausdrücklichen Begnehmigung aus billigen Beweggründen hinterlegt; als zum Beyspiele, um sich
ein neues Brevier anzuschaffen, wo die Feste
der neuern Heiligen eingetragen wären, welche
Absicht er mir mehrere Monate vor seinem Tode entdecket hat, da er wirklich zu diesem Ende schon sechs Paoli bey Seite gelegt hatte;
wo er mich ersuchte, daß ich ihm erlauben möchte, so lange auf diese Weise fortzufahren, bis
er die erforderliche Summe würde voll gemacht
haben. In diesem Stande der freywilligen
Armuth lebte und starb Benedikt Joseph Labre,
welche ihn würdig gemacht hat, in jene selige
Wohnungen einzugehen, welche den Gegenstand
der

der erſten unter jenen herrlichen Verheißungen
ausmachen, die unſer göttliche Lehrmeiſter ſei=
nen Jüngern gethan hat.   Selig ſind die
Armen im Geiſte; denn ihr iſt das Him=
melreich. (g)   Denn, wie von dem heiligen
Franz von Aſſiſi geſchrieben ſteht, ſo war die
Armuth ſein Antheil, die ihn in das Land
der Lebendigen eingeführet hat, an dem er
allein mit ſeiner ganzen Seele hieng, und
außer dem er unter dem Himmel, aus Lie=
be unſers Herrn Jeſu Chriſti, nichts anders
haben wollte. (h)

(g) Matth. 5, 3.
(h) Reg.

Zwölftes Hauptſtück.

Von ſeiner Abtödtung, und ſtrenger Buſſe.

Jene Abtödtung, welche in dem heiligen
Evangelium allen Lehrjüngern Jeſu Chriſti
ſo oft eingeſchärfet wird, war das zweyte Mit=
tel, wovon der Diener Gottes bis zur vollkom=
menen Selbſtverlaugnung ſtets Gebrauch mach=
te.   Es war ihm der Vertrag gar wohl be=
kannt,

kannt, den der heilige Paulus allen vorhält.
Denn so wir ihm durch die Gleichheit des
Todes eingepflanzet sind, so sollen wir
auch durch die Gleichheit der Auferstehung
mit eingepflanzet werden. (a) Und deswegen konnte er mit dem nämlichen Apostel sagen:
Christus ist mein Leben. (b) Indem sein
Leben ein immerwährendes Opfer, und ein steter Tod war.

Die rauheste und strengste, und eben deshalben auch die seltenste Abtödtung, so gar bey
Personen, welche geflissentlich an ihrer Heiligung arbeiten, ist nicht jene des Leibes, ob
man selbe schon, weil sie äußerlich ist, und in
die Sinnen fällt, in den Heiligen mehr zu bewundern pflegt, sondern die innerliche und verborgene des Geistes, welche bey unserm Diener
Gottes die äußerliche weit übertraf, ob er
gleich auch diese so weit trieb, daß ein jeder,
so einige Kenntniß hievon hat, billig darüber
erstaunen muß.

Wie fruh er dieses Geschäft unternommen
habe, erhellet aus dem, was ich in den ersten
Hauptstücken dieser Lebensgeschichte erzählet.
Er befließ sich immer seine Seelenkräfte und die
Leidenschaften des untern Menschen abzutödten.
Und zwar, was den Verstand belangt, so
weis ein jeder, wie lebhaft in uns von Natur
aus

(a) Röm. 6, 5.　　　(b) Philipp. 1, 21.

aus die Wißbegierde, und wie mächtig dem zu
Folge die Leidenschaft des Vorwitzes ist, und
deswegen läßt es gewiß schwer ohne daß man
sich stets Gewalt anthut, den Verstand in seinen Schranken zu halten, daß er nicht auf eitle,
unnütze, und wohl auch schädliche Gedanken
ausschweife, welche uns an der Kenntniß der
unerschaffenen Wahrheit, und des höchsten Gutes, so Gott ist, hindern. Indessen mußte sich
Benedikt Joseph so gut in allem nach der Vorschrift der christlichen Klugheit zu betragen, daß
er mit Wahrheit sagen konnte, er wisse nichts
anders, als Jesum Christum, und diesen
gekreuziget. (c) Er war so sehr von aller eiteln Wißbegierde über Dinge entfernt, die zu
seinem geistlichen Fortgange nichts beytrugen,
als eifrig er sich bestrebte, die Wissenschaft der
Heiligen zu begreifen, welches er stets als sein
vorzügliches, ja einziges Geschäft betrieb.

Es sagt ein berühmter Lehrmeister des Geistes: — und sein Ausspruch wird durch die Erfahrung bewähret. — Die, so viel Wallfahrten, werden selten heilig. (d) Dieß
kömmt vorzüglich daher, weil durch häufige
Wallfahrtsreisen das Gemüth zerstreuet wird,
und der Geist verraucht.

Pil-

(c) 1. Kor. 2, 2.
(d) Thom. von Kemp.

Pilgrime sehen immer neue Gegenstände,
besuchen viele Länder, gehen mit verschiedenen
Nationen um; wo es dann schwer läßt, daß
der Vorwitz nicht gereitzt wird, und das Herz
sich an Geschöpfe hänget, welche der menschlichen Natur schmeucheln, die bey einer großen
Mattig- und Hinfälligkeit sich leichter, wie ein
durstiger Wanderer, dem Müßiggange, und
Vergnügen überläßt. Es ist demnach in der
That eine erstaunliche Sache, wie unser Diener Gottes, da er so viele Jahre immer von
einem Heiligthume zum andern herum wallete,
nie vom Vorwitze versucht wurde, die Selten-
heiten so vieler Städte, die er durchreiset hat,
zu besehen, so daß sich seiner reinesten Andacht
diese Schwachheit, nicht einmal als eine Ne-
benabsicht, beymischte. Die Sache wohl zu
überlegen, so kann dieses ohne ein Wunder der
Gnade, und ohne die strengste Wachsamkeit
über sich selbst nicht geschehen seyn.

Eben so wunderbar ist sein Betragen gewesen, das er jederzeit standhaft beobachtete. Nie
redete er der Erste jemanden an, den Fall der
lediglichen Nothwendigkeit, oder den Beweggrund der Liebe ausgenommen: und so er antworten mußte, faßte er sich in Worten so kurz,
als er nur immer konnte.

Eben so streng behandelte er sein Gedächtniß: dann mitten in der Welt vergaß er der ganzen

zen Welt. Jene zärtliche Empfindungen gegen
die Seinigen, und vornehmlich gegen die Aeltern, zu denen wir von Natur aus gestimmet
sind, sind nicht leicht so zu beschränken, daß
sie uns nicht hindern sollten, die evangelische
Vollkommenheiten zu erlangen. Und doch schienen sie bey unserm Benedikt Joseph gänzlich
erloschen zu seyn, daß sie in ihm nie nach dem
Fleische, sondern nach dem Geiste wirkten. Wie
ihn diese natürliche Zärtlichkeit nicht vermögen
konnte, in dem väterlichen Hause zu bleiben,
so konnte sie ihn auch nicht mehr dorthin zurück-
führen, ob es wohl scheint, verschiedene Vorfallenheiten, die ihm nach der Zeit aufstießen,
hätten ihm den Entschluß abnöthigen sollen,
wieder bey seinen Aeltern zu wohnen. Aber
er, ferne von einer solchen Schwachheit, dachte nicht einmal an sie, ausgenommen in Gott,
an den er allezeit dachte.

Aber bey unserm Benedikt Joseph will es
eben nicht gar so viel sagen, daß er aller irdischen Dinge, und seiner nächsten Angehörigen
vergaß; er vergaß wohl gar seiner selbst, und
dachte nie an sich, als wenn ihn seine Oblie-
genheit dazu verband, die Bedürfnissen des Lebens zu befriedigen. Er beschäftigte sich mit
dem zu niedrigen Gedanken von Essen und Trinken, und Anschaffung irdischer Bequemlichkeiten nicht; ja merkte kaum auf die Stimme
seи

seiner ächzenden Menschheit, nachdem er sie
durch langes Fasten, und stetes Wachen gepei‍
niget hatte.   Sein Gott war der Gegenstand,
der immer vor ihm schwebte, und seine ganze
Gedächtniß ausfüllte, so, daß er sagen konn‍
te: Mein Geliebter ist mein, und ich bin
sein. (*c*).

Was die Verlaugnung des eigenen Willens
betrifft, so hat es unser Diener Gottes in die‍
sem Stücke unbeschreiblich weit gebracht. Nicht
allein suchte er sich desselben von seinen zärtesten
Jahren an zu begeben, und allezeit, und in al‍
lem den Willen Gottes zu vollziehen, ob schon
dieser die beschwerlichsten Dinge von ihm so‍
derte, wie aus dem ganzen Lauf seines Lebens
erhellet: sondern er trachtete noch überdem sein
Herz von allem Irdischen, und von sich selbst
los zureissen.   Der heilige Haß seiner selbst
war bey dieser gebenedeyten Seele unversöhnlich,
und er lag ohne Unterlaß wider die Eigenliebe
zu Feld.   Man darf nur auf das zurück den‍
ken, was wir oben von seiner Demuth gesagt
haben, um sich zu überzeugen, wie er sie er‍
niedrigte, und wie streng er sie hielt.

Größere Schwierigkeit leidet es, auch bey
Seelen, welche sich der Vollkommenheit be‍
fleißen,

(e) Lied. 2, 16.

Leben Labre.   R

fleißen, keine Anhänglichkeit an heilige Dinge
Fuß faſſen zu laſſen, oder ſie doch wieder aus-
zureuten.   Auch gegen dieſe Unvollkommenheit
war Benedikt Joſeph auf ſeiner Hut.   Er merkte allein auf das Wohlgefallen ſeines Gottes.
Ob ſolche Abſicht durch dieſes oder jenes Mittel, in dieſer oder einer andern Lebensart erzie-
let wurde, das galt ihm gleich.   Er hatte keine
andere Anhänglichkeit, als an den Willen Gottes, nach dem er ſich zu richten, aus allen
Kräften beſtrebte, ſo ſehr dieſer auch den Hang
des Seinigen durchkreuzte.

Daher kömmt es, daß er im väterlichen
Hauſe ſo wohl, als außer demſelben, im Kloſter, und mitten in der Welt, er mochte in dieſem oder einem andern Lande ſeyn, immer zufrieden war, ſo er nur den Willen Gottes vollziehen
konnte, ohne mehr auf eine, als die andere Lebensart erpicht zu ſeyn, ob er ſchon einen ſtarken Hang zum klöſterlichen Leben fühlte.   Ein
anſchaulicher Beweis von dieſer ſeiner Verlaugnung des eigenen Willens iſt jenes, was
man im Briefe an ſeine Aeltern nach ſeinem
Austritte aus der Karthauſe von Montreuil
lieſt, worinn nebſt andern Ausdrücken, ſo über
dieſen Gegenſtand vorkommen, folgende Worte merkwürdig ſind.   Ich betrachte dieſen
Vorfall als eine Anordnung der göttlichen
Vorſicht, welche mich zu einem vollkommnern

nern Stande ruft. Hierauf ermahnt er seine Aeltern zu der nämlichen Gottesergebenheit; und schreibt: Vor allem machet euch meinetwegen keine Sorge. Wenn ich auch im Kloster hätte bleiben wollen, so wurde man mich nicht behalten haben; ein Beweggrund, der mich ungemein aufrichtet; weil der Allmächtige jener ist, der mich führet. Und endlich kömmt er auf den alten Punkt zurück, und schließt: Lasset euchs nicht schwer fallen, daß ich von den Karcheusern wieder ausgetreten bin. Ihr dörfet dem göttlichen Willen nicht widerstreben, der es zu meinem größern Fortgang, und zu meiner Seligkeit so gefüget hat.

Der große Gott prüfte seinen Diener aus geheimen Absichten seiner anbethungswürdigen Vorsehung, auf diese Weise, da er ihm bald das Kloster offen zeigte, bald selbes wieder vor ihm schloß, itzt die Begierde nach diesem Stande in ihm anfeuerte, und itzt der Ausführung sich widersetzte, So gar in unserm Wälschland nahm Gott noch einmal diese Prüfung mit ihm vor, wie aus einem in Loreto ihm zugegangenen Falle erhellet, der in der oben angeführten Aussage mit folgenden Worten erzählet wird.

R 2   Als

Als Herr Kaspar Valeri in ihm die schön=
ste Anlage zum Kloſterleben entdeckte, ſagte
er: Benedikt, ich werde nächſter Tagen
eine Erholungsreiſe auf den hier nahe ge=
legenen Berge thun, wo ein Kloſter der
Kamaldulenſermönche ſteht : wäret ihrs
zufrieden, wenn ich mit den Obern wegen
eurer Aufnahm redete? Worauf Benedikt
antwortete: Ich will es überlegen. Nach
einigen Tagen kam er wieder zum Herrn
Valeri, und ſagte ihm: Reden ſie nichts
davon ; Gott will es nicht. — Und in
der That hatte Herr Kaspar bey ſich be=
ſchloſſen, mit den Mönchen von ihm zu
ſprechen, zu denen er des andern Tages,
ohne es dem Diener Gottes zu melden,
abreiſete: doch konnte er ſich nicht ent=
halten, ihm zu ſagen : Warum wollet ihr
ein ſo armſeliges Leben führen, da ihr
doch auf eine verdienſtliche Weiſe bequem=
licher leben könntet? — Benedikt erwie=
derte: Gott will es nun einmal ſo. Seht,
wie ſo gänzlich er ſich ſeines eigenen Willens
begeben hatte, ſo daß er keinen Schritt that,
ohne vorher das Wohlgefallen ſeiner göttlichen
Majeſtät ausgeforſchet zu haben.

Was die Abtödtung der Leidenſchaften, des
ſinnlichen Theils, der Begierlichkeit, und des
Zornes betrifft, auf die ſich alle anderen zie=
hen

hen laſſen, ſo ſchien es, als ob ſie in ihm
gänzlich erloſchen, und er für ſie geſtorben wäre. Er hielt ſie ſo ſtreng im Zaume, daß er
ihnen nicht den mindeſten Ausbruch geſtattete.
Von dem Vergnügen, welches der Gegenſtand der Begierlichkeit iſt, war er ſtets ein
unverſöhnlicher Feind, und verſagte ſich, noch
als ein Kind, jede Gattung auch unſchuldiger
Spiele; und wenn er auch zuweilen aus Gehorſam mitzumachen gezwungen ward, fand er
doch keine Luſt daran. Um ſich gänzlich von
ſeinem entſchiedenen Haſſe gegen das ſinnliche
Vergnügen zu überzeugen, darf man nur ſeine
unbeſchreibliche Liebe für die Strengheiten, und
alles, was den Lüſten des Fleiſches entgegen
geſetzet iſt, betrachten, wie aus den obigen
Erzählungen ſattſam erhellet, und ſich noch
deutlicher aus dem aufklären wird, was wir
von den Strengheiten noch ſagen werden, womit er ſein Fleiſch abgetödtet hat. Es war
keine Unbild ſo groß, kein Schmerz ſo lebhaft,
der ihn zum mindeſten Ausbruch des Zornes
oder der Ungeduld hätte bewegen können. Er
war ſtets ſeiner mächtig, und der Sieger
ſeiner ſelbſt, konnte von dem Zorne nicht
beſieget werden. Groß war ſowohl in
dieſem Stücke, als in Beherrſchung und
Bezäumung aller Regungen des obern
und untern Menſchen ſein Fleis, groß
ſeine Bedachtſamkeit; um mich der Worte

des heiligen Bernhard zu bedienen. (*f*) Ob
er schon geneckt, verleumdet, verspottet, verachtet, geschlagen, und verwundet wurde, so
betrug er sich stets so gelaffen dabey, als ob
ihm gar nichts Widriges begegnet wäre. Ein
jeder weis, wie hart es sey, den unfreywilli-
gen Regungen des Unwillens und Zornes vor-
zukommen; und daraus kann ein jeder schließen, welche Gewalt sich Benedikt Joseph werde angethan haben, um sie vollkommen unter
dem Zügel zu halten.

Endlich in Ansehung der Abtödtung Jesu
Christi, die der Diener Gottes aller Orten in
seinen Gliedern trug, so muß man neben der,
die mittelst seiner äußerst beschwerlichen Kleidung, der Kälte, des Hungers, und des langen Wachens, und der mühsamen Reisen,
des langen Kniens, und Stehens in den Kirchen allen in die Augen fiel, auch auf die Weise
merken, wie er sie ausübte, und vornehmlich
mit welcher Strenge er einen jeden seiner Sinne im besondern behandelte. Es würde ziemlich weitschweifig ausfallen, wenn wir von
seiner

(*f*) Erat suimet potens. Sane victor sui ira
superari non poterat. Magna illi tam in
hoc, quam in cunctis utriusque hominis
sui motibus regendis, vel cohibendis dili-
gentia, & circumspectio multa. S. Bern.
in vit. S. Malach.

seiner Wachsamkeit über einen jeden derselben umständlicher handeln wollten, und vieles, so hier anschlägt, ist schon im Hauptstücke von der Tugend der Keuschheit vorgekommen. Ich setze hier allein über diesen Gegenstand im Allgemeinen das bey, was man von dem heiligen Bernhard liest: Er war der Beschaulichkeit so stark ergeben, daß er sich seiner Sinne fast gar nicht, außer zu den Pflichten der Andacht bediente. (g)

Nie hörte er einem vorwitzigen, eiteln, oder minder erbaulichen Gespräche zu, ja er versagte sich sogar das Vergnügen, irgend ein Gesang, oder ein Instrumentalmusik anzuhören. Von seinen Augen würde Bernhard wiederholen, was er von dem heiligen Malachias geschrieben hat. Oculus ejus in capite ejus, nusquam avolans, nisi cum virtutis permissu. (h)

Nach dem Ausspruche des heiligen Geistes ist jener ein vollkommener Mann, der in seinen Worten niemals anstößt. (i) Nun wer hat je in Benedikt Joseph, ich sage nicht ein müßiges Wort, sondern auch nur einen

R 4   müßi

(g) In lect. Off. die 20. Aug.
(h) S. Bern. in vit. S. Malach.
(i) Jak. 2, 3.

müßigen Blick bemerket? (*k*) Wie er stets
mit Gott redete, so schwieg er auch stets mitten im Gewühl der Welt. Ich kann versichern, daß zuweilen ganze Monate verfloßen,
ohne daß er auch ein einziges Wort vorbrach-
te : und das letzte Jahr redete er fast mit Niemanden, außer mit mir seinem Beichtvater :
und gegen eine andere Person, mit der er aus
christlicher Liebe, und aus dem Beweggrunde
einer andern äußerst seltenen Tugend viermal
redete, maaß er die Worte recht ängstlich nach
der Nothwendigkeit ab, und wenn ein demü-
thiges Hauptnicken hinreichte, so suchte er so
gar die Sylbe, Ja zu ersparen wie ich öfter
bemerket habe.

Seinem Geschmacke hätte er nicht strenger
mitfahren können als er that. Die geringste
Plage war Hunger und Durst. Die unge-
schmacktest- und eckelhaftesten Speisen reichte
er ihm, als Leckerbissen dar. Aber ich will
mich hier nicht selbst ausschreiben. Ich setze
allein bey, er habe diese Abtödtung so weit
getrieben, daß es scheint, sie habe ihm jene
letzte tödliche Ohnmacht zugezogen, und die
kräftige Suppe, die er schon seit so vielen
Jahren nicht mehr genossen hatte, habe bey
der äußersten Blödigkeit seines Magens das
noch schwach glimmende Lebenslicht, wie
durch

(*k*) S. Bern. in vit. Mal.

durch häufiger zugegoſſenes Oel, ausgelöſcht,
wie wir an ſeinem Orte ſehen werden.

Im Allgemeinen von der Abtödtung ſeines
Fleiſches zu reden, ſo ſchien er alle Sorge für
ſeinen Leib aufgegeben zu haben. Wir haben
ſchon anderswo von der ſchmerzlichen Plage
Meldung gethan, die er an ſeinem Leibe von
der Menge ſeines überläſtigen Ungeziefers duldete, ohne daß er ſich eine Mühe gab, dieſen
Ungemach zu verhindern : ja wie wir aus einer
autenthiſchen Ausſage von Loreto, und aus
den in Rom gemachten Beobachtungen wiſſen,
ſo erhellet, daß er dieſe peinliche, und demü-
thigende Qual lediglich ſuchte, deren Umſtände ich hier nicht beyſetzen will, um die heickli-
chen Ohren der Europäer, und vornehmlich
unſerer Wälſchen nicht zu beleidigen.

Ich glaube, nach dem, was ich geſagt
habe, ſey eben nicht nöthig, noch weiter etwas
beyzuſetzen, um die Abtödtung ſeines Fleiſches
zu beweiſen. Ich bemerke allein, hauptſächlich um derer willen, welche zum Unglücke
fremde Tugend nach ihrer eigenen Weichlich-
keit abmeſſen, und glauben könnten, dieß heiße,
die Sache ſträflich übertreiben ; ich bemerke,
ſage ich, daß der Diener Gottes überzeugt
war, daß unſere verderbte und ſtolze Natur
keine beſſere Behandlung verdiene, ſondern

R 5   ange-

angehalten werden müße, die Strafe der Sün
de zu dulden; ein Grundsatz, den er von eini
gen Heiligen, so ein beschauliches Leben führ
ten, erlernet hat, welche das, was sie behaup
teten, selbst übten. (*l*) Seht, mit welcher
Strenge Benedikt Joseph Labre, mitten in
der Welt seinen Leib hernahm. Es leitete ihn
hierinn der nämliche Geist, wie jenen berufe
nen Einwohner der ägyptischen Wüsteneyen,
einen heiligen Hilarion, wie er ihm an der
Leibsbeschaffenheit gleich war, auf die er nicht
im geringsten achtete. Lenes erant genæ,
delicatum corpus, & tenue, & ad omnem
injuriam impatiens, quod levi vel frigore:
vel æstu possiet affligi, schrieb von ihm der
große Lehrer Hieronymus. (*m*)

(*l*) Munditia corporis atque veftitus animæ
eft immunditia. S. Hier. ep. 27.

(*m*) Von dem heiligen Hilarion schreibt der näm
liche heilige Lehrer : Tunicam, qua femel
fuerat indutus, nunquam lavit, fuperva-
cuum effe dicens, munditias in cilicio
quærere, nec mutavit alteram tunicam,
nifi cum prior penitus fcissa effet, In vit.
S. Hil. ep. 2. l. 3. Hieraus kann ein jeder
für sich selbst die nöthigen Folgen ziehen.

Dreyzehntes Hauptstück.

Von dem unermüdeten Eifer, und der steten Uebung im Gebethe.

Das Herz von allen irdischen Dingen losreißen, und sich stets selbst verlaugnen,
sind nach dem göttlichen Ausspruche, und nach
den Lehrmeistern des Geistes jene zwey große
Mittel, welche die Seele zum Gebethe vorbe-
reiten. Denn je mehr das Herz von aller irdischen Anhänglichkeit leer ist, um so tüchtiger
ist es, die Fülle der himmlischen Gnaden zu
empfangen, welche sich im Gebethe mittheilen,
und ein Herz, das die sinnlichen Lüsten ver-
abscheuet, ist würdig die himmlischen Süßig-
keiten zu kösten, die der göttliche Bräutigam
den Seelen zuströmen läßt, welche sich selbst
verläugnen.

Nun da das Herz Benedikt Josephs von
allen irdischen Gedanken so frey, da er sich
selbst so gänzlich abgestorben war, so muß ja
sein Gebeth von einer außerordentlichen Vollkommenheit, und Kraft gewesen seyn, das noch
überdem so anhaltend war, daß wir mit Wahrheit sagen können, sein Ganzes sey ein immerwährendes Gebeth gewesen, von welcher Uebung
der

der heilige Auguſtin ſchreibt, daß ſie die herr-
lichſt = und nützlichſte unſeres Lebens, und die
erhabenſte unſerer Religion ſey. (a) Dieſe
zieht auf uns nach dem untrüglichen Verſpre-
chen Jeſu Chriſti, Gnade und Segen vom
Himmel herab. (b)

Um ordentlich darein zu gehen, ſo unter-
ſcheidet man zwo Gattungen des Gebethes,
das mündliche, und das innerliche. Durch
beyde ſteigen wir, wie der heilige Bernhard
ſpricht, als mit zweenen Füßen zur höchſten Stuffe der Leiter empor. Und was das
mündliche Gebeth belangt, ſo begleitete ſelbes
der Diener Gottes immer mit dem innerlichen, überzeugt, daß man um vollkommen,
ſo wie man ſollte, zu bethen, das eine von
dem andern nicht trennen dörfte, nach der Anleitung der heiligen Thereſia, welche gewiß in
dieſem Stücke eine vortreffliche Lehrmeiſterinn
iſt.

Auf

(a) Quid eſt oratione præclarius, quid vitæ
noſtræ utilius, quid animo dulcius, quid
in tota noſtra religione ſublimius? S. Aug.
in Tract. de miſ. tom. 10. Nihil ex his,
quæ per hanc vitam coluntur orationi
præſtat. S. Greg. Nyſſ.

(b) Daß der Vater euch alles gebe, was ihr ihn
in meinem Namen bitten werdet. Joh. 15, 16.

Auf diese Weise fieng er den Tag mit der
sogenannten täglichen Uebung — Exercitium
quotidianum — an, worinn die vornehmsten
Tugenden, und verschiedene andächtige Gebether enthalten sind. Dann dankte der Diener Gottes dem Herrn für alle Gutthaten,
die sowohl er, als die ganze Welt empfangen
hatte. Hierauf erweckte er die hitzigsten Liebs-
übungen, und sagte, daß er diesen Tag seinen Gott alle Augenblicke, und in allen Dingen zu lieben verlange, und bath ihn um seinen Beystand, auf daß er alles nach seinem
heiligen Wohlgefallen thun möchte. Er trug
dem höchsten Gut sein Herz an, und wünschte, die Liebe und Danksagungen ersetzen zu
können, die ihm undankbare Seelen, Sünder und Ungläubige nicht abzollen, und bethete für sie, um ihnen die Gnade der Bekehrung zu erhalten. Hernach machte er die
Meynung, alle Abläße selbigen Tages, die
möglich wären, zum Troste der armen Seelen zu gewinnen. Ueberdem bath er den
Herrn durch folgende Stoßseufzer, in seinem
Herzen, das lebhafte Andenken seines Leidens
zu erhalten.

Jesu, meine Liebe, ich schenke dir
mein Herz. Herzliebster Gott, präge dein
Leiden meinem Herzen ein.

Endlich wendete er sich zur göttlichen Mut-
te und bath sie, ihn diesen Tag über, und
allezeit von aller Sünde zu bewahren, in der
Liebe gegen ihren göttlichen Sohn zu erhalten,
und die Gnade der Bekehrung aller Sünder,
und Ungläubigen zu erbitten. Er schloß sein
Gebeth mit den Worten: Sey die Zur von
allen, heute, und immer hin.

Seine mündliche Gebether bestunden in
den priesterlichen Tagzeiten nach dem römischen Brevier, in den Tagzeiten der seligsten
Jungfrau, in der Litaney aller Heiligen, und
dem Rosenkranze. Diese Gebether sagte er
langsam, mit untermengtem Ruhepunkten,
mit der möglichsten Versammlung des Geistes
her.

Um meinen Lesern einigen Begriff hievon
zu machen, will ich hier zwo Thatsachen anführen, die eine in Rücksicht der priesterlichen
Tagzeiten, die andere in Betreff der Abbethung des heiligen Rosenkranzes. Die erste
begab sich in Loreto, worüber in der schon
mehrmalen angeführten Aussage folgendes zu
lesen ist. Angelus Verdelli, Lampenklert-
ker, und Assistens zur Bewahrung des
heiligen Hauses, der aus Ursache seines
Amtes jedesmal einen großen Theil des
Tages in der Kirche dieser Stadt zubringt,

hatte

hätte Gelegenheit, die Person Benedikt
Josephs genau zu beobachten, dessen Eingezogenheit und andaurendes Gebeth,
welches er von Frühe Morgens bis in
den spaten Abend fortsezte, ihm ganz
besonders auffiel. Er suchte mit diesem
andächtigen Pilgrimme zu reden, und
wählte hiezu die Stunde, wo sich dieser
auf einem Bank niederließ, und näherte
sich ihm eines Abends, nachdem man die
heilige Kapelle schon geschlossen hatte, da
er eben die priesterlichen Tagzeiten bethete,
und sprach: , Bethet ihr das Brevier? ,
Anf diese Worte wandte sich Benedikt
Joseph um, und sein Blick, den er auf
den Verdelli warf, war eben nicht sonders heiter, der aber dennoch auf eine Antwort wartete. Benedikt sagte, ja, schwieg,
und fuhre in seinen Tagzeiten fort. Verdelli sezte bey: , Bethet auch für mich, ,
und Benedikt nickte mit dem Haupt, und
gab zu erkennen, daß ihm diese Untersäze
nicht besonders behagten: weßwegen Verdelli in etwas unzufrieden weggieng.

Das zweyte ist ein Zeugniß der Bettler in
der Armenherberge, wo Benedikt Joseph sein
Nachtlager hatte. — Wenn Abends alle ge-
meinschäftlich, nach eingeführtem Gebrauche,
den Rosenkranz abbetheten, lag der Diener
Got-

Gottes unbeweglich, wie eine Statue, auf seinen Knien, und antwortete immer mit einem ganz außerordentlichen Eifer: aber zuweilen schwieg er, schien außer sich zu seyn, und in einem sanften Schlaf zu liegen: aber, wenn er sich wieder erholte, heftete er seine Augen mit einem unaussprechlichen Feuer auf die Bildniß der seligsten Jungfrau, vornehmlich so man die Litaney sang, so daß es schien, als ob er gegen selbe Seite hin gezogen würde, und die über diese Art zu bethen betroffenen Armen, winkten einander und sagten: Seht, Benedikt ist im Geist entzückt.

Der Hausmeister der Armenherberge, welcher dieses bemerkte, suchte ihn durch Rütteln zu sich zu bringen; aber vergeblich. Endlich befahl er ihm, er sollte sich selbst gegenwärtig bleiben, und auf die Gebether, wie die andern antworten. Man sah auf diesen Befehl, daß sich der Diener Gottes alle Mühe gab, und sich selbst Gewalt that, um zu gehorchen: aber es war bald wieder das Alte.

Aus diesem allen erhellet, wie die Empfindungen des Herzens, während die Zunge redete, und noch mehr die Wirkungen des heiligen Geistes, wenn er dem innerlichen Gebethe oblag, beschaffen gewesen seyn. Aber hievon werden wir bald zu reden Gelegenheit haben.

haben. Indeſſen um die Abhandlung von
ſeinem mündlichen Gebethe zu beſchließen will
ich hier kurz anmerken, wie er damit den Tag
endete.

Erſtlich bath er Gott nach der Gewiſſenserforſchung um Vergebung ſeiner Fehler, die er
denſelbigen Tag etwa möchte begangen haben,
und bediente ſich hiebey folgender Ausdrücke:
Mein Gott, weil du die unermeſſene Güte
biſt, ſo reuet es mich von Herzen, dich,
mein höchſtes Gut, beleidiget zu haben,
und ich nehme mir vor, eher tauſendmal
zu ſterben, als zu ſündigen. Hierauf dankte
er, wie er auch Morgens gethan, dem Herrn,
den er im zärtlichen Tone den Bräutigam ſeiner Seele nannte, für die ihm den Tag über
erwieſene Liebe, und betheurte noch einmal, daß
er geſinnt wäre, ihn dieſe Nacht hindurch,
auch im Schlafe, ununterbrochen zu lieben,
empfahl ihm auf ein Neues die leidenden Seelen im Fegfeuer, bath für die Bekehrung der
Sünder und Ungläubigen, für die er all ſein
Blut mit Freuden vergoſſen hätte, trug Gott
ſein ganzes Herz an, um ihn ſtatt ihrer zu
lieben, und endlich beſchloß er es mit dem
Ausdrucke, daß er ſein Herz in das Herz Jeſu einſchließe und darinn ruhen wolle.

Leben Labre.   S   Auf

Auf gleiche Weise dankte er der seligsten
Jungfrau für die ihm von ihrem göttlichen
Sohne erhaltenen Gnaden, und empfahl ihr
die Seelen im Reinigungsorte, wie auch die
Bekehrung aller Sünder und Unglaubigen, und
trug ihr sein Herz an, sie statt aller selbst während des Schlafes zu lieben, und schloß: Unter deinem heiligen Schutzmantel will ich
schlafen.

Der Gebrauch andächtiger Stoßseufzer war
ihm so geläufig, daß er auch bey seinem kurzen
Schlafe von Zeit zu Zeit in selbe ausbrach.

Ueberzeugt von der vorzüglichen Kraft, welche nach der Verheissung Jesu Christi das of-
fentliche und gemeinschaftliche Gebeth hat, (c)
so ließ er nie keine Gelegenheit, demselbigen
beyzuwohnen unbenutzt, welchen Gebrauch er
sich schon als ein Kind zum Gesetze gemacht,
und ihn nachher immer bis in seinen Tod beobachtete. In Frankreich war er bey allen
gottesdienstlichen Verrichtungen gegenwärtig.
In Loreto, nachdem er den ganzen Tag
in der Kirche dem Gebethe obgelegen war,
verließ er Abends bey Anfang des Chor-
gesanges

(c) Ferner sage ich euch, wenn zween aus euch auf
Erden einig sind, so wird ihnen alles, was sie
immer bitten werden, von meinem Vater, der
im Himmel ist, gegeben werden. Matth. 18, 19.

gesanges seinen Standort, den er sich zwischen dem bischöflichen Sitze, und dem
Banke der Chorherren gewählt hatte, gieng
in irgend eine Kapelle, und fuhr zu bethen fort. Wenn man am Ende des Tages das heilige Haus schloß, gieng er in
die heilige Kapelle, und antwortete mit
dem Volke auf die Litaneyen, und andere
Gebether, welche die Geistlichen, während
sie die Thüren schließen, absingen.

Endlich ist in Rom keine Kirche, wo eine
Andacht gehalten, oder ein öffentliches Gebeth verrichtet wird, daß unser Benedikt Joseph nicht dabey zugegen war. So zum Beyspiele wohnte er der neuntägigen Andacht, so
vor dem Festtage der unbefleckten Empfängniß
Mariä in der Kirche der heiligen Apostel gehalten wird, allezeit bey, wie auch der, wodurch man sich auf das Weihnachtsest bey St.
Salvator bey dem Berge vorbereitet. u. s. w.
Ein Aehnliches geschah, wenn sich das Volk
wegen des Segens mit dem heiligsten Altars-
sakramente in der Muttergotteskirche der Bä-
cker alle Mitwoche, und in der von den Bergen, jede Woche zweymal versammelte. u. s.
w. So daß man sagen kann, es sey keine Kirche in Rom, wo man unsern Benedikt
Joseph nicht sah, und der, so um die Sache
weis, erstaunet, wie er in so verschiedenen

Orten

Orten habe zugegen seyn können. Aber hievon werden wir bequemlicher an einer andern
Stelle reden. Itzt wollen wir von dem innerlichen Gebethe handeln.

Die Lehrmeister des Geistes unterscheiden
zwo Gattungen des innerlichen Gebethes, das
gemeine und gewöhnliche, und das ganz besondere, außordentliche, und erhabene, so man
das beschauliche nennet, wo die Seele mehr
leidet, als wirket; und ist solches ein unver-
dientes Geschenk des heiligen Geistes, wodurch
der Mensch zur geheimnißvollen Vereinigung
mit Gott erhoben wird. Diese so kostbare
Gabe des Himmels mangelte unserm Benedikt
Joseph nicht, ja er besaß sie in einem hohen
Grade, weswegen auch seine Seele sich zur
vollkommensten Vereinigung mit ihrem göttlichen Bräutigam erschwang, wie ich mich itzt
zu beweisen anschicke. Und weil es verschiedene
Stuffen dieses innerlichen Gebethes giebt, und
die erste Art der zweyten, die Betrachtung der
Beschaulichkeit den Weg bahnet, so wollen wir
von jener den Anfang machen.

Wie sehr bey guter Zeit er sich diesem heiligen Geschäfte unterzogen habe, das in der
heiligen Schrift so vorzüglich gepriesen wird,
als welches uns von den Geschöpfen trennet,
und mit unserm letzten Ziele vereiniget, ist schon
in

in dem erſten Theile dieſer Lebensgeſchichte erzählet worden. Kaum daß er den Gebrauch
der Vernunft erhalten hatte, und leſen konnte, brachte er, ohne einen andern Lehrmeiſter,
als den heiligen Geiſt zu haben, mehrere Stunden, in einſamen Orten, in dieſer heiligen Uebung zu, und überlegte reif bey ſich, was er
in Erbauungsbüchern geleſen hatte. Von dieſem gottſeligen Gebrauche ließ er bey einer ſolchen Verſchiedenheit der Umſtände, mit dem
ſein Leben durchwebt war, nie wieder ab; ja
mit den Jahren wuchs mit ihm die Liebe für
dieſe Art des Gebethes, ſo daß es ihm wie zur
andern Natur wurde, und er immer, wie in
Gott verſenkt war.

Eben der Hang, den er mächtig fühlte, in
der ſtillen Ruhe die göttlichen Vollkommenheiten, von denen er ſchon als ein Knab ganz eingenommen war, zu betrachten, zog ihn zu dem
einſamſten Kloſter wo ein ewiges Stillſchweigen herrſchet, hin. Wie weit er in dieſem Gebethe gekommen ſey, ſind ſeine innerliche Leiden ein klarer Beweis, die daher entſprangen,
und von den Lehrern der myſtiſchen Gottesge-
lahrtheit die finſtere Nacht, oder die leidende
Reinigung genannt werden.

Als endlich der Geiſt Benedikt Joſephs
aufgelegt, und wohl vorbereitet, die Fülle der

S 3   Schön-

Schönheit des göttlichen Lichtes anzuschauen, wurde er von Gott bis zur Beschaulichkeit empor gehoben, und mit jenen übernatürlichen Gaben begünstiget, welche mit ihr gewöhnlich verbunden zu seyn pflegen, von denen ich nur nach den äuserlichen Zeichen reden werde, mittelst derer man von jenen das Urtheil fällen muß, und diese selbst gründen sich alle auf fremde Zeugnisse.

In der autenthischen Aussage von Loreto, liest man neben andern vielen Dingen, welche dort von dem eifrigen und steten Gebeth Benedikt Josephs vorkommen, folgende Umstände. Wenn alle Messen gelesen waren, zog er sich irgend in einen noch abgelegnern Winkel der Kirche zurück, und weil sich das Volk fast gänzlich verlohren hatte, senkte er bald sein Haupt zur Erde, bald erhub er sein Antlitz gen Himmel, ließ feurige Seufzer schießen, und schlug zuweilen mit den Händen an seine Brust.

Es giebt hier in Rom sehr glaubwürdige Zeugen, welche den Diener Gottes, als er in einer entlegenen Ecke bethete, von der Erde erhoven sahen. Denn so sehr er sich auch zu verbergen suchte, so große Gewalt er sich anthat, damit sich die innerlichen Wirkungen des heiligen Geistes nicht äußerlich verriethen,

so

so gelung es ihm doch, weil diese Entzückungen sehr häufig waren, bey aller seiner Behutsamkeit, und gewaltsamen Zurückhaltung, nicht immer.

Er war äußerst niedergeschlagen, wenn er auch nur vermuthen konnte, daß er in diesem Zustande von Jemanden belauscht worden sey. Und in der That hat eine Person bemerket, daß, als er entweder von einem süßen Schlafe, oder von einer tiefen Entzückung wieder zu sich kam, er ganz schüchtern um sich gesehen habe, ob nicht etwa jemand hätte merken können, was mit ihm vorgegangen wäre. Ein andermal als er fühlte, daß er mit süßer und heftiger Gewalt in die Lüfte empor gehoben werde, klammerte er sich mit seinen Händen aus allen Kräften an das Gütter an, und eine Person, die in der Nähe war, hörte folgende Worte von ihm: Herr, ich verlange, ich will diese Barmherzigkeit von dir; ja ich will sie. Durch welche Worte er Gott bath, ihn nicht vor den Umstehenden in die Lüfte zu erheben.

Was in dem Geiste des Dieners Gottes bey diesen Entzückungen werde vorgegangen, zu welcher liebvollen und innersten Vertraulichkeit diese Seele von ihrem geliebten Bräutigam bey dieser zärtlichen Vereinigung, die man mit allem Rechte ununterbrochen nennen kann, werde

S 4

de zugelaſſen worden ſeyn, läßt ſich ſo leicht
nicht erklären. Doch wird es zum Theile er=
hellen, wenn wir auf ſeine übernatürliche Ga=
ben zu reden kommen, die er in vollem Maaße
beſaß. Man darf ſich auch eben hierüber nicht
wundern, da er vermittelſt des Gebethes mit
Gott allezeit und aller Orten des vertraulichſten
Umganges pflegte. Was die Zeit belangt, ſo
habe ich weiter nicht nöthig ein Wort beyzuſe=
tzen, da aus dem beſagten klar erhellet, er ha=
be ſein ganzes Leben auf das Gebeth verwen=
det.

Von den Orten, die er ſich zur Andacht
wählte, zu reden, ſo wiſſen wir, daß er ſogar
in den Backöfen kniend gebethet habe, und
daß er bey ſeiner Anweſenheit in Loreto eine
ſolche Nachtherberge, die ihm Herr Kaſpar Va=
leri auf ſeinem Landgute verſchaffen wollte,
allein deshalben ausgeſchlagen habe, weil ſie
nicht geräumig genug war, um darinn zu knien.
Ueberdem ließ man in belobter Ausſage: Herr
Valeri hat erfahren, daß er zu Nachts auf
dem Lande in den Backöfen, nach einer
kurzen Ruhe von etlichen Minuten nichts
dann bethe; welches auch die Eheleute
Sora aus verſchiedenen Umſtänden, die
ſie ſelbſt beobachtet haben, beſtättigen.

Um dieſe weitſchichtige Materie mit wenig
Worten zu ſchließen, ſo dörfen wir nur das
wie=

wiederholen, was wir im Anfange gesagt haben: daß sein ganzes Leben nichts dann ein
immerwährendes Gebeth, und diese heilige Uebung seine einzige Beschäftigung gewesen sey.
Seine Knie bekamen wegen anhaltendem
Gebeth die Härte einer Kameelhaut, schreibt
der heilige Hieronymus von Jemand andern. (d)
Ein Gleiches entdeckte man an den Knien Benedikt Josephs nach seinem Tode, so daß die
zwo Schwülen zur Größe zwoer beträchtlicher
Kugeln anschwollen. Der Schmerz, den er
hierüber beym Knien fühlte, war unausstehlich,
und wirklich dachte er sich davon zu befreyen,
weil dieser Auswuchs ihn hinderte, so lange
als er sonst zu thun gewohnt war, in dieser
Stellung zu bethen, wie er sich dann auch in
dieser Absicht an den Herrn Mancini wendete,
Aber als er vernahm, er werde nach dem
Schnitte einige Monate das Bett hüten müßen, so wollte er lieber diese so schmerzliche
Unbequemlichkeit bis in Tod dulden, als von
den Kirchen wegbleiben. So groß war bey
ihm die Neigung und Liebe zum Gebeth, welches nach dem heiligen Augustin der Schlüssel
des Himmels ist, und alle Gnaden über uns
herabzieht.

Nun wenn man aus dem, daß ein Unter-
than stets, und alleine mit seinem Fürsten um-

S 5

geht,

(d) Hier. Epist. 9.

geht, zu schließen pflegt, er müße ein vertrau-
ter Liebling seines Herrn seyn, und in großen
Geschäften zu Rath gezogen wergen; was
müssen wir nicht von unserm Benedikt Joseph
sagen, welcher sein Leben hindurch nichts anders that, als mit dem höchsten Monarchen der
Welt des vertraulichsten Umganges pflegen?

Vierzehntes Hauptstück.

Von seiner zärtlichen Andacht gegen unsern Heiland Jesus Christus.

Der Mittler zwischen Gott und den Menschen ist unser Herr Jesus Christus, der
die Wahrheit, der Weg, und das Leben
ist, (a) durch den unser Gebeth zum himmlischen Vater aufsteigt, und alle Gnaden zu uns
herab kommen, Benedikt Joseph war seit seinen ersten Jahren von dieser Wahrheit vollkommen überzeugt, trug die zärteste Andacht
gegen ihn, und betrachtete stets seine Beyspiele
und Grundsätze; vornehmlich ward er von seinem bittern Leiden innerst gerührt, das allezeit
der Gegenstand seiner gefühlvollesten Betrachtungen blieb.

Von

(a) Joh. 14/6.

Von diesem lebhaftesten Mitleiden gegen
seinen schmerzhaften Jesum aufgemuntert ertrug
er gelassen alle Widerwärtigkeit, und jede
Trübseligkeit schien ihm in Vergleich dessen,
was ein Heiland gelitten hatte, klein zu seyn.
Die Liebe, welche sich durch die Betrachtung
der göttlichen Leiden in ihm entzündet hatte,
war so groß, daß sie auch äußerlich in feurige
Seufzer hervorbrach, und oft, wenn er allein
zu seyn glaubte, rief er auf: O Herr! gieb
mir, gieb doch mir dieses dein Kreuz. Er
begnügte sich mit den Betrachtungen nicht, die
er über das Leben, Leiden, und den Tod Jesu aller Orten anstellete; sondern er verfügte sich
gerne auf jene heilige Stätten, wo ein merk-
würdigers Andenken davon aufbehalten wird.
Deswegen sah man ihn so oft in der Kirche
Mariä der Größern, bey der Krippe genannt,
weil man dort die Wiege und das Heu auf-
bewahret, worauf Jesus als ein Kind gelegen
ist. Hier erwog er bey sich, was Jesus in
diesem Heu, und in dieser Krippe gelitten hatte, als er zur Welt gebohren wurde. In eben
der Absicht gieng er auch alle Woche öfter zur
heiligen Stiege, und zwar um weniger bemerkt
zu werden, zu einer einsamen Stunde, wo er
dann auf den Knien die Stuffen hinan kroch,
und die schmerzhafte Schritte Jesu, und allen
den Muthwillen seiner Feinde betrachtete, als
er vor den ungerechten Richter geführt wurde,

um

um zum Kreuztode verdammt zu werden, zu
welcher andächtigen Uebung er gemeiniglich eine
Stunde verwendete, und wenn er damit zu
Ende war, so war seine Liebe noch nicht befriediget; er warf sich auf ein Neues nieder, und
bethete in der nächsten Kapelle den Kreuzweg
ab.

Eben so fleißig erschien er auch in der Kirche der heiligen Praxedis, wo man die Säule
verehret, an die Jesus Christus in der Geiß-
lung gebunden ward. Er warf sich vor selbe
hin, und betrachtete lange Zeit den Schmerz
der Geisseln, welche seinen unschuldigen Leib so
grausam zerrissen hatten. Von diesem Gedanken ward er so bewegt, daß er außer sich wie
tod, und dem Scheine nach ohne Gefühl da
kniete, wie eine glaubwürdige Person bemerket hat, welche, um mehrere Sicherheit hierüber einzuholen, sich näherte, und ihn genau
beobachtete.

Seine Andacht gegen Jesum im Altarsfa-
kramente läßt sich schwer ausdrücken. Diese
erwarb ihm den Namen des Armen vom vierzigstündigen Gebeth, den ihm seine Bekannte gaben, weil sie ihn stets in den Kirchen fa-
hen, wo das heiligste Sakrament zur öffentlichen Anbethung ausgesetzet wurde. Keine
Entlegenheit des Ortes, keine Platzregen, weder die heftigste Kälte, noch die unmäßigste
Hitze

Hitze konnte ihn hindern, daß er nicht mit schlecht bedecktem Haupte, in schlechtem Kleide, und wider den Ungemach der Witterung schlecht an Füßen verwahrt dorthin eilte.

Ganze Täge brachte er kniend vorm Altar zu, und aus dem, was man äußerlich sah, konnte man wohl auf das innerliche Feuer schließen, wovon sein Herz brann, und man beobachtete, daß er bald wie eine Statue von Marmor ganz starr und unbeweglich da lag, bald tiefe, schwere Seufzer hohlte, und bey schmachtendem Auge im Angesichte wie ein himmlischer Seraph brann. Hier blieb er, bis man bey spathem Abend dem Volke das Zeichen sich zu entfernen gab, um die Kirche zu schließen, und wenn man sie die Nacht über offen ließ, hielt er darinn bis den andern Morgen aus, wie er es in der Kirche der heiligen Dreyfaltigkeit von den Pilgrimmen zu thun gewohnt war, wo jeden ersten Sonntag im Monate das vierzigstündige Gebeth gehalten, und die Kirche zur Nachtzeit nicht geschlossen wird.

Hievon versichert mich der Herr Anton Panelli, der ihn spath in der Nacht, bis zum andern Morgen, dort sah; und erinneret sich im Lenzmonate vor seinem Tode beobachtet zu haben. Als ich besagten Zeugen umständlich aus-

ausfragte, wie er dieſes mit ſo vieler Sicherheit behaupten könnte, geſtund er noch überdem, daß einſt Benedikt Joſeph zu Nachts
nahe bey ihm, ohne daß er es bemerkt hätte,
geſtanden ſey, als ſich dieſer ein bischen reg-
te, habe er ſich erschrocken umgewandt, zu-
ſehen, wo dieſe Bewegung herkäme, und dann
hätte er den Diener Gottes wahrgenommen,
welcher zwiſchen den Saulen bey dem Gitter
des Hochaltars geſtanden ſey.

Es iſt merkwürdig, daß einerſeits mehrere
Zeugen beſtättigen, daß ſie ihn in der Kirche
des heiligen Lorenz außer den Mauren richtig
alle Wochen zweymal, an dem Mittwoche,
und am Freytage geſehen haben, wie er im
Chore, wo er den Kreuzweg beſuchet, ſeiner
Gewohnheit nach an ein abgeſondertes Orte
hin kniete, und dieſes zwar bald nach Aufſchlieſ-
ſung der Pforten, welches um Mitternacht geſchieht. Andererſeits weis man gewiß, daß er
die ganze Zeit über, wo er in der Armenherberge übernachtete, alle Abende beym Aveläuten,
ehe früher dann ſpäter, nach Hauſe kam, zu
Nachts aber, oder vor Tags nie wieder weg
gieng. Ob dieſes durch eine Art von Wunder,
das man Replikatio, oder das Daſeyn des
Körpers an verſchiedenen Orten zu der nämlichen Zeit nennet, geſchehen ſey, wie wir von
dem heiligen Felix von Cantalice leſen, der zu
gleich-

gleicher Zeit in der Kirche Meſſe gehört, und
auf dem Felde gepflüget haben ſoll, will ich
andern zu entſcheiden überlaſſen. (b).

Dieſe ſeine zärtliche Andacht gegen Jeſum
im Altarsſakramente trieb ihn an, allen den
Meſſen beyzuwohnen, die er Vormittags jedesmal hören konnte, benneben diente er von Klei-
nem an den Prieſtern ungemein gerne zur Meſſe, und er fuhr in dieſer heiligen Uebung mehrere Jahre fort, wie der Herr Abt Santucci,
und der Herr Kurat Pagetti bezeugen, derer
der Letztere in ſeiner Ausſage ſchreibt: Als ich
des andern Tages wieder in beſagte Kirche,
die heilige Meſſe zu leſen kam, fand ich
den Diener Gottes darinn. Er folgte mir
in die Sakriſtey, und äußerte ſeine Begierde, das heilige Abendmahl zu empfangen.
Ich ſöhnte ihn mit Gott aus, oder beſſer
zu reden, ich hörte ihn an, machte das
heilige Kreuzzeichen über ihn, und ſchickte
ihn in die Kirche, um ſich zur Kommunion
zu bereiten. Während ich die Meßkleider
anzog, kam er in die Sakriſtey zurücke,
und ſagte mir, ob ich ihm nicht erlauben
möchte, mir beym Altare zu dienen, und
als ichs geſtattete, that er es mit großer
Ana

(b) Aliquándo glebas in agro vertere, ſimulque
ſacris in templo adeſſe viſus eſt. *Lect. Brev.*
Rom. ad diem 21. May.

Andacht, so daß einige, die zugegen wa
ren, mir beym Austritte zur Kirche, glück
wünschten, daß ich einen heiligen zum Meß
diener und Kommunicanten gehabt hätte.
Doch drang er sich den Priestern die folgende
Jahre zu diesem Dienste nicht mehr auf, weil
es ihm wider den Wohlstand zu laufen schien,
in einer so lumpig - und schmutzigen Kleidung
beym Altare zu erscheinen.

Doch zeichnete sich sein Eifer gegen den sa
kramentalischen Heiland vorzüglich dadurch aus,
daß er sich recht oft dem Tische des Herrn nä
herte. Er bereitete sich dazu durch die mög
lichste Gewissensreinigkeit, und schickte lange
Betrachtungen über die Liebe Christi Jesu vor
aus, womit er dieses anbethungswürdige Ge
heimniß eingesetzt, und sich selbst uns darinn
zur Speise gegeben hat. Wann er aber die
heilige Hostie auf seine Zunge nahm, da zer
floß er in Thränen der Zärtlichkeit, und An
dacht, und sein Antlitz glühete, wie das An
gesicht eines Seraphs: und war Jesus einmal
in seinem Herzen, da mag sich ein jeder selbst
vorstellen, wie eifrig die Regungen Benedikts,
und wie häufig die Gnadenschätze werden gewe
sen seyn, womit Jesus seine Seele bereicherte.
Seine Danksagung daurete lang, und mehr
dann einen Tag fuhr er fort, die Liebe des
Heilandes in diesem Geheimnisse, und die
Größe

Größe der empfangenen Gutthat bey sich zu erwegen. Er bediente sich zur Vorbereitung und Danksagung bey der Kummunion jener andächtigen Betrachtungen welche in den Werken des P Ludwig von Granata stehen, die er zu dieser Absicht allezeit bey sich trug.

Endlich kann man mit keinem größern und rühmlichern Beweise seiner zärtlichsten Andacht gegen Jesum im Liebsgeheimnisse aufkommen, als jenes schon so berufene Gesicht ist, daß wir oben berühret haben, und an seinem Orte noch umstädlicher erzählen werden, worinn ihm Gott die künftigen Unerentbiethigkeiten einiger unandächtigen Christen zeugte, welcher Anblick den Diener Gottes zum neuen Kreuze ward, um seine Liebe immer mehr zu verfeinern; und er konnte mit der Braut in den hohen Liedern sagen: *Mein Geliebter ist mir ein Myrrenbüschlein; er wird sich zwischen meinen Brüsten aufhalten: (c) und es verdiente diese Seele die Stimme ihres Geliebten zu hören: Sieh, du bist schon meine Freundinn, sieh du bist schön: deine Augen sind wie Taubenaugen: (d)* und von dem Munde Gottes selbst die Verheißung jener Ehrenbezeugungen zu vernehmen, womit er nach seinem Tode, auf eine außerordentliche Weise, vor andern unterschieden wurde.

(c) Lied. 1, 12.   (d) Lied. 1, 14.

Leben Labre.

Fünf-

T

Fünfzehntes Hauptstück.

Von seiner zärtlichen Andacht gegen die Mutter Gottes, und andere Heilige.

Die größten Diener Gottes haben sich jederzeit in der Andacht und Liebe gegen diese Mutter ausgezeichnet, die uns von Jesu ihrem sterbenden Sohne von seinem Kreuze aus ist angewiesen worden. Man darf nur die Reden der Väter lesen, um sich zu überzeugen, wie eifrig sie sich beflissen, die Liebe gegen die göttliche Mutter unter den Gläubigen zu verbreiten, der sie das prächtigste Lob sprechen; oder die Leben der Heiligen durchblättern, und man wird sehen, wie sie sich alle in dieser Andacht hervorgethan haben; weswegen die Gottesgelehrten die Andacht gegen Maria mit Recht unter die Zeichen unserer Gnadenwahl setzen.

Nun wie hoch diese zärtliche und kindliche Andacht gegen die seligste Jungfrau bey unserm Benedikt Joseph gestiegen sey, ist hart zu sagen. Ich begnüge mich hier einige Beweise herzusetzen, um meinen Lesern nur eine oberflächige Schilderung davon zu entwerfen. Er hatte sie von seiner Kindheit an sich zur Mutter gewählet, und wollte ihr die zärtlichsten, kindlichen

Triebe,

Triebe, und die andächtigste Verehrung. Aber
seitdem er, um der Stimme seines Geliebten zu folgen, seinetwegen das väterliche Haus
verlaſſen, und ſeiner Mutter nach dem Flei-
ſche ein ewiges Lebewohl geſagt hatte, wied-
mete er dieſer göttlichen Mutter auf eine beſondere Weiſe ſeine Liebe, und deßwegen trug
er von dieſer Zeit an immer an ſeinem Halſe
den heiligen Roſenkranz, um ſich durch dieſes
Zeichen öffentlich als einen Sohn Mariä zu
bekennen.   Vielleicht wird die Welt dieſen
Gebrauch, als eine Art von Heuchelen mis-
billigen. Aber ich, dem ſein Innerſtes vollkommen gut bekannt war, habe dieſe Aeußerung ſeiner Liebe gegen die Mutter Gottes reif
geprüfet, und ich konnte ſie nicht verwerfen.

Nebſt dem heiligen Roſenkranz bethete er
auch ihre Tagzeiten, und andere andächtige
Gebether, und verlegte ſich mit allem Fleiße
auf ihre Verehrung. Man dorfte ihn nur
vor ihren Altären knien ſehen, um auf ſeine
innerlichen Ausbrüche der Zärtlichkeit gegen
ſelbe zu ſchließen. Bey dem ſchmachtenden
Feuer ſeiner Augen, die er von Zeit zu Zeit
halb öffnete, konnte man die Empfindungen
ſeines Geiſtes leſen, wie ich ſelbſt mit meiner
großen Erbauung bemerket habe, und einer
Menge Zeugen bekannt iſt, die ihn ſo oft in
den Kirchen der ſeligſten Jungfrau, und vor-
nehm-

nehmlich in denen gesehen haben, wo ihre berühmtesten Bildnissen verehret werden: doch
scheinen jene der heiligen Maria der Größern,
und der Mutter Gottes von den Bergen, seine Lieblingskirchen gewesen zu seyn. Pünktlich fand er sich jedesmal bey der Pforte dieser letztern Kirche ein, die man frühe Morgens bey guter Zeit zu öffnen pflegt, und warf
sich nach seinem Eintritte vor dem Bilde nieder, welches auf dem Hochaltare verehret
wird, und in der Geschichte so berufen ist. (a)
Die Väter dieser Kirche bezeugen, daß sie
ihn

(a) Die Kirche der heiligen Maria von den Bergen hat ihren Namen nicht allein daher, weil
sie in der Bergstraße liegt, sondern auch weil
sie auf der Ebene zwischen den Bergen, dem
Viminal, und Exquilin steht. Die Bildniß
der seligsten Jungfrau, die ehedessen an die
Mauer gemalt war, fieng den 14 des Ostermonates 1579 mit einem male an, durch so
viele Wunder und Gutthaten berühmt zu werden, daß man aus dem reichlich gesammel-
ten Almosen diese Kirche aufführte, auf dessen Hauptaltare man itzt die von der Mauer
abgenommene Bildniß verehret. Sie wurde
anfänglich den Weltpriestern übergeben, bis
nachher Klemens XI glorreichen Andenkens,
sie den Vätern des Institutes, der frommen
Operarien genannt, überlassen hat, welche sie
noch itzt mit vielem äußerlichen Anstande, und
großem Eifer bey beständigem Zulaufe der
Gläubigen, und zu großem Nutzen der Seelen verwalten.

ihn acht Jahre über sehr oft und eine lange
Zeit alle Tag unbeweglich im Gebethe, und
zwar vier Jahre auf der einen Seite, wo
gegenwärtig sein Grab steht, und die vier
übrigen auf der andern Seite des Hauptalta-
res gesehen haben.

Aber mit einem stärkern Beweise dieser
seiner kindlichen Andacht gegen die göttliche
Mutter wird man nicht aufkommen, als seine
lange, viele und mühsame Reisen sind, die
er ihr zu lieb unternommen hat. Ich verweise
meine Leser auf das genaue Verzeichniß aller
seiner gemachten Reisen, das ich im ersten
Theile geliefert habe, und sie werden auf den
ersten Blick schließen, diese Andacht sey bey
unserm Diener Gottes in Wahrheit ganz
ausnehmend gewesen.

Dieser seiner so ausgezeichneten Andacht
gegen die Königinn der Heiligen gab er dieses letzte Jahr seines Lebens einen neuen
Schwung, als ich den ersten Jänners in einer Missionpredigt, die ich in der Kirche der
französischen Nation bey dem heiligen Ludwig
hielt, den Vorschlag that, der großen Jungfrau ein ganzes Jahr unseres Lebens zu wiedmen, wozu wir eben das wählen könnten so
wir heute anfiengen, und das vielleicht das
letzte unseres Lebens seyn würde. Ich pries

T 3   die

die Vortheile einer solchen Uebung an, und
zeigte die Weise, wobey ich mich großentheils
an ein Werkchen helt, das marianische Jahr
betitelt. Ein jeder mag sich leicht vorstellen,
was ein Vorschlag von dieser Art auf das
Herz Benedikt Josephs, der mir bey der Kan-
zelstiege zugehört hatte, für einen Eindruck
werde gemacht haben: denn er wohnte den
Predigten immer in der Absicht bey, das ins
Werk zu setzen, was man ihm sagen würde.
Und in der That faßte er von diesem Augenblick an den Entschluß, der Mutter Gottes
alle Augenblicke dieses Jahres zu wiedmen,
und er befließ sich, ihre Verehrung immer
höher zu treiben bis auf das Schmerzenfest,
an welchem Tage ich das letztemal mit ihm
gesprochen habe. Die Belohnung seines Eifers, wie wir hoffen, wird gewesen seyn,
daß er noch selbiges Jahr hingieng, in der
glückseligen Ewigkeit zugleich mit der Mutter
die gebenedeyte Frucht ihres Schooßes zu genießen; und so fand er jene Verheißungen
wahr, welche die Kirche auf sie anwendet:
Die mich erklären, werden das ewige Leben haben. (*b*)

Endlich dürfen wir von der Andacht nicht
gänzlich schweigen, welche der Diener Gottes
gegen andere Heilige trug, die er als seine
vor-

(*b*) Eccli 24, 31.

vorzügliche Beschützer verehrte. Auch dieses
erhellet aus der Verzeichniß seiner Andachtsreisen, woraus man ersieht, wie er immerdar in Bewegung war, auf den zu ihrer Ehre
gewiedmeten Stätten ihre kostbaren Denkmäler zu verehren.

━━━━━━━━━━━━━━━━━━━━

Sechzehntes Hauptstück.

Von andern seinen übernatürlichen
von Gott ihm mitgetheilten Gaben.

Durch den beständigen Umgang mit Gott,
und die innerste Vereinigung mit ihm
gelung es unserm Joseph Benedikt jene Erleuchtungen und Gnaden zu empfangen, mit
denen der Herr nur gewiße, sonders liebe Seelen begünstiget. Es scheint, es lasse sich nicht
läugnen, daß die Seele von unserm Diener
des Herrn eine aus dieser Zahl gewesen sey,
welcher Gott seine Gnaden mitgetheilet hat,
die von dem heiligen Apostel Paulus in seinem ersten Sendschreiben an die Korinther
angeführt, und von den Gottesgelehrten —
Gratiæ gratis datæ — genannt werden, als
die Gnade der wunderbaren Gesundmachung,
T 4   der

der Geist der Weissagung, und die Erkenntniß
der Herzen.

Diese können nach ihrer Meynung von
Gott auch Seelen mitgetheilet werden, wel=
che sich außer dem Stande der Gnade befin=
den, obschon solches insgemein nicht geschieht,
weil es mit diesen Gnaden meistentheils auf
den Vortheil anderer angesehen ist : weßwe=
gen sie auch kein unfehlbares Anzeigen von der
Heiligkeit jener Person sind, welche sie em=
pfängt. (a) Doch gründen sie eine starke
Vermuthung, weil Gott ordentlicher Weise
nur ihm liebe Seelen damit begünstiget. (b)

Daß Benedikt Joseph mit diesen Gnaden
reichlich geschmückt gewesen sey, scheint aus
verschiedenen Thatsachen klar, welche von mir
in dieser Lebensgeschichte sind angeführet wor=
den,

(a) Quamquam miracula & divina charismata
    sanctitatem non faciant, eam tamen ali-
    quando ostendunt. S. Greg. hom. 29. Non
    fiunt miracula, nisi a sanctis, ad quorum
    sanctitatem demonstrandam miracula fiunt,
    aut in vita eorum, vel etiam post mor-
    tem. S. Th. 1. 2. q. 178. a 2.

(b) Dei amici tanquam perfectiores, sicuti
    uberiori replentur gratia, ita potioribus
    ornati sunt donis. S. Laur. Just. de cast.
    Conn. c. 17.

den, und die erweiſen, daß er mit der Gabe
des Verſtandes, mit der Weisheit im Reden,
mit der Gabe der Wiſſenſchaft ausgerüſtet geweſen ſey, durch die er zu gelegener Zeit,
und an ſeinem Orte dem Nächſten wunderbare
Vortheile brachte. Ich will mich itzt auf einige andere einſchränken, augenblickliche Gene-
ſingen, welche der Sage nach auf ſeine Fürbitte, da er noch lebte, erfolgt ſeyn ſollen,
bey Seite laſſen, und etwelche Ereigniſſen
beybringen, aus denen man, wie es ſcheinet,
ſchließen kann, daß er mit der Erkanntniß ver-
borgener, und fremder Dinge, oder mit dem
Geiſte der Weiſſagung begabt geweſen ſey. Ich
weiſe darunter den erſten Platz denen an,
welche man in den, zu Loreto auf Befehl des
Biſchofes gerichtlich aufgenommenen Ausſa-
gen, lieſt, die ich, ohne ein Wort zu ändern,
ausſchreibe.

Als Herr Valeri mit Benedikt Joſeph
Bekanntſchaft machte, war er nur noch
ein Kleriker; aber er trachtete nach dem
Prieſterthume. Doch weil er aus der Erfahrung wußte, welche Widerſprüche ſein
Bruder in dieſem Stücke erfahren hatte,
ſo vermuthete er mit Grunde in Anſehung ſeiner eine gleiche Behandlung. Er
ſagte dann eines Tages zum Diener Gottes: „Ich empfehle mich in euer Gebeth;

T 5

berb; denn weil die Zeit nabe iſt, wo ich
die heiligen Weihen empfangen ſoll, ſo
bedürfte ich des göttlichen Beyſtandes, damit er die Hinderniſſen wegräume, welche mir jene machen könnten, die auf meine Familie übel zu ſprechen ſind. „ Hierauf erbub Benedikt ſeine Augen gen Himmel, und antwortete im heiligen Ernſte!
„ Er wird alles gut geben. „ Und Herr
Valeri wurde in der That beforderet, und
es gieng in dieſem Stücke alles nach ſeinem Wunſche.

Dem Herrn Verdelli, der gleicherma-
ßen ſeit langer Zeit den Beruf fühlet,
Prieſter zu werden, aber aus Abgang eines Titels, indem er keine Güter hat,
nicht geweiht werden kann, kam der Gedanke, in ein Kloſter zu geben, und für
den Orden des heiligen Franziſkus von
der Obſervanz in dem Konvent — *Il Ritiro
in Oſimo* genannt — ſich einkleiden zu laſſen. Er hatte auch von gottſeligen Perſonen ſchon das Almoſen geſammelt, um
ſich das Nothige anzuſchaffen. Das
Tuch für die Kutte, die Leinwand für
die Mutanden, und anderes lag ſchon
bereit; der Tag der Einkleidung war feſt-
geſetzt, und die gewöhnlichen Prüfungen
glücklich abgeloffen. Indeſſen kam Benedikt,

dikt, und Verdelli erzählte ihm als eine
Neuigkeit, daß er in Kurzem ein Franzis-
kanermönch seyn werde. Benedikt heftete
einen starken Blick auf seine Person, und
schüttelte das Haupt. — Warum nicht?
sagte Verdelli; und Benedikt lächelte. —
In der That nach wenig Tagen erhoben
sich von Seite seiner Befreundten so viele
und so große Widersprüche; daß Verdelli wohl sah, er werde sein gefaßtes
Vorhaben nicht mehr durchsetzen können,
das er dann auch aufgab. Da Benedikt
das nächste Jahr zurück kam, und ihn
noch als Lampenkleriker in seinem alten
Amte fand, war er der erste, so ihm sagte: Nu, und wie steht es mit dem Kloster? — Worauf Verdelli erwiederte:
Es kamen mir so viele Schwierigkeiten
in die Quere, daß ich noch immer hier
bin. Und Benedikt schloß: Gott will
euch noch länger hier haben.

Im Jahre 1782 hielt sich Benedikt
nach seiner Gewohnheit zehn oder vierzehn Tage in Loreto auf. Verdelli, welcher wußte, daß er bald wieder nacher
Rom kehren würde, wünschte ihm eine
glückliche Reise, und trug ihm einige
geistliche Geschenke an, als Theilchen von
der Mauer des heiligen Hauses, geweih-
ten

ten Schleyer, Tropfwachs von den Ker,
zen, die vor der Statue der seligsten Jung,
frau gebrannt hatten, und als er sagte:
Nun auf wiedersehen; antwortete Bene,
dikt: Ich glaube nicht. — Wie! kommet
ihr folgendes Jahr nicht? Werden wir
einander nicht wieder sehen? erwiederte
Verdelli. Wenn Gott will, im Himmel,
sprach Benedikt, und gieng davon. Ver,
delli wähnte nicht, daß diese Rede Be,
nedikts eine Vorsagung seines Todes seyn
solle, um so weniger, weil bey Annähe,
rung der heiligen Woche die Eheleute
Sora ihm sagten, daß sie gewöhnlicher
Weise das Bett und die Kammer für
Benedikt Joseph schon bereit hielten; weß,
wegen er bey sich selbst sprach: Benedikt
hat doch gesagt, er werde dieses Jahr
nicht kommen; er muß seine Entschließung
geändert haben.

Morgens am heiligen Charsamstage
kam mit der gewöhnlichen Post die Nach,
richt von seinem Hinscheiden zum bessern
Leben: und weil ein Kind diesen Tod an,
gekündet hatte, wie wir anderswo erzählen
werden, so zweifelte man nicht, daß es eine
offenbare Vorsagung gewesen sey.

Weil es übrigens scheinet, daß zur Kund,
machung der Tugend Benedikt Josephs, zu
wel,

welcher Abſicht, dem Gedunken nach dieſe
Begebenheiten von der göttlichen Vorſehung
ſind angerichtet worden, auch eine Thatſache
das ihre beytragen könnte, welche viel ähnli-
ches mit jener hat, die der heilige Philipp
Neri an dem heiligen Ignaz von Lojcla beobachtet hat, ſo will ich ſie hier beyzuſetzen
nicht ermangeln. Es hat ſich ſolches mit ihm
nach der Ausſage mehrerer Perſonen, unter
derer Augen es geſchehen iſt, zugetragen. Eine derſelben, ein ehrwürdiger Zeuge, theils
wegen ſeines prieſterlichen Charakters, theils
anderer Urſachen halber, hat mir die Sache
auf dem nämlichen Platze erzählt, wo er ſie
mit aller Aufmerkſamkeit beobachtet hat. Eines Tags im Zornung 1783, als ich in
der äußern Halle der Kirche der heiligen
Apoſtel mit dem ausgebreiteten Regen-
ſchirme, aus Gelegenheit eines Regens,
kam, ſah ich nahe bey der mitteren
Pforte beſagter Kirche Benedikt Joſeph,
wie er von Haupt bis auf die Füße ganz
von einem lebhaften Licht funkelte, und
der Glanz gleich der Flamme eines in
Weingeiſt getauchten, und angezündeten
Werkes. Ich ward auf dieſen Anblick
äußerſt betroffen, und hielt ein Ave Maria lang ſtill, um alles genau zu betrachten, während ich bey mir ſelbſt ſagte:
Welche ungewöhnliche und ſeltſame Er-

ſchei-

scheinung ist nicht das? so fiel mir ein,
wie ich meinen Regenschirm noch erhoben
hielte, und zweifelte, ob nicht etwa das
von ihm zurückprällende Licht die Ursache seyn könnte: ich zog ihn dann ein,
und untersuchte die Sache mit noch mehr
Aufmerksamkeit auf ein neues. Aber ich
entdeckte, daß dieser Schimmer keine Wirkung meines Regenschirms gewesen sey:
denn Joseph funkelte in dem Kreise seines Lichtes, wie zuvor, welches aber, nach
meiner Bemerkung aus seinem Haupte
heller und häufiger hervorströmte.

Itzt komm ich auf das, was ich auf mein
eigenes Wissen und Gewissen bezeugen kann,
worüber ich das Urtheil dem andächtig - und
bescheidenen Leser überlasse. Da ich seit der
Zeit, wo mir Benedikt die Angelegenheiten
seiner Seele vertrauet hatte, eine ganz besondere Schätzung von ihm hegte, so kam mir
zu Sinn, ihm mit einem gewißen Erbauungs-
buche ein Geschenk zu machen, so den Titel
führte: Anleitung des Büßers, der zum
Richterstuhl der Buße, und zum Tische
des Herrn geht, das ich vor einigen Jahren hatte drucken laßen. Aber in Bedenken,
daß dieses Buch der Lage seines Geistes nicht
angemeßen sey, indem es eher für Anfänger,
als für Leute seines Gleichen abgefaßet ist,

hielt

hielt mich diese Schwierigkeit ab, meinem
ersten Gedanken zu folgen, und deßwegen entschloß ich mich, es ihm nicht zu geben. Nun
geschah, daß, als er einige Tage nachher zu
mir kam, er mir genau sagen konnte sowohl
den ersten Gedanken, den ich gehabt
hätte, ihm ein gewißes Erbauungsbuch
zu geben, und den zweyten, oder meine
letztere Entschließung, es nicht zu thun.
Auf diese unerwartete Entdeckung; wo ich
klar sah, man habe in meinem Herzen so
richtig gelesen — denn ich hatte meine innerliche Gedanken nicht durch das mindeste äußerliche Zeichen verrathen, und folglich waren
sie Gott allein bekannt — ward ich, die Wahrheit zu gestehen äußerst betroffen, und es glüh-
te mir mein Angesicht vor Schamröthe. Doch
stellte ich mich an, wie ich thun zu müßen
glaubte, als ob ich die ganze Sache nicht
recht begriffen hätte.

Nachher, weil die Schätzung und Liebe zu
diesem Armen immer in mir wuchs, und ich
ihn so dürftig, so von allem Eigennutze entfernet
sah, so daß er wieder den nur gar zu gemeinen Gebrauch anderer Bettler, nie das Geringste von mir begehrte, so fiel mir ein, daß
ich, ob es schon eben nicht wohl gethan wäre,
im Beichtstuhle Almosen auszutheilen, doch
in Ansehung der Tugend, der Sittsamkeit,

und

und der alleinigen Absicht Benedikt Josephs
seine Seele heiliger zu machen, ohne Gefahr
von dieser Regel abweichen, und ihm eine
kleine zeitliche Hülfe reichen dürfte. Ich war
beynahe entschlossen, diesen meinen Entwurf
auszuführen: aber ich dachte bey mir, obschon itzt keine Gefahr des Eigennutzes wäre,
so konnte ich doch nicht wissen, wie es künftig gehen möchte, und folglich würde es besser seyn, bey der gemeinen Regel zu bleiben,
und also änderte ich mein Vorhaben. Es
geschah dann wieder, daß, da der Diener
Gottes nach einigen Tagen zu mir kam, er
gleich anfänglich diese meine ganze Berath-
schlagung hersagte nämlich, daß ich schon gesinnt gewesen wäre, ihm ein Almosen zu geben, aber nachher meinen Entschluß wieder
geändert hätte. Auch dieses wie das vorige-
mal fiel mir die Sache ganz besonders auf,
weil ich auch von diesem meinem Gedanken
und Entschluße nicht das mindeste Zeichen gegeben, sondern wie das erstemal alles bey mir
behalten hatte, so daß es Gott, dem Forscher
der Herzen allein bekannt war. Doch ließ
ich auch diesesmal mich gar nichts merken,
sondern antwortete behend, daß ich hier sitze,
Almosen für die Seele, nicht aber für den
Leib auszutheilen, indem es sich nicht gezieme,
daß ein geistlicher Vater in diesen Umständen
Zeitliches ausspende. Er zog auf diese Antwort,

wort, wie erſchrocken ſein Haupt zurück, neigte ſich nachher wieder vorwärts, und vielleicht aus
Furcht, ich möchte glauben, er habe dieſe Wörte
in der Abſicht geſagt, um etwas von mir zu erhalten, und ich werde mich, ungeacht meiner
gemachten Aeußerung, doch nach und nach bewegen laſſen, erwiederte er: Nein, mein
Pater, ich danke Ihnen, geben Sie mir
nichts, ich will nichts, ich würde auch nie
etwas annehmen.

Was bisher geſagt worden iſt, mag hinreichen, uns zu überzeugen, daß Gott ſeinem
Diener Benedikt Joſeph die Kenntniß der
Herzen ertheilet habe. Doch kann ich nicht
umhin, eine ſeiner Vorſagungen künftiger
Dinge kurz zu berühren, welche mir der Diener Gottes zu Ende des Aerntemonates 1782,
beyläufig acht Monate vor ſeinem koſtbaren
Hinſcheiden vertrauet hat. Er kam dann zu
mir, voll des heiligen Schauders, äußerſt be-
ſchämt, und wider ſeine Gewohnheit ganz trau-
rig und niedergeſchlagen, und ſagte mir mit
einer unbeſchreiblichen Widerſetzlichkeit, daß er
geſehen habe, wie nach ſeinem Tode eine unermeſſene Menge Volks ſeinen Leichnam, und
ſein Grab umgeben, und ihn in die Wette verehren werden; daß man ihm ganz außerordentliche Ehren erwieſen, ja daß nach weggetra-
genem heiligſten Sakramente ſich unzählige

Leben Labre. U Men-

Menſchen zudringen, und rings um ihn anhäu=
ſen, endlich daß nahe bey ſeinem Grabe Ent=
heiligungen geſchehen werden; und hier beſtimm=
te er auf das genaueſte, von welcher Art ſie
ſeyn würden, die ich hier nicht nennen darf,
wie dann auch andere erhebliche Umſtände aus
billigen Gründen mit Stillſchweigen umgehe.

Bey der unendlichen Schätzung, und tief=
ſten Ehrfurcht, die der Diener Gottes gegen
das allerheiligſte Altarsſakrament trug, und
jenem niedrigen Begriffe, den er von ſich ſelbſt
hegte, ward ſein Herze auf das lebhafteſte,
vornehmlich aus Urſache der beſagten Entheili=
gungen zerriſſen, welche aus dieſer Gelegenheit
bey dem Gedränge des Volkes ſich zutragen
ſollten. Ich kannte ſeine Tugend, ich wußte
um ſein unermüdetes Beſtreben nach der Voll=
kommenheit, da er alſo mit mir von den Eh=
renbezeugungen redete, die ſeiner nach dem To=
de warteten, ſo dachte ich ſelbſt, Gott werde
ihn nach ſeinem Hinſcheiden durch wunder=
bare Vorfälle der Welt offenbaren. Doch
ſuchte ich ihn ſo gut ich konnte, von ſeiner
Furcht zu ermuntern, und ſagte ihm, was
mir in dieſen Umſtänden die Klugheit eingab.
Auf meine Worte neigte er ſeiner Gewohnheit
nach ehrerbietig das Haupt, und zeigte ſich
ruhig und zufrieden.

Wel=

Welchen Ausgang dieses sein Gesicht, und diese Vorsagung gehabt haben, weis ganz Rom, und sie ist nach allen ihren Theilen vollkommen in die Erfüllung gegangen. Denn der Zulauf des andringenden Volkes, um seinen Leib und sein Grab zu verehren war unbeschreiblich, und deswegen trug man nicht allein, wider mein Gutachten, welches man einholte, das allerheiligste Altarssakrament in eine Hauskapelle des Collegiums; sondern man verschob auch, abermal wider meine Meynung, um die man mich in Gegenwart vieler Personen befragte, das vierzigstündige Gebeth, welches den 25 des Ostermonates nach der gedruckten Anzeige dort sollte abgehalten werden, und verlegte es in die Kirche des heiligen Quirikus; und endlich ward man gezwungen, mehrere Vorsicht zu gebrauchen, aus Ursache einiger vorgefallenen Entheiligungen, die eben diejenigen waren, die mir der Diener Gottes in seiner Erzählung so umständlich beschrieben hatte, wegen derer mich auch eine Person versicherte, die selbst schuldig war, die aber ihren Fehltritt schmerzlich bereute, ein keusches und eifriges Leben ergriff, und nach abgelegter aufrichtiger Beicht, aus Dankbarkeit gegen den Diener Gottes, dessen Fürbitte sie ihre Bekehrung zuschreibt, von mir inständig begehrte, ich sollte ihren Namen öffentlich kund machen, das ich doch aus erheblichen Rücksichten nie thun wollte.

U 2 Aber

Aber alles das, was die Erfüllung der von dem
Diener Gottes vorgesagten Dinge betrifft,
wird sich klärer aufhellen, wenn wir von dem
handeln werden, was sich nach seinem Tode
zugetragen hat.

Siebenzehntes Hauptstück.
Von dem Rufe der Heiligkeit in sei-
nem Leben.

Weil unter den besondern Gaben, womit
Gott seine Diener in diesem Leben zu
ehren pflegt, von den Geistlehrern auch der Ruf
der Heiligkeit gezählet wird; (*a*) indem er gemeiniglich für eine Stimme Gottes, und für
einen von der ewigen Wahrheit verheißenen
Lohn gehalten wird: Der mich ehret, den
will ich auch ehren; (*b*) welcher Ausspruch
selbst durch die Erfahrung bewähret ist; weswegen der königliche Prophet spricht: Deine
Freunde werden über die Maßen geeh-
ret:

(*a*) Rot. Rom. in rel. cauf. S. Pii V. Part. 2. Tit.
de aliis indic. Sanct. S. Bonav. p. 1. a. 9. S.
Elisabeth. Regin. Portugall. p. 2. Tit. de
Sanct. Vit.

(*b*) 1. Reg. 2, 30.

ret: (c) um deswillen halte ich für schicklich, etwas weniges von dem Rufe der Heiligkeit beyzusetzen, worinn Benedikt noch bey Lebzeiten stund. Es scheint, dem ersten Anblicke nach, ein offenbarer Widerspruch zu seyn: Der Ruf der Heiligkeit von einem Menschen, der in der Welt ganz unbekannt lebte. Und doch, wenn wir diesen Satz zergliedern, so trifft er bey unserm Diener Gottes wunderbar ein.

Ein vortheilhaftes Urtheil, das sich jemand von einer Person gestaltet, wird eine Hochschätzung, eine gute Meynung genannt. Wird diese Person durch das nämliche Urtheil für einen Heiligen gehalten, so ist selbes die Meynung der Heiligkeit. Wenn alle, oder doch der größte, und klügeste Theil so urtheilet, so nennt man es eine allgemeine Hochschätzung, eine durchgängige Meynung der Heiligkeit. Wenn endlich diese Meynung anhält, und nicht wieder fällt, so nennet man sie standhaft. Nun dieses ist jener allgemeine und standhafte Ruf der Heiligkeit, wovon wir reden; er mag nun durch fremde Erzählungen erweckt worden, oder daher entsprungen seyn, daß man des Gegenstandes, den man für heilig hält, tugendhaftes Leben bemerkt, oder Gott diese Meynung eingeflößet hat.

U 3

Nun

(c) Psal. 138, 17.

Nun war Benedikt Joseph in vollkomme-
nem Besitze dieses vortheilhaften Rufes, so
lange er unter uns auf Erden lebte, ob die
fleischliche Welt schon auf ihn nicht achtete,
oder ihn wohl gar verachtete, wie sie es ihrem Gebrauche nach, mit allen denen macht,
die fromm in Christo leben wollen, (d) oder
der Welt nicht angehören, (e) ob er schon auf
diese Weise unter den Menschen nicht bekannt
gewesen war, oder sich selbst verborgen hielt,
und die Leute wenig von ihm redeten. Denn
dieser allgemeine Ruf unter allen denen, die
entweder mit ihm umgiengen, oder ihn mit
Aufmerksamkeit beobachteten, und welcher theils
von der Bemerkung seines tugendhaften Betragens, theils von Gott selbst kam; — wie dann
viele ihn für einen Heiligen hielten, ob sie ihn
schon nur ein einziges mal, und im Vorbeygehen gesehen hatten, — verbreitete sich nicht
durch den Weg vieles Redens, oder durch eine
merkliche Ruchbarkeit; sondern er schlich sich,
so zu reden, ganz still in die Herzen ein: und
also wuchs er immer an, so daß sehr viele diese Meynung so vest, als geheim in ihren Herzen
beybehielten; wie sich nach seinem kostbaren Tode offenbar fand, und es jetzt alle bejahen.

Daß

(d) Alle die da fromm in Christo Jesu leben wollen,
werden Verfolgung auszustehen haben. 2. Tim.
3. 12.
(e) Weil ihr nicht von der Welt seyd, darum hasset
euch die Welt. Joh. 15, 19.

Daß aber der Ruf der Heiligkeit von unſerm Diener Gottes bey aller Gattung Leute, und ſtandhaft zu allen Zeiten von dieſem Schlage geweſen ſey, iſt eine unlaugbare Sache, wenn wir dem, was bisher in dieſer Lebensgeſchichte von ihm ſeit ſeiner Kindheit vorgekommen iſt, und was ich itzt noch beyſetzen werde, nachdenken wollen.

Was Frankreich belangt, muß man ſich an die rühmlichen Zeugniſſe erinnern, (f) welche der Diener Gottes, nicht ohne göttliche Anordnung, mit ſich hieher gebracht, und ſtets bey ſich behalten hat, woraus klar erhellet, in welcher Schätzung er bey den Gemeinden von Amette, und Erin, wo er ſich aufgehalten hatte, und bey den Pfarrern dieſer Ortſchaften geſtanden ſey. Nicht geringer war die Hochachtung die man für ihn aller Orten, wo er auch nur im Vorbeyreiſen hingekommen war, gefaßt hatte, ſo viel ſich bisher hat ausforſchen laſſen. Viele, aus Andacht gegen ihn, gaben ſich alle Mühe um ſeine Freundſchaft, und bathen ihn zu ſich in ihre Häuſer. Was man von ihm zu Fabriano in den vierzehn Tagen, daß er ſich dort aufhielt, glaubte und ſagte, und wie er aus dieſem Orte weg floh, um ſich den läſtigen Zurufungen des Volkes, ſo ihn den

U 4　　　　　　Hei-

(f) Dieſe werden unter den Beylagen vorkommen.

Heiligen nannte, zu entziehen, iſt weiter oben
vorgekommen.

So haben wir auch ſchon vernommen, mit
welchen Zeichen der Hochſchätzung ihn die zwey
Klöſter von Montecchio, und Monte Lupone
empfiengen, wie auch in welcher Achtung er zu
Loreto ſtund: ich füge allein bey, ehe ich auf
das Urtheil zu reden komme, ſo Rom von ihm
fällte, daß er was beſonder Anzügliches be-
ſeſſen habe, welches die Herzen aller derer feſ-
ſelte, die auch nur einmal zufälliger Weiſe
Umgang mit ihm gepflogen hatten, ſo daß es ſie
Gewalt koſtete, ſich bey ſeinem Weggehen von
ihm loszureißen. Zum Beweiſe mag das Zeugniß des Herrn Michael Angelus Santucci dienen, dieſer erzählte mir, daß er den Diener
Gottes einige Tage bey ſich beherberget habe.
Bey ſeinem Weggehen habe er ihn eine Strecke
durch die Straſſe begleitet, und dann ſey er
von einem ſolchen Schmerzen befallen worden,
daß er in ein heftiges und lautes Weinen und
Schluchzen habe ausbrechen müſſen, und bey
ſeiner Zuhauſekunft auf ſeine Stube gegangen
ſey, um ſeinen Thränen freyen Lauf zu laſſen,
ſo daß es ihm die Seinigen verwieſen, und geſagt hätten, ob er närriſch geworden wäre.
So groß war die Schätz- und Hochachtung,
die er gegen ihn trug, und ſo ſehr war er von
ſeinen tugendhaften Eigenſchaften bezaubert
worden. Aber

Aber nirgend könnte man eine vortheilhaftere Meynung von ihm haben, dann in Rom, wo er sich auch die längste Zeit bis zu seinem Tode aufgehalten hatte. Sein Gebeth auf Art eines Entzückten, aber ohne einige Zfererey, seine immerwährende Gegenwart bey den heiligen Stätten, seine Anwesenheit fast bey allen Gottesdiensten so vieler Kirchen, seine Sittsamkeit, womit er einher gieng, seine Eingezogenheit, sein Ernst, seine Demuth, seine Ehrerbiethigkeit, wodurch er sich bey seinem, obwohl schlotterischen Anzuge auszeichnete, seine Uneigennützigkeit, da er nie kein Almosen foderte, das angebothene nicht immer annahm, und es oft wieder unter andere bey seiner eigenen Dürftigkeit austheilte, und andere schöne Eigenschaften, welche in seinem äußerlichen Betragen standhaft hervorleuchteten, mußten ihm die Achtung eines Heiligen bey allen denen erwerben, die ihn beobachteten. Doch behielten die Leute diese Meynung größten theils im Herzen: denn es fand sich so leicht keine Gelegenheit davon zu reden, weil man sie insgemein in der Kirche faßte, wo man ihn sah, und wo man auf ihn nicht, wie man sagt, mit Fingern deuten konnte; doch will ich dadurch nicht behauptet haben, als ob niemand öffentliche, und ehrenvolle Merkmale, dieser großen Schätzung und Ehrerbietigkeit an Tag gelegt hätte. Es geschah häufig, und zwar nicht nur

von

von Leuten aus dem Pöbel, sondern von be-
lebten, gelehrten, und der Geburt, und Würde nach angesehenen Personen.

Wir haben ja schon gelesen, wie ein Priester ihm die Füße geküßt habe. Mehrere Personen haben sich verschiedener Kunstgriffe bedient,
um aus dem Triebe der Andacht einige Stückchen von seinem Kleide wegzuschneiden. Ein
würdiger Priester aus der Geistlichkeit der Kirche Mariä der Größern bezeugt, daß er eines
Tages in der Gasse, die zu dem Berge Cavallo
führet, gesehen habe, wie dem Diener Gottes
mehrere Weiber folgten, worüber Benedikt
sein Mißfallen gegen ihn äußerte, und sagte:
Was wollen dann diese Weiber von mir?
Der Priester blieb stehen, und sah, daß sie
ihm verstohlner Weise aus Andacht ein Stück
von seinem Kleide wegschnitten.

Eben so erzählet ein anderer glaubwürdiger
Priester von der nämlichen Kirche, er habe auf
eben derselben Strasse gesehen, wie dem Diener Gottes, der vom Berge Cavallo kam, und
nach St. Maria der Größern gieng, eine
Weibsperson geschäftig folgte; aber da er in
die Gasse des heiligen Vital einlenkte, verlohr sie ihn aus dem Gesicht. Der Priester
fragte sie, warum sie diesem Armen so geschäftig nachgeeilt wäre? Ich hätte gern ein Stückchen

ten von seinem Kleide weggeschnitten, erwiederte sie. Ich will Kürze halber alle die Kunstgriffe weglaſſen, derer ſich ein andere anſehn-
liche Perſon zu dieſer Abſicht, obwohl ohne
Erfolg, bedienet hat.

Ein gewißer Baudirektor Rinaldi ſagte zu
ſeinen Freunden, als er unſerem Benedikt Joſeph begegnete: Wann dieſer Arme ſtirbt,
werden ſich die Glocken, wie beym Tode
des heiligen Alexius, ſelbſt läuten. Und
dieß war der Name, den ihm viele Leute gaben; und als das Gericht ſeines Todes erſcholl,
rieſen viele: Der heilige Alexius iſt geſtorben. Und wirklich, da beſagter Herr Rinaldi um die letzte Krankheit Benedikts wußte,
aber zu Hauſe blieb, und eine Stunde nach
Sonnenuntergang mit einem male, wider die
Gewohnheit, alle Glocken, auch die bey der
heiligen Maria der Größern anziehen hörte,
welches aus Urſache des Gebethes geſchah,
das der itzt glorreich regierende Papſt Pius VI
verordnet hatte, rief er, und ſeine Gemahlinn
auf: Ohne Zweifel iſt Benedikt geſtorben:
der Heilige muß geſtorben ſeyn. Dieß
trug ſich Abends den 16 des Oſtermonates zu,
ſelben Augenblick, wo der Diener Gottes ver-
ſchieden war.

Die zweyte entſcheidende Benennung, die
man dem Diener Gottes gab, hatte er ſich
durch

durch seine stete Gegenwart in jenen Kirchen
zugezogen, wo das allerheiligste Altarssakrament zur öffentlichen Anbethung ausgesetzet
war. Man nannte ihn den Armen vom vierzigstündigen Gebethe. Deßwegen, als
man in Rom unbestimmt von dem Tode eines Armen von heiligen Sitten reden hörte,
sagten, ohne was anderes zu wissen, die Einen : Ohne Zweifel ist der Arme von dem
vierzigstündigen Gebethe gestorben, und
die Andern, der heilige Alexius der heilige
Arme wird gestorben seyn : durch welche
Ausdrücke sie unsern Benedikt Joseph bezeich-
neten; wie dann auch viele aus dieser Absicht
in die Kirche der Mutter Gottes hinliefen, um
ihn zu sehen, und sich zu versichern, ob es
wirklich jener Arme wäre, den sie glaubten.

Den Eindruck, den der Anblick dieses
Armen auf das Herz machte, wenn man ihn
das erstemal sah, war eine heilige Zärtlichkeit,
und ein Trieb, ihm einiges Almosen zu reichen,
wie mir verschiedene Personen gestanden haben. Es wird nicht undienlich seyn, hier beyzusetzen, was dem würdigen Prälaten, Herrn
della Esmaglia begegnet ist. Ich erzähle es
so, wie ich es aus seinem eigenen Munde vernommen habe.

Bey

Bey Gelegenheit, daß man jedes Jahr
nach der Reihe das allerheiligste Altarsſakrament
in der Kirche der heiligen Maria in Monterone
zur Anbethung aussetzet, befand ſich dieſer Herr
auf einem Chörchen, von woaus ihm dieſer
Arme in die Augen fiel, der vor dem heiligen
Sakrament auf eine ſehr erbauliche Weiſe bethete. Gegen ſeine Gewohnheit ſah er immer
wieder auf dieſen Menſchen hin, ob er gleich
ſelbſt im Gebethe begriffen war. Für ſelbiges-
mal blieb es bey dieſem Eindruke. Aber als
er ſich das folgende Jahr an dem nämlichen
Tage, und um die nämliche Stunde bey eben
der Gelegenheit wieder auf ſeinem Chörchen
befand, kam ihm der nämliche Arme in eben
der Stellung, wie er unbeweglich vor dem
ſakramentaliſchen Jeſu bethete, abermal zu
Geſicht. Er ſah wiederholtermalen nach ihm,
und konnte ſich an ihm nicht ſatt ſehen. Hierauf fühlte er den Wunſch, ihm ein Almoſen
reichen zu können, und zu wiſſen, wer doch
dieſer ſo eifrig - und andächtige Arme wäre?
Denn er wähnete bey ihm nichts Gemeines.
Und wirklich, als er ſeinen Platz verließ, befahl er einem ſeiner Diener, auf dieſen Armen zu warten, bis er aus der Kirche gieng,
ihm ein Almoſen mitzutheilen, ſich genau zu
erkundigen, wer er wäre, alle mögliche Nachricht von ihm einzuziehen, und ihm von Seite
ſeiner eine Beyhülfe anzutragen, die er jedesmal

mal zu beſtimmten Zeiten würde ablangen
können: Der Diener gehorchte: aber mußte
eine gute Weile warten, bis Benedikt ſeine
Andacht befriediget hatte. Als er endlich aus
der Kirche kam, eilte er haſtig davon. Der
Bediente holte ihn ein, und fieng an, ſeine
Fragen an ihn zu ſtellen; aber ohne weiter
etwas zu erfahren, als daß Benedikt ein fran-
zöſiſcher Pilgrimm wäre: auf alle andere Fragen ſchien er keine Acht zu haben. Als der
Bediente ſah, wie er mit allem ſeinem Nach-
forſchen nichts ausrichte, kam er zur Hauptſa-
che, und fragte ihn, ob er einer Beyſteuer bedürfte; er wiſſe eine Perſon, die geneigt wäre,
ihm etwas Gewiſſes zu beſtimmten Zeiten an-
zuweiſen. Aber Benedikt dankte ihm höflich,
und ſagte, er hätte, Gott Lob, nichts
vonnöthen: doch nahm er das Stück Geld,
das man ihm reichte, an, und gieng ſeines
Weges, und der gute Menſch konnte ſeinem
Herrn von allen den Nachrichten, die er hätte
einholen ſollen, nichts hinterbringen. Er fragte die übrigen Armen, die vor der Kirchenpforte ſtunden; aber ſie konnten ihm keine
andere Auskunft geben, als dieſer Arme ſey
ein Menſch von einem heiligen Lebens-
wandel. Er kehrte dann zu ſeinem Prälaten zurück, und erzählte ihm den ganzen Hergang der Sache, der ihn auch ungemein be-
fremdete, und immer mehr erbaute. Damals
dachte

dachte er nicht weiter darüber nach. Aber
als der Diener Gottes verschieden wär, und
sich das Gerücht davon in Rom verbreitet
hatte, sagte man diesem Prälaten, es sey ein
Eremit im Rufe der Heiligkeit gestorben, und
man habe seinen Leichnam in der Kirche der
Mutter Gottes von den Bergen öffentlich ausgesetzt. Ob ihn schon die Benennung eines
Eremiten hätte irre führen können — denn
Benedikt war kein Eremit, kleidete sich auch
nicht nach ihrer Art — so befahl er doch alsobald dem nämlichen Bedienten, ohne Verzug nach der Kirche zu laufen, und zu sehen,
ob der Verstorbene wohl nicht jener Arme
wäre, dem er vor einigen Jahren hätte nach-
forschen lassen. Der Bediente eilte hin, und
sah, daß der Verklärte kein Eremit, sondern
wie sein Herr glaubte, der nämliche Franzos
wäre, mit dem er gesprochen hätte : und der
Prälat wurde immer in seinem Urtheile mehr
gestärket, das er schon im Anfange, als er
ihn das erstemal sah, gefället hatte.

Es ist dieß eben nicht der einzige Fall, und
man könnte wohl noch mit andern ähnlichen
aufkommen; aber die Anlage des Werkes leidet keine solche Weitschweifigkeit, und das
Besagte erklecket zum Beweise, daß der erste
Anblick des Dieners Gottes hinreichte andern
gegen seine Person Achtung einzuflößen. Und
es

es ist eine in der That merkwürdige Sache, wie einige kaum das sie ihn ein einzigesmal gesehen, und diesen Eindruck empfunden hatten, ihn alsobald gegen ihre Freunde, und Hausgenossen äußerten, und ihnen erzählten, sie hätten in dieser oder jener Kirche einen Heiligen gesehen, so daß sie sich sogar hierüber zankten, ohne einen andern Beweis ihrer Meynung angeben zu können, als weil sie sein Andacht in der Kirche bemerkt hatten. Also, da ich in einem Hause in der Absicht zukehrte, eine kranke Person Beicht zu hören, sagte man mir, ich hätte einen Heiligen zum Beichtkinde. Der, so mir dieses sagte, hatte keinen andern Grund, als daß er ihn einst im Vorbeygehen gesehen hatte, während er mit mir redete. Und als ich gegen jemanden im Vertrauen geäußeret hatte, daß ich unter meinen Zuhörern einen Heiligen zähle, ohne die Person zu nennen, sprach er zu mir nach dem Tode Benedikt Josephs; ohne Zweifel war dieß jener Heilige, den sie mir neulich gepriesen haben.

Ehe ich dieses Hauptstück schließe, muß ich das Ansehen des Herrn Paul Mancini anführen, von dem ich im Verlauf dieses Werkes schon so oft Meldung gethan habe. Er gab ihm jenes Schreiben an die Klosterfrauen von Monte Lupone und Montecchio mit worinn er
                                                    sagte:

sagte: Er schicke ihnen einen Zeiligen, der sein ganzes Leben mit Bethen zubrächte. Sein erster Brief brachte das ganze Kloster von Monte Lupore in Bewegung, und alle Nonnen dringten sich um unsern Benedikt her, und empfahlen sich seinem Gebethe, weßwegen sich der demüthige Diener Gottes ganz unzufrieden davon machte. Einen erwünschteren Erfolg hatte der zweyte, worinn Herr Mancini die Nonnen warnete, behutsamer zu gehen, und kein Zeichen einiger Hochachtung gegen ihn zu äußern. Diese verstunden sich alsobald auf eine solche Sprache, und auf diese Weise behielten sie ihn beym Essen, eine nach der andern unterredeten sich mit ihm, und fiengen es damit an, daß sie sich um den Herrn Mancini erkundigten, der doch allen, eine ausgenommen, unbekannt war; und also hatten sie das Vergnügen gehabt, mit ihm zu reden, und behalten als Reliquien das Teller und die Schüssel, und alles auf, dessen sich der Diener Gottes beym Speisen bedient hatte. Sie schreiben itzt von diesem Kloster aus etwelche wunderbare Umstände, die ich aber hier nicht beysetzen will.

Endlich merke ich beym Beschluße meiner Abhandlung, als einen starken Beweis von dem Rufe der Tugend Benedikts an, daß unter dem ganzen zahlreichen Volke Roms

Leben Labre. X Nie-

Niemand den mindesten Fehler an ihm hat
entdecken, oder anzeigen können, eine Probe,
die der heilige Geist anführet, um darzuthun,
in welcher Achtung bey dem Volke Bethu-
liens die berühmte Judith gewesen sey. (g)
Sie wurde auch überall sehr gerühmt:
den sie fürchtete den Herrn sehr, und
Niemand redete Böses von ihr. Wie
dann auch die Verbreitung und Allgemein-
heit dieses Rufes großes Gewicht in Ansehung
eines Menschen hat, von dem man sagen
kann, daß er ganz isoliert, und von dem Umgange der Welt abgesonderet gelebt habe.
Deßwegen dünkt mich bey reifern Ueberlegen,
daß folgender Satz vollkommen entwickelt und
bewiesen sey; Benedikt Joseph ist in seinem Leben zugleich unbekannt, und dennoch wegen seiner Heiligkeit berufen gewesen.

(g) Jud. 8, 8.

 Acht-

Achtzehntes Hauptstück.

Von seinem kostbaren Tode.

Es ist der Tod nach der heiligen Schrift ein Widerhall des Lebens, Responsum mortis. (*a*) Daher kömmt es, daß der Tod des Menschen gemeiniglich seinem Leben gleichet, und wie ein sündiges Leben zu einem bösen, so führet ein tugendhaftes zu einem kostbaren Tode. (*b*) Dieß ist eine von dem heiligen Geiste, und den Vätern so oft wiederholte, aber von der Welt schlecht verstandene Wahrheit. Daher schmäucheln sich die Gottlosen, wenn sie Leute ihres Gelichters ihre Tage mit dem äußerlichen Flitterscheine der Heiligkeit beschließen sehen, leichterdingen, daß ihr Ende auch in den Augen Gottes kostbar gewesen sey, und daher fassen sie Muth in ihrer Ruchlosigkeit zu verharren aus dem Wahne, sie werden, ob sie gleich als Sünder leben, dennoch einst als Gerechte sterben; während sie mit Verachtung auf die Gerechten herunter sehen, wenn irgend einem beym

X 2 Sterb-

(*a*) 1. Kor. 1, 9.
(*b*) Der Tod der Sünder ist sehr elend. Pf. 33, 22.
Der Tod der Heiligen ist vor dem Angesichte des Herrn kostbar. Pf. 115, 15.

Sterben etwas von der Arte dieses Außen-
scheines mangelt, wie der heilige Geist gewar-
net hat. Sie schienen zwar in den Augen
der Thoren zu sterben; ihr Hintritt wurde für einer Strafe, und ihre Entfernung
von uns für eine Vertilgung gehalten. (c)

Den Alten wollte der Tod des Vorläufers, ob er schon von Jesu Christo allen Heiligen war vorgezogen worden, den vorigen
Jahrhunderten der eines heiligen Alexius, und
den letztern Zeiten das Hinscheiden des heiligen Franz Xavier nicht sonders gefallen, derer der eine sein Leben unter dem Schwerte
des Henkers in einem dumpfen Kerker, der
andere in einem düstern Winkel des Hauses,
der dritte in einem verlassenen Eylande, von
den Seinen verlassen, und von Fremden übel
bedient geendet hat. Aber der heilige Geist
sagt uns auf ein neues: Sie aber sind im
Frieden. (d) Wenn auch der Gerechte
von dem Tode übereilet wird, so wird er
doch in der Erquickung seyn. Denn weder die Länge des Lebens, noch die Anzahl der Jahren machen das Alter ehrwürdig, sondern die Klugheit des Menschen ist statt der grauen Haare, und ein
unbeflecktes Leben ist ein hohes Alter. Er
wur-

(c) Weis. 3, 2.
(d) Weis. 3, 3.

wurde bald vollkommen, und hat viele
Jahre gelebt. (*e*)

Dieſer Ausſpruch der Schrift ſcheint mit
allem Grunde auf den Diener Gottes, Benedikt Joſeph Labre zu paſſen, welcher in der
Blühte ſeines Alters im ſechs und dreyßigſten
Jahre von einem frühzeitigen, und unvermutheten Tode hingeraft wurde. Und in der
That wenn man ſeinen Tod mit einem fleiſch-
lichen Auge, ohne weiter nachzudenken, betrachtet, wird man wenig, oder gar nichts
beſonderes, nichts außerordentliches dabey entdecken. Unverſehens von einem Uebel befallen
werden, beynahe zu eben der Zeit alles Be-
wußtſeyn verlieren, zu allen geiſtlichen Hülf-
und Stärkungsmitteln unfähig ſeyn, die heilige Oelung, und das Gebeth der Prieſter,
und etwelcher andächtigen Perſonen ausgenommen — endlich nach wenigen Stunden in
dem nämlichen Zuſtande, in dem Hauſe eines
Schlächters ſterben, ſcheint jener Tod nicht
zu ſeyn, welchen die Welt bey den Heiligen
erwartet. Und doch, wenn man das, was
vorgieng und folgte, nach dem Geiſte betrachten will, ſo werden wir bey dieſem Tode eine
Menge erſtaunlich- und erbaulicher Umſtände
finden, wodurch dieſes Ende mit ſeinem tugendhaften Leben übereinſtimmet. Denn man ent-

X 3   decket,

e) Weish. 4.

decket, daß dieser Tod von der Liebe entsprang,
von der Demuth begleitet wurde, und die
Herrlichkeit Jesu Christi folgte ihm ins Grab;
und so gelung unserm Benedikt Joseph sein
schöner Entwurf, den er sich gestaltet hatte,
seinem Jesu in allem gleich zu werden, der sein
Leben unter Mühseligkeiten zubrachte, verachtet starb, aber in seinem Grabe verherrlichet
zu werden anfieng. Und sein Grab wird
herrlich seyn. (e) Welche Worte bey der
Ruhestätte Benedikt Josephs in den Ostertagen,
in den Tagen der Auferstehung Jesu Christi
eingetroffen haben.

Der Eifer, wie wir in dem vorhergehenden
Hauptstücke gemeldet haben, wuchs bey unserm Diener Gottes in diesem seinem letzten
Lebensjahre über alle Maaß, und ich merkte
wohl, daß er seit dem verflossenen Herbstmonate,
durch die harte Behandlung seines Leibes, an
Kräften gewaltig abnahm. Es ist wahr, daß
ich seine Strenge in Rücksicht auf die Nahrung in etwas mäßigte, und ihm befohlen
hatte, von jeder Bettelsuppe ohne Unterschied
zu essen. — Denn auch hierinn traf er eine
Auswahl, und erlaubte sich nur die schlechtern,
und unschmackhaftern; ja auch diese sogar genoß er nicht alle Tage. — Aber diese Mäßigung der Strenge mochte ihn von dem nahen
Tode

(e) Jsai. 11, 10.

Tode nicht retten. Sein Körper war durch
so viele und lange Reisen, bey jeder Jahrzeit
in rauhen und hitzigen Gegenden, im Winter
und im Sommer mißhandelt, und gebeugt.
Sein immerwährendes Knien, oder Stehen
bey einem steten Gebethe hatte ihn stark mitge-
nommen, die Plage von dem überlästigen Ungeziefer, das sich die letzte Zeit unbeschreiblich
gemehrt hatte, und Tag und Nacht, ohne
daß er es hinderte, sein Fleisch zerfraß, war
unausstehlich; an den Knien hatten sich zween
große Gliedschwämme angesetzt, ohne daß er
sich entschließen konnte, dieser Unbequemlichkeit durch einen Schnitt los zu werden, weil
er sonst für einige Zeit das Bett hätte hüten,
und von seinen lieben Kirchen wegbleiben müßen.
Nun ein seit so langer Zeit und auf so verschiedene Art gekreuzigter Leib mußte endlich unter
der Last des Kreuzes unterliegen, das er freywillig auf sich genommen, und bisher so muthig getragen hatte. Zudem hielt er die letzte
Fasten ganz ungewöhnlich streng und sein Magen war wegen des großen Abbruches ungemein
schwach, indem sich Benedikt nicht einmal des
päpstlichen Erlasses für Rom eher bediente, als den
Tag vor seinem Tode, wo er auf vieles Zudringen einer rechtschaffenen Person sich endlich
bereden ließ ein hartes paar Eyer zu essen, und
ein bischen Essig unter das Wasser zu gießen.
Eine so große Strenge sage ich, mußte ihn

X 4   end-

endlich an den Rand eines frühzeitigen Todes führen.

Und doch, wenn man der Sache eifrig nachdenkt, so scheint die äußerliche Bußstrenge nicht die alleinige Ursache von der schleinigen Zerstörung seines Körpers gewesen zu seyn. Denn es ist erstlich eine ziemlich gewisse Sache, daß mit der Liebe und Neigung, die man zu einem Gegenstand führet, der Schmerz in einer genauen Verhältniß steht, den man empfindt, wenn man die geliebte Person verachtet sieht. Woraus dann folgt, daß je hitziger und reiner die Liebe ist, und je größer und zahlreicher die Unbilden sind, um so empfindlicher und herber auch der Schmerz bey der liebenden Person anwachse. Zweytens ist eine erwiesene, durch häufige Erfahrung bestättigte Wahrheit, daß ein bitterer Gram des Herzens die unmittelbare, und kräftige Ursache der schweresten Krankheiten, ja sogar des Todes seyn kann, vornehmlich bey Personen, die von einer schwachen Leibsbeschaffenheit sind. Nun die Seele Benedikt Josephs diese zärtliche Seele, voll der Gnade und Tugend litt unaussprechlich, aus hitzigster Liebe gegen Gott, und dem Nächsten. — Wie ich einen jeden aus Ueberzengung versichern kann — und kämpfte stets mit dem Tode von dem lebhaftesten Schmerzen durchbohrt, da er seinen Gott durch die Sün

den

den der Welt, und vornehmlich durch Ketze-
reyen und Unglauben, durch Ueppigkeit und
Aergernissen, durch Entheiligung der Kirchen,
und Uebertretung des Fastengebothes beleidigen
sah; sah, wie viele Seelen ewig zu Grunde
giengen, und wie heftig Gott wider uns wegen diesen Lastern zürne. Dieß mit einem
Worte war der Beweggrund seiner mühsamen
Wallfahrtsreisen; deswegen opferte er sich so
oft selber auf, deswegen fiel er endlich als
ein Versöhnopfer, um den göttlichen Zorn
durch seine freywillige Erniedrigung zu besänf-
tigen.

An der heiligen Mittwoche den 16 des
Ostermonates 1783, wurde Benedikt, nachdem er, wie gewöhnlich, ein langes und eifriges Gebeth verrichtet hatte, Morgens um
13 Uhr wälschen Zeigers, von einer tödtlichen
Ohnmacht, und Schwachheit befallen, und
er lag außer sich, verlassen bey der Pforte auf
der Staffel seiner lieben Kirche der Mutter
Gottes von den Bergen, wo er sich fleißig, so
bald man die Thüren öffnete, um zu bethen,
Messen, und das Wort Gottes anzuhören,
beyläufig seit den acht Jahren, einzufinden
pflag, daß er sich in Rom niedergelassen hatte.
Es eilten Leute herbey ihn aufzuheben, und
brachten ihm zur Labung ein Glas Wasser,
das er gefodert hatte. Er nahm es in die

X 5 Hand,

Hand, und opferte es mit feurigen Seufzern,
und gen Himmel erhobenen Augen dem Herrn
auf   Nachdem er es getrunken hatte, drehte
er die Augen wider in die Höhe, und erhub bey‐
de Hände zur Danksagung, als ob er die kräf‐
tigste Erquickung von der Welt empfangen hät‐
te.   Diese erbauliche Umstände hat mir Herr
Karl Anton Maria Rinaldi, mit thränenden
Augen erzählet.   Aber weil sich der Diener
Gottes in einem solchen Zustande befand, daß
er sich von selbst aus Schwachheit nicht mehr
von der Erde erheben konnte, so schlug jemand
aus Mitleid und Liebe vor, ihn in das Kran‐
kenspital zu bringen, aber Benedikt begnemigte
diesen Vorschlag nicht.   Mehrere luden ihn in
ihre Wohnungen ein, aber er verbath sich ihre
Güte, bis Franz Zakkarelli, ein Metzger, der
dem Quatier der korsischen Soldaten gegen
über, nahe bey dieser Kirche wohnt, dazu kam,
und zu dem Kranken sprach, wie er mir selbst
erzählet hat: Benedikt, es steht übel mit
euch, man muß Mittel gebrauchen. Wol‐
let ihr in mein Haus kommen? Auf diese
Worte schlug er die Augen auf, sah besagten
Franzen starr ins Angesicht, und antwortete:
Zu euch ins Haus, ja dahin gehe ich).

   Man ergrif dann den Kranken: erst unter‐
stützt ihn Zakkarelli, und hierauf rief man meh‐
rere Personen zu Hülfe, die ihn zu besagtem
Gut‐

Gutthäter trugen, der ihn unverzüglich, so wie
er war gekleidet, auf ein Bett hinlegen ließ.

Man dachte anfänglich, daß sein Uebel
weiter nichts wäre, als eine Wirkung der
Schwäche, der man leicht durch kräftige La-
bungen abhelfen könnte, die man ihm dann
auch freygebig genug reichte. Aber eben diese
übelverstandene Liebe mag wohl bey der äußersten Schwäche des Magens seinen Zustand ver-
schlimmert haben. Der hochwürdige P. Pe-
cillo aus der Gemeinde der frommen Operarien,
ein im Amte stehender liebvoller Priester, so zugegen war, rieth ein geistiges Getränk ein, um
ihn bey dem Abgang aller Kräften wieder
zurechte zu bringen. Er ließ dann Bisquit in
Wein tauchen, und ihm reichen: aber er konnte es nicht schlucken. Der Pater fragte, wie
lang es wäre, daß er seine Andacht nicht mehr
verrichtet hätte, und er antworte: Noch gar
nicht lang: wie er dann erst vor fünf Tagen,
als am Freytage, in der Paßionwoche, seine
letzte Beicht bey mir abgelegt, und selbigen
Tag in der Kirche des heiligen Ignatius, beym
Kreuzaltare, aus den Händen des Herrn Bal-
ducci, der in besagter Kirche Messe zu lesen
pflegt, das Abendmahl empfangen hatte. Ueberdem war er am Palmsonntage bey der heiligen Maria der Größen wieder zu Gottestische
gegangen, wie mir Herr Paul Mancini erzählet

let hat, und endlich sagt man mit einigem
Grunde, daß er selbigen Morgen selbst, kurz
vor der ihn anwandelnden Ohnmacht, in der
Kirche der Mutter Gottes von. den Bergen
kommunizirt habe : aber diese letzte Sage können wir nicht sicher verbürgen.   Doch fragte
ihn der Priester, ob er nichts auf seinem Gewissen hätte; und der Diener Gottes antwortete : Es falle ihm nichts bey, was ihn ängsti-
gen könnte, und er sey ruhig. Aber er konnte
wenig reden, und es war nicht mehr an der
Zeit, ihm das heilige Abendmahl zu reichen;
dann bald, nachdem er die besagte Labung versucht hatte, verlohr er alles Bewußtseyn, und
athmete ungemein schwer, weswegen man den
Pfarrer von St. Salvator bey den Bergen
rief, der aber, weil er sich eben nicht wohl
befand, seinen Unterkurat schickte.   Dieser
kam um halb siebenzehn Uhr, und da er aus
keinem Zeichen schließen konnte, daß Benedikt
sich selbst gegenwärtig wäre, hielt er ihn für
gänzlich unfähig., außer der heiligen Oelung
irgend ein anderes Sakrament zu empfangen,
die er ihm auch um die Mittagszeit ertheilte.
Er besuchte den Kranken hierauf, wie er mir
selbst erzählet hat, noch zu vier verschiedenen
malen : aber fand ihn immer in der nämlichen Lage, nur daß die Kräften zusehend ab-
nahmen.

In-

Indeſſen ſtunden dem Kranken die Patres von der Kongregation der Buß unausgeſetzt bey, die ihn niemals verließen, ſondern von Mittag an, wo man ſie berufen hatte, bis zu ſeinem Hinſcheiden unter einander abwechſelten. Der Erſte kam der wohlehrwürdige P. Anton Tapies, Oberer dieſes Hauſes, ſo das Mittagmahl unterbrach, und zum Beyſtande des Sterbenden hineilte, um dreyzehn Uhr ließ er ſich von dem P. Angelus Pittatore ablöſen, dem um drey und zwanzig Uhr P. Andreas Adami folgte, der bis auf den letzten Hauch bey ihm verblieb. Als ſich der Diener Gottes ſeiner Auflöſung näherte, ermahnte P. Andreas die Umſtehenden, die Fürbitt der ſeligſten Jungfau durch die Abbethung der Litaney anzurufen; und da man auf die Worte kam: Heilige Maria! bitt für ihn, entſchlief ihr eifriger Diener ſanft, ohne einmal, wie doch Sterbende zu thun pflegen, den Mund zu krümmen, in einem Alter von 35 Jahren, und ein zwanzig Tagen an der heiligen Mittwoche den 16 des Oſtermonates 1783, um ein Uhr in der Nacht, als man eben mit allen Glocken das Zeichen zur allgemeinen Abbethung des Salve Regina zu geben anfieng, welches der glorreich regierende Papſt verordnet hatte, um von der göttlichen Mutter bey den gegenwärtigen Angelegenheiten der Kirche Hülfe zu erflehen.

Neun-

Neunzehntes Hauptstück.

Von verschiedenen Merkwürdigkeiten
vor und nach dem Tode des Dieners Gottes,
von seiner Beerdigung, und was sich
bey selber zutrug.

So starb der Diener Gottes Benedikt Joseph Labre : sein Tod stimmte vollkommen mit seinem verborgenen Leben überein,
war aber deswegen in den Augen des Herrn
nicht weniger kostbar. Gott, der ihn aus seinen weisesten Absichten zu einem dunkeln, und
unbekannten Leben berufen hatte, machte sichs
nun unversehen zu Pflicht, ihn auf verschiedene
Weise, und durch gar nicht zweydeutige Zeichen zu offenbaren.

Schon vierzehn Tage vor, ehe der Diener
des Herrn aus diesem Leben schied, vernahm
eine wegen ihrer Frömmkeit berühmte Klosterfrau, die das Glück gehabt hatte, sich bey seiner Wallfahrtsreise nach Loreto mit ihm über
Angelegenheiten des Geistes zu unterreden, von
ihrem Bräutigam die Nachricht, wie sie schrieb,
daß er sich bald aus dem Garten des Herrn
Paul Mancini, — so nannte sie seine Armenherberge, — eine Blume pflücken werde. Sie
that im selbes in einem Briefe kund, den sie
vor

vor Benedikt Josephs Hinscheiden geschrieben
hatte, und setzte bey, er möchte zusehen, wer
unter seinen Armen diese Blume wäre: nach
dem Tode des Dieners Gottes gab sie in einem Schreiben die Auskunft, daß diese Blume, wovon sie in ihrem letzten Briefe Meldung
gethan hätte, Benedikt Joseph Labre wäre,
den der Herr schon in den Garten des himmlischen Jerusalems versetzet hätte.

Was Aehnliches begegnete in Loreto dem
Herrn Gaudenz Sori, und seiner Gemahlinn,
bey denen der Diener Gottes aus Gelegenheit
seiner jährlichen Wallfahrtsreise nach dem heiligen Hause, sonst immer seine Herberge nahm;
wie sie dann hierüber eine Urkunde durch die
Hand eines öffentlichen Notars haben ausfertigen lassen, die ich hier wörtlich ausschreibe.

Als wir uns letztverflossene Fasten mit
einander von besagtem Benedikt unterred-
ten, daß sich die Zeit seiner Ankunft nä-
here, sagte unser kleines Söhnlein Joseph
mit Namen, ein Kind von fünf Jahren,
und vier Monaten: „Benedikt kommt
nicht, Benedikt stirbt.“ Und so oft die
Rede von Benedikts baldiger Ankunft war,
wiederholte er immer diesen seinen Spruch,
so daß wir ihn endlich fragten, wo ers doch
her wisse, daß Benedikt diesesmal nicht
kom-

kommen würde, worauf das Kind ant=
wortete: „Es sagt mirs mein Herz." Und
so erwiederte er auch mehr andere male auf
unsere Frage immer: „So sagt mirs mein
Herz."

Am grünen Donnerstag des laufenden
1783sten Jahrs, wo ich sicher auf Bene=
dikts Ankunft rechnete, sagte ich Barbara
diese eigentliche Worte: „Heut wird Be=
nedikt kommen, man muß sein Zimmer zu=
recht machen;" und alsogleich erwiederte
der kleine Joseph: „Hab ichs doch euch
gesagt: Benedikt kömmt nicht, Benedikt
ist in Himmel abgereiset."

Als die Nachricht gekommen war, daß
der Diener Gottes gestorben sey, und das
Söhnchen aus der Schul zurück kehrte,
sagte ich ihm: Joseph Benedikt kömmt;
und er antwortete hastig: „Ja wohl kom=
men; ich sage euch, Benedikt ist gestorben,
Benedikt ist in Himmel verreist." Dieß
können wir als eine Sache bezeugen die
uns selbst begegnet ist, und haben zur
steuer der Wahrheit gegenwärtige Urkun=
de ausfertigen lassen. u. s. w.

Auch hier in Rom öffnete der Herr, um
seinen Namen über den kostbaren Tod seines
Dieners

Dieners preisen zu laſſen, den Mund der Kinder. (a) Denn, kaum daß Benedikt Joſeph in
der Wohnung des Schlächters im Herrn ent-
ſchlaffen war, ſo ſchrien die Kinder auf der
nächſten Straſſe: Der Heilige iſt geſtorben,
der Heilige iſt geſtorben. Und den folgenden
Morgen hörte man die nämlichen Worte auf
der Straße und dem Platz vor der Mutter-
Gotteskirche von den Bergen wiederholen.

Der Stimme der Kinder geſellten ſich bald
die Stimme und die Thaten des Volks, und
der ganzen Stadt bey, wie aus der allgemeinen
außerordentlichen Bewegung erhellet, dergleichen ſich in Rom Niemand geſehen zu haben
erinneret, ja: da ſo viele ſchon im Leben wegen ihrer Heiligkeit, und den gewirkten Wundern berühmte Diener Gottes geſtorben ſind,
ſo zweifle ich bey allemdem, ob man je in dieſem, und den vorigen Jahrhunderten geſehen
hat, was man aus Gelegenheit des Todes
von dieſem Armen ſah.

Kaum daß des andern Tages in Rom der
ſelige Hintritt ruchbar wurde, ſo war ſchon alles
in Bewegung, und aller Orten hörte man, ein
Heiliger ſey geſtorben, ſchon häufte ſich bey
dem

(a) Du haſt dein Lob aus dem Munde der Kinder,
und Säuglinge vollkommen gemacht. Pſ. 8, 3.

Leben Labre. Y

dem Hause des Schlächters eine Menge Volkes, das sich den Zutritt mit Gewalt zu verschaffen suchte, um den Leichnam des Verklär-
ten zu sehen, weßwegen man einige Mann-
schaft beordern mußte um dem Lärmen Ein-
halt zu thun, und bey der Pforte die Wache
zu halten, bis die nöthige Anstalt getroffen
wurde, den Leichnam mit anständigem Ge-
pränge auf Unkösten des besagten Gutthäters
in die Kirche der heiligen Maria von den
Bergen zu übertragen, wie dann auch wirklich geschah.

Es ist gewiß merkwürdig, wie es Gott
angieng, daß dieser sein Diener in eben der
Kirche die er vor allen andern fleißig besuchte,
und eben an der Stätte beerdiget wurde, an
der man ihn mehrere Jahre über auf seinen
Knien im Gebethe liegen gesehen hatte. Kaum
daß die, so in dieser Gegend wohnen den Tod
Benedikt Josephs vernommen hatten, traten
einige zusammen, und verfügten sich zum Rektor des Kollegium besagter Kirche, P. Palma, und bedeuteten ihm, daß sie ihn lediglich
in seiner Kirche begraben wissen wollten. Besagter Pater antwortete, daß er dieses ohne
Erlaubniß des Pfarrers, — man glaubte, es
wäre der von St. Salvator — nicht thun
dürfte; aber er wolle sich verwenden, selbe zu
erhalten. Doch der Pfarrer hielt für besser,
dieses

dieses Gesuch abzuweisen. Aber deßwegen
ruhten die, so sich nun einmal ihr Vorhaben
durchzusetzen entschlossen hatten, nicht, ob sich
gleich P. Palma alle Mühe gab, sie eines
andern zu bereden. Ja als sich nachher zeigte, daß der Leichnam nicht in dieser, sondern
in der Pfarre des heiligen Martin bey den
Bergen liege, wendeten sie sich an diesen
Pfarrer, und wußten die Sache so gut zu be-
treiben, daß dieser in einem eigenhändigen
Schreiben den P. Rektor ersuchte, die Liebe
für den verstorbenen Benedikt Joseph zu haben, und ihm in seiner Kirche eine Ruhestätte
zu gönnen, wozu er ihm auch alle erforderliche Erlaubnissen ertheilte. Indessen aber hatte
sich das Volk, welches mit Ungeduld auf die
Uebersetzung wartete, so über alle Maaß an-
gehäuft, daß man fürchtete, es werde wegen
dem Schwall des andrängenden Volkes ohne
große Unordnung nicht ablaufen. Man ver-
doppelte dann zur Sicherheit die Wachen,
und unter ihrem Geleit geschah bey einer allgemeinen Bewegung der Gemüther glücklich
die Uebersetzung. Bey dem Anblicke dieses
Leichnames weinten die einen aus Zärtlichkeit,
die andern priesen ihn, und beneideten sein se-
liges Schicksal; ja einigen machte ihr Gewissen die bittersten Vorwürfe über ihr lasterhaf-
tes Leben, welches bey jemandn der beglückte
Anfang seiner Bekehrung gewesen ist, die auch

P 2   des

des folgenden Tages zur Reise gedieh, als er
hingieng, und aus Andacht die Hand Benedikt Josephs berührte, wobey er sich mit einemmale innerlich ganz veränderet befand.

Weil den folgenden Tag, als am grünen
Donnerstage der Leichnam wegen der feyerlichen Ceremonien dieses Tages nicht öffentlich
ausgesetzt werden dorfte, wurde er indessen in
einem nahe bey der Sakristey gelegenen Be-
hältnisse verwahrt. Weil Niemand dieser Orten wußte, daß ich der Beichtvater des Verstorbenen gewesen wäre, gab mir auch Niemand von seinem Hinscheiden Nachricht. Der
einzige, dem es der Diener Gottes, Morgens
noch an dem Tage seines Todes vertrauet
hatte, war der Herr Paul Mancini, der mir
dann auch am heiligen Charfreytage seinen
Hintritt in einem Handbrieschen berichtete.
Ich eilte ohne Verzug hin, meinen Joseph
Benedikt zu sehen. Ich fand ihn von einem
großen Gewühl Leute umgeben die sich immer
mehr anhäuften.

Es läßt sich die Bewegung nicht beschreiben, so hierüber in ganz Rom entstund. Der
Zulauf des Volkes wuchs mit jeder Stunde.
Es eilten Personen von jeder Würde, von allen Gemeinden, und Ständen herbey, so daß
die Wache, so zu den Pforten, und zum Leichname

name beorderet war, Mühe hatte, den gewält-
samen Einbruch zu verwehren. Herren vom
erſten Range warteten in ihren Kutſchen die
Bequemlichkeit des Zutrittes ab; und auch,
nachdem ſie ſich durchgearbeitet hatten, gelung
es nicht allen, den Diener Gottes zu ſehen,
ob ſich ſchon die Soldaten alle Mühe gaben,
ihnen den Zutritt zu erleichtern, wie ich ſelbſt
mit meinen Augen geſehen habe. Ein jeder
beeiferte ſich in die Wette, Merkmaale ſeiner
Andacht bey dem Leichname zu äußern: der
eine warf ſich auf ſeine Knie nieder, der andere küßte ihm die Hand, endlich alle er-
ſtaunten, als ſie bey Berührung der Hände
ihre vollkommene Biegſam- und Geſchmeidig-
keit bemerkten, die man auch an allen andern
Theilen beobachtete. Niemand konnte ſatt
werden, den Leib zu berühren, und anzuſchauen,
und es koſtete Gewalt, ſich von dieſer Stelle
wegzureißen. Ja die Andacht der Glaubigen,
und das Beſtreben, ſich dieſer ſchätzbaren Hülle
zu nähern, wuchs noch mehr an, als ſich der
Ruf verbreitet hatte, daß etwelche merkwürdige Gnaden auf die Berührung derſelben er-
folget wären.

Man ließ dann auf die Erlaubniß Sr.
Eminenz, des Herrn Kardinal Markanton
Kolonna, Vikârs ſeiner päbſtlichen Heiligkeit,
den Leichnam, um die Andacht des herbey-

D 3 ſtrö-

ſtrömenden Volkes zu befriedigen, vier Tage
unbeerdiget liegen. Und weil das Gedräng,
und der Lärmen des Volkes immer anwuchs,
ſchlug man verſchiedene Auswege ein, und
trug den Leichnam bald in die Kirche, bald
in den Kloſtergang bald anderswohin. Man
ſchloß die Pforten der Kirche und des daran-
ſtoſſenden Hauſes, und ließ nur zwo, die
dicht mit Soldaten beſetzt waren, offen, deren die eine zum Austritte, die andere zum Eingange beſtimmet war. Doch alles dieſes reichte nicht hin, die Menge zu befriedigen, und
dem Gedränge zu wehren, indem es auf dem
ganzen Platze vor der Kirche und dem Kon-
vente von einer unermeſſenen Anzahl Menſchen
wimmelte, welche alle Zugänge belageret hielten.

Am Vorabende des Oſterfeſtes, wo in
Beyſeyn des Herrn Kanonikus Coſelli, Fiſ-
kalpromotors ſeiner Eminenz des Herrn Kardinal Vikärs, des Wundarztes, und Notars
der Leichnam des Dieners Gottes beerdiget
werden ſollte, wurde er mit Hülfe der Soldaten in ein, nahe bey der Sakriſtey gelegenes
Oratorium gebracht, und auf zween neben
einander geſtellten Bänke hingelegt, theils um
ſich in Gegenwart der Zeugen zu verſichern,
daß es der nämliche Leichnam wäre, theils
durch Erfahrungen und Beobachtungen des
Wund-

Wundarztes zu bestimmen, in wie weit alle
seine Theile gelenkig, weich, und unversehrt
wären. Außer den Versuchen, so der Wundarzt anstellte, der den Leichnam auf verschiedene Weise rüttelte, und wandte, nahmen sich
noch viele andere Personen die Freyheit, ähnliche Erfahrungen nach ihrem Belieben einzuholen, und vornehmlich hielten sie ihre Nase
drang an seinen eröffneten Mund, nachdem
sie zuvor seinen Magen und Bauch durch der-
be Stöße tüchtig erschütteret hatten, um zu
erfahren, ob er nicht schon etwa nach der Fäulniß rieche; und dieß noch die letzten Augenblicke, ehe man den Leichnam in den bestimmten Sarg verschloß, und alle behaupteten einstimmig, daß der Leib vollkommen ge-
schmeidig, weich anzufühlen, und unversehrt,
wie der eines noch lebenden Menschen wäre.

Ich will hier einige sonderbare Umstände
anzumerken nicht unterlassen, die man an dem
nämlichen Körper beobachtet hat; nicht als
ob man sie gegenwärtig, so wie die oben angeführten lediglich für wunderbar halten könnte; sondern weil sie vielleicht als solche mit
der Zeit erhoben werden dürften. Das erste
in Ansehung der wunderbaren Geschmeidigkeit seines Fleisches, betrifft die zween großen
fleischernen Auswüchse in Gestalt zwoer Kugeln von merklicher Größe, welche sich Mitten

ten auf seinen Knien, auf denen er stets unter dem Gebethe gelegen war, angesetzt hatten.
Sie waren so weich, wie zwo Kugeln von
Baumwolle anzufühlen, und äußerten eine
solche Schnellkraft, daß sie sich nach dem
Zusammendrücken, wie das Fleisch eines lebenden Menschen wieder herstellten; welches
ich, und mehrere nicht nur einmal versucht
haben.

Der zweyte sonderbare Umstand betrifft die
Unversehrtheit dieses Leichnames, und ist von
Erheblichkeit. Sein Angesicht nahm nicht den
mindesten Schaden, ob man schon, um selbes abzuformen, Gips darauf gegossen hatte,
dessen brennende und ätzende Eigenschaft vor kurzem ist anerkennet worden, da von der wunderbaren Unversehrtheit der Dienerinn Gottes Ma-
rianna von Jesu die Rede war, welche die Kirche
erst vor einiger Zeit selig gesprochen hat.
Denn als man in dem Angesichte dieses ehrwürdigen Leichnames einige Maalzeichen wahr-
nahm, schrieb man sie allein der ätzenden
Wirksamkeit des Gipses zu, dessen man sich
eben auch zur Abformung bedienet hatte.

Der dritte sonderbare Umstand ist von
mehrern Personen, und vornehmlich von dem
Bruder Franz Bagnagatti, aus dem Institut der
frommen Operarien, feyerlich bestättiget worden,

den, der mir erzählet hat, daß sich an dem
Leichname Benedikt Josephs am grünen Don,
nerstage Abends ein häufiger Schweis geäußert
habe, der in dichten Tropfen auf dem ganzen Angesichte stund, und den er selbst mit der
Kapuzze, in die das Haupt des Verstorbenen
eingehüllet war abgetrocknet hatte, welche davon befeuchtet wurde; wie dann noch die
Merkmaale des Schweises darinn zu sehen
sind. Ein ähnlicher Schweis wurde am heiligen Charsamstage auf ein neues beobachtet,
wie mich noch mehr andere Personen als
Augenzeugen versichert haben, die alles genau
untersuchten, ihren Augen allen nicht trauten,
und sogar das Gefühl zu Hülfe nahmen.

Endlich setze ich noch, so wie es die natürliche Ordnung der Erzählung foderet, den vier-
ten Umstand bey. Nachdem man die gericht-
liche Sicherheit über die Unversehrtheit, Bieg-
sam- und Geschmeidigkeit des Leichnames eingeholet hatte, entschloß man sich ihm seine
Kleider zur Befriedigung andächtiger Vereh-
rer abzuändern, und ihn in einem andern
weißen Sack, wie es bey den Mitgliedern
aus der Bruderschaft der Mutter Gottes von
dem Schnee üblich ist, zu beerdigen, in die
er noch vor seinem Hinscheiden war aufgenommen worden. In dieser Absicht mußte
man den Leichnam, der auf zween Bänken

ausgestrecket lag, erheben und wenden. Als
man dieses that, so bemerkte man, daß der
Leichnam mit der linken Hand den Rand des
einen besaater Bänke anfasse, und es schien,
als ob er sich darauf stütze, gleich einem lebendigen Menschen, der krank zu Bette liegt,
dem man aber das Hemd abändern will, und
der sich auf der Seite anstämmt, um sich
selbst Hülfe zu geben. Alle Umstehende die
in großer Anzahl den Körper umgaben staun-
ten auf diesen unvermutheten Anblick. Ich
stund an dem Fuße besagter Bänke, mit dem
Angesichte gegen einem Tische, wo man eben
eine kurze Nachricht von dem Verstorbenen in
Latein abfaßte, um sie in einer bleyernen Röhre zugleich mit dem Körper in den Sarg zu
verschließen. Auf das Gelispel der Gegenwärtigen wand ich mich, und sah mit Erstaunen diesen Umstand.

Während man den Leichnam in dieser Lage hielt, sagte jemand, um in der Sache sicherer zu gehen, man solle den Körper ein
wenig auf die linke Seite wenden. Man that
es, und die Hand blieb noch immer am Ran-
de, bis man sie weghob. Als man nun den
Leichnam gegen die rechte Seite gedrehet hatte,
geschah auf ein Neues der Vorschlag, ihn wieder zu erheben, und ihm die vorige Lage zu
geben. Alle Gegenwärtigen stunden mit un-
ver-

verwendten Augen da, und ich warf meinen
forschenden Blick mit aller Aufmerksamkeit
auf die Hand. Und seht er faßte das zweyte-
wie das erstemal den Rand des Bankes an,
und es ließ nicht anders, als ob er sich von
selbst auf die linke Seite stützen wollte, so
daß sich der Zeigefinger, und die übrigen drey
um den Bank bogen. Die flache Hand aber,
und der Daum über demselben auflag, wie
bey einem lebendigen Menschen, der sich von
selbst anschickte, diesen Rand anzufassen, und
sich darauf zu stämmen, so daß alle Mäuslein
der Hand und des Arms, bis zur Mitte der
linken Brust, mit dieser Lage vollkommen
übereinstimmten.

Nachdem der Vorwitz der Umstehenden
befriediget war, entkleidete man den Leichnam,
zog ihm eine neue Bruderschaftskutte an, und
legte ihn in einen hölzernen Sarg, worinn ein
Bettlacken so ausgebreitet lag, daß man es
oben umschlagen konnte. Indessen erscholl
das Geschrey des Volkes, das auf der Gasse
an den Gittern bis zu den Fenstern hinauf-
geklettert war, und bath, man möchte doch
das Tuch noch einmal zurückschlagen, und
ihm zum letzenmale den Anblick des Dieners
Gottes gönnen, worinn man ihm dann auch
willfuhr.

Dier-

Hierauf schlug man das Leilach wieder
über dem Leichname zusammen, legte die bleyerne Röhre zu seinen Füßen, worinn eine kurze
Nachricht von dem Diener Gottes eingeschlof-
sen war, und die so, wie auch der hölzerne
Sarg mit Seidenbänden umwunden, und an
verschiedenen Stellen mit dem Wappen des
Kardinalvikärs versiegelt wurde, welches man
alles zusammen in einen zweyten Sarg von
Holz mit den Umständen verschloß, wie in
dem hierüber errichteten Instrumente zu ersehen
ist, das wir am Ende dieser Lebensgeschichte
beygefüget haben. Nachher wurde der auf
diese Weise verschlossene Leichnam in die mit
Erlaubniß seiner Eminenz des Kardinalvikärs
zubereiteten Ruhestätte auf der Epistelseite des
Hochaltares gesenket. Man hätte glauben sollen, daß, so einmal dem Volke die Hülle
Benedikt Josephs aus den Augen gerücket wäre, sein Enthusiasmus für den Diener Gottes,
wo nicht aufhören, doch allgemächlich abnehmen würde. Aber man erfuhr das Gegentheil,
und es schien, als ob dadurch, daß man ihn
mit Augen nicht mehr sehen konnte, das Verlangen nur um so heftiger angeflammet würde,
wenigstens die Stätte zu sehen, wo er begraben lag, und sich ihn dort im Geiste gegenwärtig vorzustellen; und jener Leib, der sich
im Leben vor der Welt stets verborgen gehalten hatte, warf itzt aus der Finsterniß des
Gra-

Grabes ein so helles Licht, daß es andächtige
Pilgrimme auch von fernen Landen herbey
zog; wie dann an ihm der göttliche Ausspruch
wahr gemacht worden ist, den der Herr zu
Gunsten seiner getreuen Diener gethan hat.
Du wirst in das Grab kommen, gleich=
wie zu seiner Zeit ein Haufen Korn einge=
führet wird. Sieh, dieses findet sich al=
so, wie wir es untersuchet haben; und was
du gehöret hast, das führe dir wohl zu
Gemüthe. (b)

Und in der That, kaum brach der folgende
Tag, so der Ostermontag war, an, als
man eine unermäßene Menge Volkes von al=
len Seiten her gegen die Kirche hineilen sah,
und gewahr wurde, wie Gott auf die Fürbitt
seines Dieners bey diesem Grabe häufige Gna=
den austheile, durch welchen Ruf der Zulauf
mehr dann jemals anwuchs. Dieser nahm
die folgende Tage so stark zu, daß er einem
unaufhaltsamen Strome glich, und solch ein
lärmendes Gewühl, und Gedräng entstund,
daß alle Mühe der beorderten Wache vereitelt
wurde, weßwegen man sich genöthiget sah,
in dieser Kirche mehrere Tage über den Got=
tesdienst zu unterlassen; ja man mußte das
heiligste Altarssakrament aus seinem Behält=
niße

(b) Job. 5, 25.

niſſe in eine innere Kapelle, nahe bey der Sa,
kriſtey, übertragen.

Aber da ſich das Volk noch immer an,
häufte, ſo hielt man für rathſam, um den
Unordnungen, die bey einem grcßen Gedrün,
ge unvermeidlich ſind, vorzubeugen, die Kir,
che auf Befehl der Obern gänzlich zuſchließen,
und Niemanden, wer es auch immer, den
Zutritt zu geſtatten: welches dann auch einige
Tage über geſchah; ja man ließ ſogar die ver,
ſchloſſenen Pforten aus kluger Vorſicht von
Soldaten bewachen, weil man mit Grunde
ein gewaltſames Auffſprengen der Thüren be,
fürchtete. Indeſſen beobachtete man, daß bey
Tag und Nacht Leute um die Kirche herum,
ſtreichen, und ſich auf der Straße und bey
den Mauren derſelben auf die Knie niederwar,
fen.

Es ſchien, dieſer Ausweg würde den Zu,
lauf des Volkes zum Grabe des Diener Got,
tes in etwas hemmen; aber kaum daß man
die Kirchenpforten nach zweenen Tagen wie,
der öffnete, ſo drängten ſich die Leute hauſen,
weis, wie nach einem langen Durſte auf ein
Neues hin, und man mußte die mit einem
hölzernen Geländer umſchloſſene Grabſtätte
lange Zeit mit einer Wache beſetzen, die man
erſt um das Ende des Brachmonates abziehen
ließ,

ließ, und zwar nicht aus Urſache des vermin=
derten Zulaufes, der noch immer ſowohl von
Seite der Einwohner Roms, als der Frem=
den anhält, die aus fernen Ländern, und ver=
ſchiedenen Staaten täglich ankommen, die ei=
nen, um Gnaden zu erhalten, die andern
aus dem lediglichen Triebe der Andacht, oder
um Gott für die Geneſung, und andere geiſt=
lich=und leibliche Gutthaten zu danken, welche
ſie auf die Fürbitte Benedikt Joſephs erhalten
zu haben bekennen: ſondern man rief die Wa=
che hauptſächlich um deswillen ab, weil keine
Gefahr einer Unordnung mehr obwaltete, in=
dem die, ſo das Grab beſuchen, itzt eine große
Auferbäulichkeit blicken laſſen, und der Ort ein
ehrwürdiges Heiligthum, und eine berühmte
Wallfahrtsſtätte geworden iſt.

Ehe ich gegenwärtiges Hauptſtück ſchließe,
muß ich meinen Leſern ſagen, es ſey nicht
möglich geweſen, alle beſondere Umſtände, die
ſich nach dem Tode Benedikt Joſephs Labre
zugetragen haben, herzuſetzen, ohne gar zu
weitſchweifig zu werden; deßwegen umgehe ich
viele, um nicht lange Weile zu machen, und
die Schranken, die ich mir in dieſem Werke
ſelbſt ausgeſtecket habe, zu überſchreiten, uud
behalte mir alleine vor, einige in dem folgen=
den Hauptſtücke, als an ihrer eigentlichen
Stelle beyzubringen, wo ich von dem Rufe
der

der Heiligkeit reden werde, der sich heut zu
Tage unter allen Völkern der katholischen
Welt, zum süßen Geruche seines ruhmvollen
Andenkens, verbreitet hat.

Zwanzigstes Hauptstück.

Von dem Rufe der Heiligkeit, und
andern wunderbaren Vorfallenheiten nach
seinem Tode.

Es sind heute, wo ich dieses schreibe, schon
vier Monate, daß Benedikt Joseph Labre
aus diesem in das bessere Leben übergegangen
ist. Und noch redet man in Rom von nichts,
dann von ihm, wie man bisher von ihm alleine geredet hat. Er ist der gemeinste Gegenstand der Gedanken, und Gespräche nicht
nur unter dem Pövel, sondern bey allen, ihrer Klugheit, und anderer Eigenschaften halben angesehenen Personen. Ich halte es demnach für meine Pflicht, ehe ich dieses Werk
schließe, Rechenschaft von jener Hochschätzung
zu geben, die man verdienter Weise für ihn,
und alles trägt, was mit ihm in einiger Ver-
bin-

bindung steht, und welche von einsichtvollen
Personen für ganz was Außerordentliches gehalten wird. Aber vor allem will ich kürzlich
den Ursprunge dieser Achtung nachspüren, und
ihren Grund zu entdecken suchen.

Es läßt sich auf keine Weise behaupten,
daß diese so vortheilhafte, so allgemeine, so
standhafte Meynung die Wirkung von den
Triebfedern irgend eines Partheygeistes gewesen sey, weil sich Benedikt zu keiner Versammlung von Leuten hielt, die eine Familie,
einen Körper, oder eine Gemeinde gestalten,
ja sogar ein Ausländer war, in Rom, als
ein armer Bettler, und noch überdas einsam
lebte. So läuft auch hier kein Betrug mit
unter: denn das aufgeklärte, kritisch- und
forschende Rom, hat in Zeit von vier Monaten, die seit seinem Hinscheiden verflossen sind,
troz aller angestellten Untersuchungen, noch keine
Spur von einem unredlichen Streiche, den
man zu dieser Absicht hätte spielen lassen, entdecken können. Noch findet hier ein Irrthum
Statt, weil von Dingen die Rede ist, welche
öffentlich, und in aller Augen geschehen sind.
Warum fiel dann wohl das Urtheil des Publi-
kum so vortheilhaft für unsern Anna et Joseph aus? Ich will meine Gesinnungen
hierüber eröffnen, ohne dem Urtheile derer vor-
zugreifen, denen die Entscheidung zukömmt.

Leben Labre.   Z   So

So einsam und zurückhaltend auch der
Diener Gottes seit seiner Anwesenheit in Rom
lebte, so sehr er auch den Blicken der Welt
sich entzog, konnte er doch den Augen so vieler nicht entgehen, da er sich täglich an den
Orten einfand, wo sich fromme und gottselige Leute zu versammeln pflegen, nämlich in
den Kirchen, und an den heiligen Stätten des
berühmten Roms, das sich vorzüglich durch
ihre Andacht gegen Jesum in dem Altarsge-
heimnisse, mittelst des vierzigstündigen Gebethes, und gegen seine göttliche Mutter auszeichnet. Da nun diese zwo Religionsübun-
gen auch die Lieblingsandachten unseres Benedikt Josephs, und zwar in einem ganz vorzüglichen Grade waren, so ist sich gar nicht
zu wundern, wenn sein Betragen allen auffiel, die ihn auch nur ein einzigesmal sahen.
Ja es gestunden mir viele glaubwürdige Personen, daß sie auf den ersten Anblick von ihm
alsogleich dachten · Dieser Mensch ist ein
Heiliger; und sich gegen andere erklärten:
Ich habe in so, und so einer Kirche einen Armen gesehen, der sicher heilig ist.

Es haben mich verschiedene Personen versichert, daß, wenn sie ihn, meinem Beichtstuhle gegenüber in einiger Entfernung so von
den andern abgesondert, knien, oder außer
demselben mit mir reden sahen, die einen inner

ner sich einen mächtigen Trieb gefühlt hätten,
ihm ein Almosen zu reichen, ohne es zu thun,
den andern sey alsobald eingefallen: Dieser
Mensch ist gewiß ein Heiliger. Und ich
weis sicher, daß es nicht nur in einem Hause
Strittigkeiten absetzte, wenn die Leute so dreist
behaupteten, sie hätten denselbigen Tag einen
Heiligen gesehen, ohne daß sie einen andern
Grund ihres Machtspruches angeben konnten,
als seine äußerliche Eingezogenheit und Andacht.
Aber damals ließ man es gemeiniglich dabey
bewenden, ohne daß diese Hochschätzung andere Folgen hätte, oder eine genauere Nachfor-
schung veranlaßte, indem sich Gott vorbehielt,
ihr zu seiner Zeit den gehörigen Schwung zu
geben; und es schien, als ob er die Menschen
geblendet hätte, um mit ihrem Blicke nicht
weiter anzudringen, bis gleichwohl die Binde
unversehens von ihren Augen fallen würde.

Ich glaube, daß Gott hierinn die Wünsche
seines Dieners erhöret habe: ob ihm schon der
Herr aus der Hochschätzung selbst, die ihm,
wie ich gewiß weis, ganz wohl bekannt war,
ein Kreuz in jenem Verdrusse, in jener Be-
klemmung des Herzens zubereitete, die er bey
dem niedrigen Begriffe von sich selbst fühlte,
wenn er sich von andern geehrt, und geschä-
tzet sah.

Z 2   Jene

Jene seine Gewohnheit, wie wir schon
oben, da von dem Rufe der Heiligkeit in seinem Leben die Rede war, bemerket haben,
gemeiniglich kein Almosen zu begehren, ob schon
seine ganze Person die äußerste Dürftigkeit
verrieth, ja selbes wohl gar auszuschlagen,
oder unter andere auszutheilen, der letzte bey
der Klosterpforte um die Bettelsuppe hinzuge-
hen, jene Personen zu fliehen, die einige
Schätzung von ihm geäußeret hatten, seine
Gesparsamkeit in Worten, seine Demuth,
seine englische Sittsamkeit, sein ruhig- und
fröhliches Auge, seine zufriedene Gesichtsbil-
dung waren so viele Stralen, die durchblick-
ten, und den in seinem Herzen verborgenen
Tugendschatz verriethen. Dieses alles mußte
meines Gedunkens einen vortheilhaften Eindruck auf das Gemüth von vielen machen,
der von Gott nachher zur Thätigkeit aufge-
weckt, diesen allgemeinen, und lauten Ruf
erreget hat.

Dieses war, wie ich dafür halte, großen
Theils die erste Quelle, und der sichere Grund
der auffallenden Bewegung gewesen, die mit
einemmale bey seinem Hinscheiden entstund.
Doch muß man bekennen, daß Gott selbst
diese Meynung bey vielen, theils durch äußerliche Zeichen, theils mittelst seiner Erleuchtung,
wodurch er auf die Herzen wirkt, erwecket
habe;

habe; indem Leute, die diesem Rufe den mei-
sten Vorschub gaben, den Diener Gottes nie
gekannt hatten; als da Personen von Stande
sind, von denen sich Benedikt Joseph Zeit Lebens immer ferne hielt.

Daß es dem also sey, und Gott das Seine beygetragen habe, ihn vor der Welt für
das, was er in seinen Augen war, zu offenbaren, erhellet aus allen bisherigen Umständen. Und erstlich zwar der merkwürdige Umstand, daß man von einem Menschen, der in
keiner Gemeinde lebte, kein Römer und kein
Wälscher, sondern ein Ausländer, ohne Freunde, ohne Protektion, ohne Verbindung mit
Jemanden war, mit einemmale sein Geburtsort, den Stand seiner Aeltern, seine Aufer-
ziehung, sein in den entfernesten Ländern geführtes Leben, ich möchte fast sagen, alle seine
gethanen Schritte, seine ausgestandene Krankheiten, und andere ihn betreffende Vorfallenheiten wußte, von einem Menschen sage ich,
der von sich, und seinen Angelegenheiten nie
redete, und sich vor allen verbarg; ist wirklich eine Sache, die von dem Himmel einge-
leitet, und angeordnet worden ist. Ich, als
ich alles das in einer Brieftasche beysammen
fand, sagte unverholen, wenn auch einer aus
den unsern gestorben wäre, hätte man in einer
so kurzen Zeit nicht alle die sichern Nachrich-

Z 3   ten

ten einholen können, um eine Art von Lebensgeschichte aufzusetzen, so wie sie mit ihm begraben worden ist: denn man hätte in dieser Absicht viele Schritte machen müßen, um die
Zeugnisse der Seelsorger, und Obern zu sam-
meln; und hiezu wäre eine beträchtliche Zeit
nöthig gewesen.

Zudem starb Benedikt in einem eben nicht
sonders ansehnlichen Hause in der Bergstraße,
worinn er nur etwelche Stunde über krank gelegen war. Und seht die Kinder rufen auf
der Gasse: Der Heilige ist gestorben, und
den nächsten Tag breitet sich diese Begebenheit in der ganzen Stadt aus, und ganz Rom
wiederholt: Ein Heiliger ist gestorben, ohne
einmal zu wissen, wer dieser wäre, ehe man
noch seinen Leichnam gesehen hatte. Ganz
Rom drängt sich hin; man kann sich nicht
erinneren, jemals einen solchen Zulauf von Personen aus allen Ständen gesehen zu haben:
Der eine küßt ihm kniend die Hand, der andere fleht um seine Fürbitte; dieser sucht durch
eine heilige List etwas von ihm, als eine
schätzbare Reliquie zu erbeuten. Und doch
ward der Leichnam wegen der Feyerlichkeit der
heiligen Woche nicht öffentlich in der Kirche
ausgesetzt, man trug ihn in abgelegenen, und
verborgenen Behältnissen, dem Zulaufe zu
wehren, herum. Vier Tage blieb er unbe-
gra-

graben; und doch ist das Verlangen des Volkes noch nicht befriediget, und da man ihn
eben in den Sarg verschließen wollte, begehrte
das Volk, so an dem Gitter bis zum Fenster
einer bey der Sakristey gelegenen Kapelle sich
empor gearbeitet hatte, man möchte das Leinentuch, womit sein Angesicht bedeckt war,
wegheben und ihm den Diener Gottes noch
einmal sehen lassen. Und doch war es der
nämliche Körper, der, so man ihn bey Lebszeiten einmal gesehen hatte, eben keine große
Sehnsucht erregte, ihn abermal zu sehen.

Ueberdem äußeret sich an diesem Leichname
den ersten und dritten Tag nach dem Hinscheiden ein häufiger Schweis: er bleibt vier
ganzer Tage lang an allen seinen Gelenken,
und Theilen biegsam, und gleich dem Leibe
eines lebenden Menschen anzufühlen. Wie
der Wundarzt den Magen und Unterleib immer erschütteret, äußeret sich durch den eröffneten Mund keine Spur einer sich ansetzenden
Fäulniß; und doch war nicht strenger Winter, es war die gemäßigte Frühlingszeit in
dem gelinden Himmelsstriche von Rom, und
der Mund stund immerdar der mit dichten Aus-
dünstungen des gedrängten Volkes angefüllten
Luft offen. Man goß ihm Gips auf das
Angesicht, wie wir oben erzählet haben, und
es nahm davon nicht im geringsten Schaden.

Z 4 De-

Der Diener Gottes ruht schon unter der Erde, und der Zulauf des Volkes nimmt deßwegen nicht ab, sondern wächst über alle Maßen an, und die Wache ist nicht mehr im Stande, dem eindringenden Schwall zu wehren, und man muß wegen des Gewühls und Lärmens das heiligste Sakrament in eine innere Kapelle bringen. Indessen nähert sich der fünf und zwanzigste Tag des Ostermonates, wo nach der gedruckten Anzeige in dieser Kirche das vierzigstündige Gebeth feyerlich hätte sollen gehalten werden. Aber man hoffte umsonst, das Gewühl des Volkes wurde endlich abnehmen; man hatte schon mehrere Tage lang keine stille Messe lesen können, und man sah sich genöthiget, die feyerliche Andacht in einer andern Kirche abzuhalten, wie Gott seinem Diener noch im Leben geoffenbaret hatte. Den Zulauf vermehrten viele Leute aus andern Ländern, und schon die ersten Tage sah man Pilgrimme von sechzig, und siebenzig Meilen her zu dem Grabe Benedikt Josephs kommen.

Als sich die lärmende Ungestümme des Volkes nicht legen wollte, schlug man den Ausweg ein, die Kirche gänzlich zu schließen, wie es dann auch zween Tage, und zwo Nächte über geschah. Und das Volk häuft sich auf der Straße, kniet auf die Staffeln vor der Pforte hin, wirft sich bey der Kir-

chen-

chenmauer nieder, und ſieht durch ſeine Fürbitte um Gnaden, und wirklich ſagt man, daß
auch da von dem Diener Gottes ſeine Vereh-
rer Guttthaten erhalten haben. Aber hievon
iſt itzt die Rede nicht; es wird deſſen an einem ſchicklichern Orte Meldung geſchehen.

Endlich öffnet man die Kirche wieder, und
wieder beginnt der Zulauf von Leuten aus allen Ständen, und hält Tag und Nacht über
an. Als man dem Gewühle des andringenden Volkes durch eine beſſer getroffene An-
ſtalt, und eine Verpfählung rings um
das Grab geſteuert hatte, wurde man erſt
deutlicher gewahr, wie lebhaft der Eifer, und
wie aufrichtig die Andacht der Gläubigen ſey.
Alle wurden erbauet, als ſie die Leute theils
über dem Grabe auf ihrem Angeſicht, theils
rings umher auf ihren Knien liegen ſahen.
Viele ſieht man mit Thränen in den Augen,
und alle ſind von Empfindungen der Andacht
durchdrungen; und dieſes iſt nicht nur von
dem Pöbel, ſondern auch von den anſehnlich-
ſten Perſonen zu verſtehen.

Kaum war der Diener Gottes beerdiget,
ſo ward ſchon ganz Rom von ſeinen Abbildungen wie überſchwemmet. Man reißt ſie
noch feucht von der Preſſe fort, und man
kann die Sehnſucht der Leute von allen Stän-

Z 5 den,

den, die welche zu haben wünschen, nicht befriedigen. Es ist kein Künstler dieser Art in Rom, der nicht sein Bildniß in Kupfer gestochen hätte. Sie vermehren sich täglich, wo der Diener Gottes bald in dieser, bald in jener Stellung vorgebildet wird. Genug, daß man etliche Monate nach seinem Hinscheiden schon gegen fünf und achzig verschiedene Kupferplatten mit seiner darauf gestochenen Abbildung zählte; von den Gemälden, von den kleinen und großen Statuen aus Thon, Gips, und Wachs nichts zu sagen. Aber so unermüdet auch die Arbeit betrieben wird, so kann man doch nicht bald genug abziehen, und verfertigen, um nicht nur die Einwohner Roms, sondern auch die aus fernen Ländern zu befriedigen, und die Sehnsucht darnach wächst in dem Maaße, als sich der Ruf verbreitet. Wie man diese Abbildungen von Rom aus versendet, so schickt man an uns Nachrichten von auffallenden Wundern ein; und wie man itzt im Auslande von hier aus neue durch seine Fürbitte erhaltene Gutthaten zu hören hoffet, so erwarten wir mit jeder Post von dorther welche zu vernehmen.

Endlich ist des Bittens, und Gesuchs kein Ende, etwas von dem, was nur die fernste Beziehung auf Benedikt Joseph hatte, als eine Reliquie zu erhalten; und es sind
schon

schon mehr dann achtzig tausend verschiedene
Stückchen ausgetheilet werden. Man trägt
Staub von jenen Orten weg, wo man weis,
daß er unter dem Gebethe zu knien pflog.
Sogar das Rohr von einem Springbrunnen
ist entwendet worden, an welches Benedikt
zuweilen, seinen Mund, den Durst zu löschen,
hielt.

Endlich legen viele Personen das Zeugniß
ab, durch die Fürbitt des Dieners Gottes
nicht allein auf seinem Grabe, sondern auch
in ihren Häusern, und nicht nur in Rom,
sondern sogar in fernen Städten und Ländern
Gnaden von dem Herrn empfangen zu haben.
Mir steht es nicht zu, über die Aechtheit dieser sonderbaren Ereignissen das Urtheil zu fällen.
Bald wird man hierüber eine strenge Untersu-
chung anstellen. Indessen erachte ich, daß
man unter den wunderbaren Gutthaten und
Gnaden, die Gott auf die Fürbitt seines getreuen Dieners ertheilet hat, einen vorzüglichen Bedacht auf die Bekehrung vieler Leute
nehmen soll, welche in dem Schlamme der
abscheulichsten Laster steckten, sich viele Jahre
lang ferne von den heiligen Geheimnissen hielten, itzt aber den Pfad des Heils von neuem
eingeschlagen, und durch die Verdienste Benedikts die verlohrene Gnade wieder erhalten
haben, wie man mich dessen von mehrern Orten aus versicheret hat.

Wenn

Wenn man diese viele, so seltsam, und wunderbare Vorfälle, im Ganzen genommen, reif bey sich erwegt, so läßt sich, meines Bedunkens der Finger des Allmächtigen nicht miskennen, der den Ruf von der Heiligkeit seines Dieners erweckte, und unterhielt, welcher keine andere Gründe seines Entstehens, und Wachsthumes hatte, als Benedikts Tugenden, und die Rathschlüße Gottes, wie ich zu zeigen unternommen habe. Und ich kann das Urtheil einer gewißen, dazumal noch unkatholischen Person, nicht anders dann billigen, die unverholen sagte, dieser Ruf, und diese so allgemeine auffallende Bewegung sey ganz was Außerordentliches, und so viele Umstände im Ganzen genommen zeigen klar, daß Gott seine Hand darinn habe, der allein Wunder thut, der seine Rechte erhebt, und Zeichen erneuert, um nach seinem Versprechen seine Kirche zu verherrlichen.

Es würde vielleicht schicklich, und dem Leser nicht misbeliebig seyn, ehe ich diese kurze und offenherzige Nachricht von dem Leben, und den Tugenden Benedikt Josephs schließe, jene wunderbare Zeichen einzurücken, womit, wie es scheint, der Herr seinen Diener nach deßen kostbarem Hintritte verherrlichen wollte. Aber da die Menge und Verschiedenheit sonderheitlicher Fälle einen ganz vorzüglichen

Fleis,

Fleis, und eine detaillirte Unterſuchung aller
Umſtände fodert, um ein richtiges Urtheil
fällen zu können, wo die Hand des Allmächtigen allein gewirket hat, ohne daß die Kräfte
der Natur auch das Ihrige beytrügen, oder
wo dieſe durch höhern Beyſtand geſtärket worden ſind, ſo hielt ich es für rathſam und klug,
eine umſtändlichere Erzählung hievon bis anf
den Zeitpunkt auszuſetzen, wo durch den Weg
einer gerichtlichen Abhörung der Zeugen und
Kunſterfahrnen die Wahr- und Gewißheit der
Zeichen, und Wunder, die man erzählet, erhärtet ſeyn werden.

Indeſſen iſt ihre Anzahl groß, und ganz
außerordentlich; und es würde ziemlich weitſchweifig ausfallen, wenn man alle die
Blinden, ſo das Geſicht, die Stummen, ſo
die Sprache und die Lahmen, ſo den Gebrauch ihrer Gliedmaſſen wieder erhalten haben, die chroniſchen Uebel, die mit einemmale
verſchwanden, und andere Krankheiten, als
krebsartige Schäden, Fiſteln, Brüche, ſkir-
röſe und Pulsadergeſchwulſten hinfallende
Seuche, Verknüpfungen der Kinder, Schwind-
ſucht, Schlagfluße, Geſchwüre, Kolik,
Scharbock, fleiſcherne Auswüchſe, Beinfraß,
Stein, Katharre, Lendengicht, Verrenkun-
gen, und andere Unpäßlichkeiten anführen
wollte, von denen die Kranken wunderbarer
Weiſe

Weise genesen, worunter Leute waren, die sich lange Zeit, einige seit vierzehen, achtzehn, dreyßig Jahren, einige lebenslang mit diesen Gebrechen geschleppt hatten, von derer wunderbaren Genesung zum Theile nach einer sorgfältigen, und genauen Prüfung auch einsichtsvolle Personen vollkommen überzeugt waren? (*c*) Schon die Anzahl der Oerter ist auffallend, wo diese Genesungen geschehen sind, und noch täglich geschehen, wie aus den autentischen Zeugnissen erhellet, die hierüber einlaufen. (*d*)

Doch

(*c*) Zu seiner Zeit wird man die autenthischen Zeugnissen vorlegen, wenn es die heilige Kongregation für schicklich halten wird.

(*d*) Die Oerter, wo sich wundersame Genesungen zugetragen haben, sind Rom, Urbino, Perugia, Fermo, Macerata, Rekanati, Loreto, Kamerino, Cesena, Oriveto, Ankone, Fuligno, Velletri, Nieri, Monte Flascone, Monte Santo, Narni, Civituvecchia, Gubbio, Tolentino, Fabriano, Urbania, Montalboddo, Nettuno, Casia, Capraroia, Nazzano im Kirchensprengel von Neppi, Massa Lombarda im Sprengel von Imola, Stipes im Sprengel von Rieti, Seict in Sabina, Monte Liccone im Sprengel von Loreto, Monte rotundo; Monte Porcio, Monte Lanico, Terre nahe bey Rom, Vetralla im Sprengel von Viterbo, Anguillara im Sprengel von Sutri, Cisterna im Sprengel von Velletri, Capo di Monte im Sprengel von Monte

Flas-

Doch will ich dieses nicht in der Absicht gesagt haben, als ob ich ein Urtheil fällen, und kühn dem Ausspruche des Vatikans vorgreifen wollte; sondern ich berühre nur überhaupt diese wundersame Begebenheiten, welche aus dem Munde jener Personen selbst sind aufgezeichnet worden, mit denen sie sich zugetragen haben, um auf solche Weise das ruhmvolle Zeugniß der Liebe und Gutthätigkeit bekannt zu machen, womit nach meiner vollkommenen Ueberzeugung der Herr die sonderbaren Verdienste seines getreuen Dieners verherrlichen will.

Endlich muß ich noch beysetzen, daß seine Eminenz der Herr Kardinal Markanton Kolonna, Vikär seiner päbstlichen Heiligkeit, in Rücksicht des Rufes so vieler Gnaden, und so auffallender Genesungen, welche Gott in Ansehung seines Dieners ertheilt haben soll, es für seine Pflicht erachtet habe, den Prozeß hierüber zur Einleitung des Handels zu

Fiascone. Die Oerter außer dem Kirchenstaate sind Genua, Maltha, Mailand, Bergamo, Neapel, Barra, Capua, Aquila, Civita di Penne, Montereale, Amatrice, Avezzano, Vetralla, Rocca di Botte, le Sante Marie, Capistrello, Arce, Pereto, Sperlonga. In Frankreich Bolena in der Grafschaft Vaneissin, und mehrere Oerter in Artois, Aix in Provence, Lille, Caviglione, und andere.

zu seiner Selig- und Heiligsprechung zu verordnen. Zu welcher Absicht er den Hochwohlgebohrnen, und Hochwürdigen Herrn Volpi, Erzbischof von Neocäsarea *in Partibus* ernennet, und mit der nöthigen Vollmacht versehen hat, vor dem dann in Beyseyn des Herrn Kanonikus Don Lukas Anton Coselli, Fiskalpromotors seiner Eminenz, als Mitgehülfe, die Zeugen vorgeforderet worden sind, ihre Aussagen über die einem jeden bekannte Thatsachen unter einem feyerlichen Eide anzugeben. Schon seit dem Maymonate hat der Proceß seinen Anfang genommen, und die Sache geht glücklich von statten, so daß wir hoffen können, der Herr habe eines Tags diesem seinem Diener auch auf Erden, durch den Ausspruch der Kirche, die Ehre der Heiligen beschieden.

Anhang

Anhang

Einiger Zeugniffe, und Urkunden, das Leben, und den Tod Benedikt Josephs Labre betreffend.

I.
Auszug aus der Taufmatrikel.

Im Jahre 1748, den 27 des Lenzmonates, hat Endes unterschriebener Franz Joseph Labre, Priester und Vikär in Amettes einen Sohn getauft, der Tags vorher aus einer rechtmäßigen Ehe des Johann Baptist Labre, Kramers, mit Anna Barbara Grandsire, beyde aus hiesiger Pfarre, gebohren ward. Pathen sind gewesen besagter Franz Joseph Labre, der auch die Taufhandlung mit Genehmigung des Herrn Pfarrers von Amettes verrichtet hat, und Anna Theodora Hazemberque, Gattin des Bauers Jakob Franz Vincent aus diesem Kirchspiele; welche, da sie befragt wurden, ob sie im Schreiben erfahren wären, antworteten, sie wären es.

War unterzeichnet

    Anna Theodora Hazemberque.

    Labre Priester, und Vikär zu
                 Amettes.

    Theret Priester und Pfarrer allda.

Leben Labre.   A a   II.

II.

Zeugniß des Herrn Pfarres von
Amettes.

Wir unterzeichneter Pfarrer im Kirchspiele des heiligen Sulpiz zu Amettes, im Sprengel von Boulogne, bezeugen, daß Benedikt Joseph Labre unser Pfarrkind, von tugendsamen Aeltern eines unbescholtenen Wandels gebohren, der in seiner Jugend die meiste Zeit bey seinem Oheim, dem Herrn Pfarrer von Erin zugebracht hat, sich jederzeit auferbäulich betragen, die heiligen Geheimniße öfters empfangen, sich beym Gottesdienste ordentlich eingefunden, eine vollkommene Unterwürfigkeit gegen seine Aeltern und Vorgesetzte bezeugt, sich im Umgange immer zu rechtschaffenen Leuten gehalten, durchgehends die schönsten Merkmale der Sittsam- und Frömmigkeit und Unschuld gegeben, und mit seines gleichen sich friedsam und gesellig betragen habe : Zu dessen Steuer wir gegenwärtiges Zeugniß ausgefertiget haben.

Amettes den 24 des Aerndtemonates 1767.

J. Theret Priester
und Pfarrer.

III.

III.
Zeugniß des Herrn Pfarrers, und
des Herrn Vikârs zu Ligni.

Wir unterzeichnete Priester, Pfarrer, und
Vikâr versichern alle, daß Benedikt
Joseph Labre von rechtschaffenen, und tugendlichen Aeltern erzeugt, ein Jüngling von unbescholtenen Sitten, von einem ordentlich-
und auferbaulichen Leben, von einer sanften
und biegsamen Gemüthsart sey, die heiligen
Geheimnisse öfter empfange, die Arbeit liebe,
und kein Vergnügen, als in der Entfernung
von der Welt finde. Diese seine schöne Eigenschaften verpflichten uns, ihm dieses Zeugniß auszufertigen; wozu wir uns um so ge-
neigter finden lassen, weil wir überzeugt sind,
er werde uns durch seinen Wandel nie Lügen
strafen.

Ligni den 25. des Aerndemonats 1767.

l'Ardeur Pfarrer in Ligni.
Du Four, Priester, und Vikâr
in besagtem Orte.

IV.
Zeugniß des Großkellers im Kloster
der sieben Brünnen.

Ich unterzeichneter Religios, und Großkeller der königlichen Abtey von unser Frau,

A a 2   bey

bey den sieben Brünnen genannt, von der
strengen Observanz des Kartheuserordens be-
zeuge, daß Herr Benedikt Joseph Labre von
Amettes in Artois im Kirchensprengel von
Boulogne gebürtig, beyläufig zwey und zwanzig Jahre alt, den 28 des letzten Weinmonates in unserm Kloster angekommen sey, und
sich darinn bis auf gegenwärtigen Tag, in
der Eigenschaft eines Chornovizen, unter dem
Namen des Bruder Urban, aufgehalten, stets
gut und unsträflich betragen, und diesen Ort
allein aus der Ursache verlassen habe, weil
seine Gesundheitsumstände den Strengheiten,
die hier Ortes üblich sind, nicht gewachsen zu
seyn schienen, wie er dann zwey Monate immer kränkelte. Zu dessen Bekräftigung haben
wir ihm gegenwärtiges Zeugniß ausgefertiget.

Gegeben zu den sieben Brünnen
den zweyten des Heumonats 1770.

F. Dominikus, Großkeller.

V.

Instrument, oder Urkunde über Be-
nedikt Josephs Beerdigung.

Jch Endes unterzeichneter öffentlicher Notar
habe mich, hiezu von dem wohlehrwürdigen P. Don Cajetan Palma, Rektor des
Kollegium der heiligen Maria bey den Bergen,

gen, aus dem löblichen Institute der frommen Operarien erbethen, persönlich mit dem
hochwürdigen Herrn Kanonikus Lukas Anton
Coselli, Fiskalpromotor, und römischen Vi-
kariatssekretär um zwey und zwanzig Uhr den
20 des Ostermonates in die Kirche des besagten Kollegiums verfüget. Als ich dort angekommen war, und mit der größten Mühe
durch das dicht angehäufte Volk die kleinere
Kirchenpforte erreicht hatte, die von der einen
Seite mittelst eines Ganges zur Sakristey,
von der andern in die Kirche führet, fand ich
mitten in besagtem Gange den Leichnam eines
Menschen, in einem weißen Kleide, dessen sich
die Mitbrüder der löblichen Bruderschaft der
Mutter Gottes von dem Schnee bedienen,
mit einer dazu passenden Gürtel um die Lenden, auf einer Tragbahre liegen, dessen Hände kreuzweis über der Brust geschränkt waren,
und welcher weder einen guten noch übeln
Geruch von sich gab. Indessen befahl der besagte hochwürdige Herr Kanonikus Koselli kraft
der Vollmacht, die er mündlich von seiner
Eminenz, dem Herrn Kardinal Markanton
Kolonna erhalten hatte, man solle um dem
Gedränge des Volkes, das sich anhäufte, auszuweichen, den Leichnam sammt der Tragbahre
in die nahe gelegene Sakristey überbringen;
wie dann auch unverzüglich mit Hülfe der
Soldaten geschah. Nach geschlossener Sakri-

A a 3

stey-

steypforte schritt man zur gerichtlichen Erkannt‐
niß des Leichnames, in Gegenwart verschiede‐
ner Zeugen vor, als des wohlehrwürdigen
P. Don Cajetan Palma, Rektors, des wohl‐
ehrwürdigen P. Don Blasius Bicillo, der
Laienbrüder Michael Triscitto; Franz Bagna‐
gatti, und Kamillus Simeoni, Religiosen
des besagten Kollegiums, wie auch des wohl‐
ehrwürdigen Herrn dem Joseph Markoni,
des wohlehrwürdigen Herrn Don Hannibal
Albani, des hochwohlgebohrnen Herrn Gra‐
fen Jakob Piccini, des Herrn Paul Mancini,
des Herrn Franz Zaccarelli, und des Herrn
Peter Sensoli, welche, nachdem sie den Leich‐
nam alle gut besichtiget, und wohlbedächtlich
betrachtet hatten, mit einem Eide bekräftigten,
daß es der Leichnam des Dieners Gottes,
Benedikt Joseph Labre sey, den sie im Leben
wohl gekannt hätten, dessen Seele an dem
Mittwoche des laufenden Ostermonates um
ein Uhr Nachts, in der nahe gelegenen Woh‐
nung des Herrn Franz Zaccarelli in die ewige
Ruhe, wie wir andächtig glauben, eingegan‐
gen ist; und sie führten zum Beweise ihrer
Aussage an, daß sie bey seinen Lebszeiten öf‐
ter mit ihm geredet, und vertraulichen Um‐
gang gepflogen hätten; dem besagter ehrwür‐
dige Herr Markoni noch überdem beysetzte,
daß er eine geraume Zeit sein Beichtvater ge‐
wesen wäre; und Herr Mancini bezeugte, daß
der

der nämliche Benedikt seit langem immer in
seiner Armenherberge übernachtet hätte.

Nachdem die Erkanntniß des Leichnames
zu Ende war, und man an seiner Aechtheit
nicht weiter zweifeln konnte, befahl der hochwürdige Herr Kanonikus Koselli wegen der
vielen Leute, die sich in die Sakristey einge-
drungen hatten, den Leichnam, um den ein
Leichentuch geschlagen war, auf der Tragbahre in die nächste Kapelle zu bringen, wohin er dann auch, indeß die Wache Platz
machte, getragen, und auf zwo, neben einander gestellten Bänke gelegt wurde. Hierauf
maaß der Tischler die Länge des Körpers,
und fand sie sieben Spannen, und fünf Striche, und als die Umstehenden, und vorzüglich der Herr Wundarz Joseph Chigi, den
man zu diesem Ende berufen, verschiedene Versuche gemacht hatten, fanden sie, daß selber
an allen seinen Theilen gelenk, und biegsam
wäre, und sich nicht das mindeste Merkmaal
einer Fäulniß äußere. Als man ihm mit
Beobachtung des gehörigen Wohlstandes die
Kleider auszog, und das Hemd ändern wollte,
mußte man den Oberleib in die Höhe heben,
und die Layenbrüder Michael Triscitto, Franz
Bagnagatti gaben ihm die zu dieser Absicht be-
quemlichste Lage, so daß der Unterleib auf
den Bänken liegen blieb, der Obere aber die
Stellung eines Sitzenden bekam. Bey dieser

A a 4   Gele-

Gelegenheit schien es, als ob der Leichnam,
den der Bruder Bagnagatti mit seinen Schul=
tern unterstützte, mit der linken Hand den
Rand des Banks anfasse, und sich mit seiner
ganzen Schwere darauf stützen wolle. Den
Gegnwärtigen fiel dieser Umstand auf, die
dann, um zu sehen, ob dieses nur zufälliger
Weise geschehen, den Leichnam in etwas auf
die linke Seite wendeten, und die Hand blieb
noch immer, wie sie war, bis man selbe weg=
hob. Als man nachher den Körper wieder
gegen die rechte Seite kehrte, und ihn aber=
mal aufsetzte, ergrif er auf ein Neues das
zweytemal den Rand des Bankes, so daß es
schien, als ob er sich wie zuvor darauf stem=
men wollte, indem die flache Hand, und der
Daume auf der Bank auflagen, und die üb=
rigen Finger sich unter derselben weg bogen,
wie ein lebender Mensch in dieser Lage thun
würde. Nach einiger Zeit hob man die Hand
abermal weg, und die Finger nahmen wieder
ihre gerade Lage und Gelenksamkeit an. Die=
ses sahen alle Umstehende, als der wohlehr=
würdige P. Rektor Palma, die Layenbrüder
Michael Triscitto, Franz Bagnagatti, und
Kamillus Simeoni, der wohlehrwürdige Herr
Don Joseph Natal Dalpino Stadtmissionar,
der hochwohlgebohrne Herr Advokat Fidelis
Retagliati, die obgemeldten wohlehrwürdigen
Herren Matkoni, und Paul Mancini, der
ehr=

ehrwürdige Herr Don Michael Angelo Bove,
der ehrwürdige Herr Don Johann Peter
Paul de Lunel de la Rovere, der Herr Matthäus
Angelleti, und andere. Dann bekleidete man
den Leichnam mit einem neuen weißen Bru-
derschaftsrock der Versammlung der Mutter
Gottes von dem Schnee, kreuzte seine Hände,
wickelte ihn in ein Leinentuch und legte ihn in
einen dazu bereiteten Sarg. Dieser war von
Kastanienholz, acht Spannen, und sieben
Striche lang, oben zwo Spannen, und fünf
Striche breit, und ein Spanne und sieben
Striche hoch: unten aber war er ein Spanne,
und dritthalb Striche breit, und ein Spanne und zween Striche hoch. Zu den Füßen
des Leichnames legte man eine bleyerne Röhre,
die mit einem violetblauen seidenen Band umwunden, und mit dem Wappen seiner Eminenz des Herrn Kardinal Vikärs in rothem
spanischem Wachse versiegelt war, worinn
auf Pergament ein von seiner Hochwürden
Herrn Kanonikus Coselli, und mir unterzeichnete Schrift folgenden Inhaltes verschlossen
war. „Im Jahre des Herrn 1783, den
„20 des Ostermonates, unter der Regierung
„Pius VI, im neunten Jahre seines Pabst-
„thumes. Benedikt Joseph Labre ein Sohn
„des Johann Baptist Labre, und der Anna
„Barbara Grandsire, gebohren in der Pfarre
„des heiligen Sulpiz zu Amettes, in dem

Aa 5 „Kir-

„ Kirchensprengel von Boulogne den 26 des
„ Lenzemonates 1748, nachdem er mit allem
„ Lobe einer unbescholtenen Aufführung seine
„ Jugend unter der Aufsicht seines Oheims
„ des Pfarrers von Erin zugebracht hatte,
„ verfügte sich den 28 des Weinmonates 1769,
„ aus Begierde nach einem vollkommnern
„ Leben, als ein Chornoviz in den Orden der
„ Cisterzermönche von der strengern Obser-
„ vanz in der königlichen Abtey zu den sie-
„ ben Brünnen. „ Aber als er wegen der
ausgeübten Strenge krank wurde, und diese
Unpäßlichkeit länger dann zwey Monate geduldig ertragen hatte, fand er sich genöthiget
den zweyten des Heumonates das Ordenskleid
wieder abzulegen, daß er mehr dann acht Monate mit aller Zufriedenheit seiner Obern getragen hatte. Hierauf verließ er Frankreich,
besuchte verschiedene Wallfahrtsörter, vornehmlich das heilige Haus zu Loreto, und die
Grabstätte der heiligen Apostel Petrus und
Paulus, und nahm endlich seinen Aufenthalt
in Rom, welches er alle Jahre nur einmal
verließ, um nach dem heiligen Hause in Loreto zu wallfahrten. Er zeichnete sich aller-
Orten durch die Beyspiele der christlichen Tugenden, durch die evangelische Armuth, die
er auf das genaueste beobachtete, indem er
von freywillig angebothenem Almosen kümmer-
lich lebte, jede beträchtlichere Gabe stets verweis

weigerte, und von dem Wenigen, das er
annahm, den andern Armen mittheilte, durch
die tiefeste Demuth, durch eine gänzliche Verachtung der Welt, durch die strengste Buße,
durch ein stetes Gebeth, durch seine tägliche
auferbauliche Gegenwart in verschiedenen Kirchen von Morgen bis auf den Abend aus.
Er übte sich in jeder andern Tugend, war
allen lieb, und werth, obschon sein lumpich-
ter Aufzug was Zurückscheuchendes hatte, vergaß auf sich selbst und suchte allein Gott zu
gefallen. Den 16 des Ostermonates 1783,
nachdem er gewöhnlicher Weise in der Kirche
der heiligen Maria von den Bergen lange
gebethet hatte wurde er bey dem Austritte von
einer Ohnmacht überfallen; man brachte ihn
in die nahe gelegene Behausung eines rechtschaffenen Mannes, wo er bey gänzlicher Ab-
nahme der Kräften, mit dem heiligen Oele ge-
salbt wurde, und um ein Uhr in der Nacht
denselbigen Tag, unter dem Gebethe der Umstehenden, und Priester in dem Herrn ent-
schlief. Den folgenden Tag ward sein Leichnam auf Unkösten frommer Personen bey
großem Zulaufe des Volkes in die nämliche
Kirche gebracht· „Unverzüglich gerieth die
„ganze Stadt in Bewegung; der Ruf der
„Heiligkeit verbreitete sich aller Orten, und
„Leute von allen Ständen drängten sich in
„solcher Menge herbey daß die Wache kaum
„hin-

„ hinreichte, dem Anlaufe zu steuren. Um
„ deswillen gestattete seine Eminenz, der Herr
„ Kardinalvikär von Rom, die Andacht des
„ Volkes zu befriedigen, daß man mit der
„ Beerdigung des Leichnames bis auf den
„ Sonnabend des Osterfestes 1783. 20 Ap-
„ rils zuwarten dörfte, wo er endlich mit al-
„ len Ehren den nämlichen Tag um 24 Uhr
„ begraben wurde. „

Lucius Anton Coselli, Kanonikus,
und Fiskalpromotor beym Vikariatsge-
richtshofe.

Franz Mari, von Herrn Joseph Cic-
coni erbethener Notar.

Hierauf wurde der Sarg von dem Tisch-
ler zugenagelt, mit seidenen, violetfärbigen
Bändern umwunden, und an fünf Stellen
auf dem Deckel mit dem Wappen seiner Emi-
nenz des Herrn Kardinalvikärs in spanischem
Wachse versiegelt. Auf dem Deckel des be-
sagten Sarges sieht man eine Platte von
Kupfer, worauf folgende Worte gestochen sind:
Benedikt Joseph Labre starb den 16 des
Ostermonates um ein Uhr Nachts im
Jahre 1783.

Hierauf ward dieser Sarg in einen andern,
gleichfalls aus Kastanienholz gesetzt, dessen
Deckel man zunagelte. Er hatte in der Länge
neun

neun oben in der Breite zwey und drey Viertel, in der Höhe zwey, unten jn der Breite
eine, und eine halbe, und in der Höhe zwo
Spannen.   Endlich wurde der Leichnam in
die Kirche getragen, und auf die Verord-
nung seiner Eminenz des Herrn Kardinalvikärs, in eine auf der Epistelseite des Hochaltares schon zubereitete Grube so gesenket,
daß er mit Füßen gegen den Altar, mit dem
Haupt gegen den ersten Pfeiler der Kirche zu
liegen kam, von dem der Sarg drey, und
eine Viertel, von der Seitenmauer aber dreyzehn und eine Viertel Spanne abliegt.   Und
weil der P. Rektor beschlossen hatte, einen
Grabstein mit einer Aufschrift legen zu lassen,
wurde die Grube indessen mit Brettern bedeckt,
und die Maurer berufen, um über den Sarg
ein Gewölb von Backsteinen zu errichten.
Dieses alles geschah, daß künftig von der
Aechtheit des Leichnams Niemand zweifeln
könnte.

Worauf ich Notar u. s. w. mich mit dem
hochwürdigen Herrn Kanonikus Coselli weg-
beaab.

Verzeichniß der Hauptstücke.

Erster Theil.

Erstes Hauptstück.

Zehn-

Achtes